宰相閣下とパンダと私 1

黒辺あゆみ

Ayumi Kurobe

RB

レジーナ文庫

登場人物紹介
イクスファード
宰相にして、アヤの雇用主。
冷静沈着で感情が読みにくいが、
アヤにはなにかと優しい一面も。
アヤ
亡き父のせいで借金生活を
送っていた17歳の女子高生。
前向きなしっかり者で、
とても気の利く性格。
パンダ
パンダそっくりだが、
実は異世界の聖獣。
アヤに懐いていて、
行動がやけに人間くさい。

セシリア
アルカス公爵家令嬢。
イクスに好意を寄せ、
アヤに嫌がらせを
するけれど……？
サラディン
白騎士隊の隊長。
無表情な美人さんで、
やや変わり者。
アラン
赤騎士隊の隊長。
ちょっと苦労性の、
気のいいお兄さん。
アンネ
城で働く侍女。
アヤの異世界初の
友人となる、
心優しい女性。
エクスディア
天使のような美少年。
アヤのことが大好きで、
彼女が連れている
パンダもお気に入り。

目次

宰相閣下《さいしょうかっか》とパンダと私 1　7

書き下ろし番外編
宰相閣下、風邪《かぜ》をひく？　361

宰相閣下《さいしょうかっか》とパンダと私 1

プロローグ

今日も、朝から麗《うるわ》しの宰相閣下の怒声がルドルファン王国の王城に響き渡った。

「アヤー!! 触るなと何度言ったらわかるのだ!!」

「知りませんよ、そんなこと!! 大事なものなら、ちゃんと手の届かない場所にしまって、鍵をかけとけって話なのよ!!」

続いて聞こえてきた少女の声に、城の者は「ああ、またか」という顔をした。

宰相閣下と少女の怒声の応酬《おうしゅう》は、二人にとって日課のようなものである。これを聞いた城の者は、「今日も平和だなぁ」と思うのだ。

朝の怒鳴り合いだけを見れば、とても仲が悪い二人に思える。しかし、城の者はこれが犬も食わぬなんとやらだということを知っているため、二人の間に決して入ろうとしない。

この少女と宰相閣下の物語を、最初から語ることにしよう――

第一章　異世界よ、こんにちは

アヤ――葛城綾《かつらぎあや》、十七歳は幸薄い人生を送ってきた女子高生である。

アヤが物心ついた頃に、母親はいなくなった。近所のおばちゃんの話によると、若い男と逃げたらしい。

その後は、酒におぼれた父親と二人暮らしだった。しかしその父親も、酒が祟《たた》ってアヤが中学二年生の時に死んだ。莫大《ばくだい》な借金という負の遺産を残して。

相続を放棄《ほうき》したが、父親が金を借りていた先はまっとうな相手ではなく、法的な手続きは意味をなさなかった。

頼れる親類もいなかった。いや、親類自体はいたのかもしれないが、大きな借金を前に逃げ出したのだろう。途方に暮れていたアヤに、父親の昔の友人という人が、中学を卒業するまで後見人《こうけんにん》として金銭の援助をしてくれた。そして高校二年生の現在、バイトで稼《かせ》いだお金と奨学金《しょうがくきん》で、アヤは辛《かろ》うじて高校に通えている。

そんな薄幸少女アヤは本日、飲食店でのバイトの給料日を迎えた。切り詰めて生活している毎日だが、今日はちょっと贅沢《ぜいたく》をしてクリームコロッケを買ってしまった。冷《さ》めないうちに帰って食べたい。

十分ほど前までルンルン気分で帰途についていたはずが——現在、アヤは借金取りから逃げるため、繁華街《はんかがい》を全速力で駆けていた。東京の夜の繁華街に、セーラー服姿は非常に目立つ。

「待てやコラァ！」

「金返せやコラァ！」

「くうっ、しつこい！」

追ってくる借金取りに、アヤは焦《あせ》る。

どうやら、アヤの給料日が今日だということをかぎつけたらしい。この分では、またバイトを変えねばならないだろう。

——今のバイトは、食事がつくから気に入っていたのに！

こんなんじゃ落ち着いてささやかな贅沢も味わえない。それもこれも誰のせいかと言えば——

「恨《うら》むからね、クソ親父ー!!」

すべては父親が残した、闇金からの借金が原因である。

なにをどうやったらこんな金額になるんだという借金は、臓器を売っても返済できないかもしれない。女の子であるアヤには、『春を売る』という手段も残っていた。それこそ、借金取りが勧めてくる常套《じょうとう》手段である。しかし――

「私にだってねぇ、夢も希望も恋愛願望だってあるのよ!」

走りながら、アヤはやけくそのように叫ぶ。

少女漫画みたいな恋を期待してなにが悪い、白馬の王子様を信じちゃいけないのか。いや、この際白馬じゃなくても、茶色でも、ぶち模様《もよう》でも構わない。いっそ、王子という条件だってなくてもいい。

「だから、神様仏様閻魔《えんま》様、誰でもいいから、私を借金取りのいないところに連れて行ってくださいー!!!」

そんな心の底からの叫びに、誰かが答えた。

『助けてあげるから、あの路地に飛び込むんだ』

声の主は誰だとか、そもそも走っているアヤの耳元で声が聞こえているのは何故だとか、そんなことは、今のアヤにとって些細《ささい》な問題だった。

「とうっ!」

切羽《せっぱ》詰まっていたアヤは、なにも疑わず、言われた通りに細い路地に飛び込む。

直後、パァァッ！　とアヤの周囲が光った。

「ちょっ、なに⁉」

あまりのまぶしさに、アヤは思わず目をつぶった。

それからすぐに、借金取りたちも路地に飛び込む。

「あの娘、どこに行きやがった！」

「確かにここに入ったはずだ！」

だが、彼らが見た路地には汚いゴミ箱が転がっているだけで、あるはずの若い娘の姿はどこにもなかった。

一方、光に包まれたアヤはというと――

しばらくしてまぶしさを感じなくなったアヤは、ゆっくりと目を開ける。

「あれ？」

さっきまでアヤがいたのは、繁華街《はんかがい》のアスファルト道路の上だった。なのに今いる場所は――

「なんで木がいっぱい？　なんで土？」

うっそうと木が生《お》い茂《しげ》った、森のようなところであった。

「え？　え？」

周囲の様子がよく見えない。夜なのに外灯の類《たぐい》が全くないので、真っ暗闇なのだ。

「なに、なんなの、どうしたのよぉ」

状況についていけず、アヤはその場にへたり込んだ。セーラー服のスカート越しに、地面の湿《しめ》った感触が伝わってくる。やがて、涙が滲《にじ》んできた。

「うー、私がなにしたって言うのよぉ」

今更ながら、さんざん借金取りに追いかけられた恐怖が襲《おそ》ってくる。ひと粒零《こぼ》れ落ちた涙をきっかけに、アヤは号泣した。

それから泣き続けること、数十分。

まだ泣いていたい気もする。が、そうしてばかりもいられないのが人間だ。

「おなか空《す》いた……」

アヤは昼からなにも食べていなかった。いつもならばバイト先の飲食店で夕食のまかないを食べて帰るのだが、今日は給料日だったため、家に帰って好きなものを食べようと思ったのだ。

「あ、そうだ」

そこで、アヤは持っていたクリームコロッケの存在を思い出す。すっかり冷《さ》めてしまっただろうが、食べられなくなったわけではない。

「うん、これを食べて、ここがどこだか考えよう」

それから近くの交番にでも駆け込んで、家に帰してもらえばいい。そう考えると元気が湧いてきた。アヤはいそいそとクリームコロッケを袋から出す。時間が経ったせいで、少々しっとりしていた。

「いただきます！」

クリームコロッケを食べようとした、まさにその時――

ガサッ、ガサガサッ……

向こうの方から、草が揺れるような音がした。アヤは警戒して立ち上がる。

「まさか、あいつら⁉」

借金取りが追いかけてきたのだろうか。ということは、この場所はあの繁華街《はんかがい》からあまり離れていないのかもしれない。

「逃げる⁉　ていうかどっちに⁉　ああでも、コロッケ食べなきゃ！」

異常な状況に、アヤはパニックを起こしていた。その間にも何者かの気配は近付いてくる。

ガサガサッ！

やがて大きな音がして、草むらの奥からなにかが姿を現した。

「きゃーーー！」

アヤは目をつむって力一杯悲鳴を上げる。叫んで叫んで、息切れを起こすまで叫び続けた。

しかし、相手が襲《おそ》ってこないので、恐る恐る目を開いて気配のする方向を見る。

果たしてそこにいたのは――

「……パンダ？」

「ガル」

パンダであった。この独特の模様《もよう》は見紛《みまご》うはずもない。だが、アヤの知っているパンダと違う点がある。

「何故にショッキングピンク？」

アヤの目の前のパンダは、本来なら黒いはずの部分の毛がショッキングピンクの色をしていた。ずっと見つめていると、目がちかちかしてくる。しかも、よくよく目を凝《こ》らせば背中に小さな羽が生えているではないか。その羽はアヤの手のひらサイズ。とても飛ぶことができるとは思えない。だからといって身体の大きさに見合った羽の方がいいかというと、それはそれで怖い。

ひたすら混乱しているアヤに、パンダ（仮）はのそのそと近寄ってきた。そして、ア

ヤが持っているクリームコロッケをじーっと見つめる。口元からはよだれが垂《た》れていた。

「……ひょっとして、欲しいとか」

「ガル！」

パンダ（仮）は返事をするように鳴く。パンダは笹《ささ》を食べるのだから草食のはず。だったらそこらの草でも食べていろ。あ、でもクマは雑食だから、こんなのも食べるのかもしれない。しかし、これはそもそもパンダではない別のなにかなのでは――

「……おなか壊しても、自己責任だからね」

結局アヤは、パンダ（仮）の物欲しそうな視線に負けて、貴重な食料を分かち合うことにした。

パンダとクリームコロッケを半分こして食べてから、アヤは改めてこれからのことを考える。

人間は極限まで混乱すると、ぐるっと一周して正常になるらしい。

「よし、ここがどこだか知らないけれど、民家くらいあるわよね」

とりあえず自分がいる場所を把握するのが先決である。民家で場所を尋ねて、遠ければタクシーか電車で家に帰ればいい。出費は痛いけれど、ここでパンダ（仮）といてもどうにもならない。

そう心に決めて、アヤは立ち上がって荷物を持った。荷物といっても学校指定の通学バッグだけである。

暗闇に目が慣れてきたこともあり、月明かりで周囲の景色がぼんやりとわかってきた。どうやら森かどこからしく、見回す限り木々に囲まれている。車の走行音らしきものはしない。道路から相当離れているのだろうか。

人里離れた山で遭難《そうなん》イコール白骨死体、という方程式が脳裏《のうり》を過《よぎ》った。

「いやいや、車が通らないド田舎《いなか》って可能性もあるしね！　案外すぐそこに民家があったりするのよ、こういう場合！」

アヤは己《おのれ》の思考回路を都合がいい方に導きつつ、勢いにまかせて、ざっくざっくと緑が生《お》い茂《しげ》る土の上を進んでいく。道などはない。草を分け入って進むアヤのセーラー服のスカートには、葉っぱがたくさんくっついていた。

そして何故か、パンダ（仮）が後ろからついてくる。

「なんでついてくるの？」

「ガル！」

しまった、ひょっとして餌付《えづ》けをしてしまったのかもしれない。

このまま、このショッキングピンクと白のパンダ（仮）を人里まで連れて歩くということに、アヤは危機感を覚えた。こんな生き物を連れていたら、完全に不審者《ふしんしゃ》だ。どこかでこのパンダ（仮）を撒《ま》かねばならない。しかし、こんな野外で、野生と思《おぼ》しき動物に人間が果たして勝ちえるのか。アヤが脳内でシミュレーションをしつつ歩いていると、間が悪いことに明かりが見えてきた。

だが、やがて視界に広がった光景に、アヤは呆気《あっけ》にとられる。

「トンネルを抜けるとそこはお城だった」

思わず、そのようなフレーズが口から零《こぼ》れた。

トンネルはなかったし、森っぽいところを突っ切ってきただけだが。

「何故にお城？」

アヤが呆然と見上げているのは、石造りの重苦しい西洋風の城だった。おとぎ話の城みたいな優雅さはなく、どちらかというとドラキュラでも住んでいそうな雰囲気だ。

見回すと、松明《たいまつ》の火が盛大に焚《た》かれている辺りに、いかにも門番っぽい二人の人間を発見した。しかし、ここで新たな問題が発生。

その二人が、なんだか物騒《ぶっそう》な服を着ているのである。

「何故に鎧兜《よろいかぶと》？」

兜はフルフェイスというやつか、バイクのヘルメットよりももっと通気性が悪そうである。身体を覆《おお》う鎧も、ガッチガチの金属製でものすごい重量感だ。あのような格好で、はたして動けるのか？　それとも立っているだけの仕事だからあえてアレなのか。自分だったら、あの格好で怪しいやつを追えと言われても、無理だと答えるしかないだろう。自分

気になることばかりではあるが、人間を発見したので次のミッションに入らねばならない。二人に声をかけて道を尋ねるのだ。

アヤはしばしためらい、考える。そして結論を出した。

「……違う家を探すのもアリよね、そうよね」

そもそも、ここはアヤが目的としていた民家などではない。自分はもっとこぢんまりとした、二、三人くらいが暮らしている家を探していたのだ。決してドラキュラ城を探していたわけではない。

「場所を移動しましょう。やり直しもアリということで」

「ガル」

物騒な鎧兜《よろいかぶと》を目《ま》の当たりにして、アヤとパンダ（仮）の間には謎の結束が生まれていた。

しかしアヤたちが離れる前に、門の前に立っていた二人に気付かれる。

「何者だ⁉」

「王の森への侵入者《しんにゅう》か!?」

気付かれて、なおかつ向こうから声をかけられたのであれば仕方がない。アヤは二人の方を向いて口を開いた。

「えっと、実は道を聞きたくて――」

ピーッ!!

そう言いかけたのと、甲高い笛の音が夜空に響いたのは同時だった。

「侵入者だ！　捕らえろ！」

「え、え、え?」

アヤは状況がわからず、呆《ほう》けて立ち尽くす。今の状況、なんだか時代劇に出てくるシーンに似てるなぁ、などとのん気なことを考えてしまった。

そんなアヤのスカートを、ぐいぐい引っ張るものがいる。そちらを見ると、パンダ(仮)がスカートに噛《か》み付いて引っ張っていた。アヤは慌ててスカートを引っ張り返す。

――やめろ、スカートに穴が開いたらどうしてくれる！

パンダ(仮)とそんな無言のやり取りをしているうちに、ドラキュラ城の門の向こうが騒がしくなってきた。先ほどの二人も、ガシャガシャとアヤたちに向かって走ってきている。よくわからないが、このままここに立っていたら、やばそうな雰囲気である。

「逃げる！」

「ガウン！」

パンダ（仮）を連れて、アヤは再び森に入った。そしてひたすらに走る、走る、走る。

森の中をがむしゃらに逃げて、鎧兜《よろいかぶと》に追いかけられること約十分。あちらは見るからに重装備だが、こちらは身軽なセーラー服だ。その分、距離をだいぶ稼《かせ》げたところで、アヤは立ち止まって息を整えながら、今の状況を考えた。

ひょっとしてここは、勝手に入ったら怒られるような場所だったのかもしれない。だったらさっきの警戒体制も納得できる。逃げるから怪しまれるのであって、素直に投降して話せばわかる……いや、やっぱりあの鎧兜はダメだ。

あんなものを着た人間と友好的なコミュニケーションがとれるほど、アヤは人間ができていなかった。たとえ特殊なコスプレの人だとしても、凝《こ》りすぎである。ものすごく怖い。

「いたか？」

「いや、いない」

休憩《きゅうけい》しすぎたのか、アヤの近くで声がした。

もう一度逃げる決意を固めたアヤは、できるだけ物音を立てないように、そろそろと移動する。そんな空気を読んだのか、パンダ（仮）も静かに歩いていた。

鎧兜の音がしなくなったところで、アヤは再び空腹を覚えて呻《うめ》く。

「あー、クリームコロッケはすっかり消化されたわ」

空腹な上、めいっぱい走らされたせいで、アヤはすっかりやさぐれていた。

「誰か私に食べ物をくれ……」

目の前に生えている木が、実はお菓子の木だったりしないだろうか、とアヤが木を撫《な》でつつ真剣に考えていると――

「そこにいるのは誰だ」

突然、男の声がした。

鎧兜のガチャガチャという音がしなかったので、アヤはすっかり安心してしまっていた。慌てて逃げようとしたが、空腹を思い出して力が抜けた身体はうまく動かず、おたおたしていたパンダ（仮）に躓《つまず》いてこける。

――くそう、この獣め！

慌てて体勢を整えていると、肩にひやりとしたものが触れた。

アヤは嫌な予感がして、ぴたりと動きを止める。

「逃げずともよい。こちらも騒がれては少々困る身の上だ」

背後からの声に、アヤはゆっくりと振り向く。肩に触れているのは、鈍《にぶ》く光る長いものだった。

それは、アヤの知識が確かならば、剣とかいうやつにとても似ている気がする。

——すっごく出来がいいけれども、ニセモノだよね？　コスプレの装備品だよね？

当たったら痛そうだけど、本物なわけはないではないか。

そう自分に言い聞かせつつも、アヤは冷や汗をだらだらと流す。背後の男は、全身をすっぽりと布で覆《おお》い、フードを目深《まぶか》に被《かぶ》っていた。

——怪しい！　全力で怪しすぎるよ！　何者だよアンタ！

口元は布で覆われていて視認《しにん》できるのは目元のみ。あまりに不審者《ふしんしゃ》すぎる。こんな人間に「怪しくないよ♪」と言われても、誰だって逃げ出すだろう。

「森の中で大きな魔力の動きを感じたので、様子を見に来たのだ。今はもう消えたが」

男が意味不明なことを言う。

「お前、見たところ、この国の者ではないな。どうしてこの森にいる？」

どうしてと聞かれても、こちらが聞き返したいくらいである。おなかは空《す》いたし、鎧《よろい》兜《かぶと》に追いかけられるし、アヤはもうキャパオーバーだ。

そこでアヤは開き直り、ありのままを答えることにした。

「私にもわかりません。気付いたらこの森にいたんです。むしろ帰り道を教えてください」

アヤの正直な答えに、男はとまどった様子である。

「……本当だとしたら、転移魔法の事故か？」

またもや意味不明なことを言う。

「嘘は言っていません」

アヤはゆっくりと両手を上げる。なにも持ってないよ、危なくないよアピールだ。お願いだから自分になど構っていないで、さっさとコスプレ会場に行ってくれ。アヤの中で先ほどのドラキュラ城は、秘密のコスプレ会場に確定している。

アヤの隣で、パンダ（仮）も両前足を上げていた。アヤの真似《まね》をしているのかもしれないが、その体勢はどう見ても「今から狩りをするぜ」にしか見えない。

男は、怪訝《けげん》な目でパンダ（仮）を見る。こんな珍妙な生物が存在するのか、という疑問を持っているなら、アヤも同じ気持ちだ。

「いずれにしろ、ろくな装備も持っていないようだ」

そう言いながら、男はアヤの肩から剣っぽいものを引っ込めてくれた。

「森を抜けて街に出るといい。迷子ならば、そこで助けを求めるんだな」

秘密のコスプレ会場の客じゃないのなら、さっさとどっか行けよ、ということだろうか。男は、アヤの答えなど確認せず、森の奥へと姿を消した。

そちらはコスプレ会場とは逆方向である。どっかに買い出しの途中だったとか？　うん、そうだ。そうに違いない。

これで、とりあえずの危機は脱したのだろうか。というか、迷子だと思うのなら、人がいるところまで送ってくれてもいいではないか、ケチな男め。

なにはともあれ――

「……腰抜けた」

「ガル？」

アヤは立ち上がれないまま、三十分ほどその場にしゃがみ込んでいた。

＊　＊　＊

フードの男が進んでいった森の奥では、一人の少女が彼を待っていた。

「オル様ぁ、遅かったね」

「ああ、ちょっとな」

男は少女への返事を濁《にご》し、逆に問いかける。

「なにかわかったか？」

「ん～ん、変な魔力だったけど」

「そうか」

男は少し考えると、一つ頷《うなず》く。

「問題があれば叔父上《おじ》が対処なさるだろう。もう行くぞ」

「オル様、問題丸投げ～」

二人はそんな会話をしつつ、森の奥へ去っていった。

＊　＊　＊

ショックから立ち直ったアヤが再び森の中を進み始めてから約一時間後。うまく追っ手から逃げ切ったはいいものの、アヤとパンダ（仮）は迷子になった。

「ああもう、どっちに行けばいいのか、わかんなくなったじゃない！」

夜の森で移動しようとしたことが悪いのか、はたまたパンダ（仮）を道案内にしようとしたことが悪いのか。パンダ（仮）はのん気にあくびなんぞしている。

ああ面倒臭いから、もうパンダでいい。パンダ（仮）の名前は今からパンダだ。アヤはショッキングピンクと白の生き物を、パンダと名付けた。

「うぅ……おなか空《す》いた疲れた眠たい」

辺りを見回しても、自分が今どこにいるのかわかるような手がかりはなにもない。今夜はもう、これ以上動かない方がいいのだろうか。

「けどそうなると、野宿なのね……」

いまどきの女子高生が野宿。しかも公園でとかではなく、森で野宿。その上、ロクに装備すらない。

いや、一つだけあった。暖をとるのにうってつけの装備が。

「ガル？」

アヤにじっと見つめられたパンダが、不思議そうに首を傾《かし》げる。

「パンダ、ちょっとそこに横になりなさい」

「ガル」

言葉が通じたのか、はたまた偶然か、パンダはごろんとその場に転がった。だらんと四足を投げ出すその姿は、猟師《りょうし》にトドメをさされたクマのようであった。

「よし、天然の毛布確保」

アヤはパンダの毛にしがみつき、寝心地のよいポイントを探る。

「おやすみ」

一応パンダに声をかけて、アヤは目を閉じた。

父親が死んで以来、アヤが誰かと一緒に寝るのは、これが初めてである。この場合は「誰か」ではなく「なにか」と言う方が正しいだろうが。

生き物の温《ぬく》もりは存外心地よく、アヤはすぐに眠りに落ちたのであった。

そして、夢も見ずにぐっすりと眠った次の日の朝。

日の出と共に、アヤは猛烈《もうれつ》な空腹感に襲《おそ》われて起きた。自分が目を覚ましても、パンダはまだ寝ている。のん気に寝息を立てているパンダをじっと見ていると、肉の丸焼きに見えてきた。かなりの重症である。

パンダにとって幸運なことに、アヤはパンダを捌《さば》けるだけの刃物の類《たぐい》を持っていなかった。刃物と名の付くもので通学バッグに入っているのは、カッターナイフだけである。さすがにカッターナイフではパンダを捌けない。

己《おのれ》の身の危機が迫《せま》っているかもしれないとは微塵《みじん》も思わないのか、野生失格なパンダが起きたのは、太陽が程よく昇った頃であった。

「今日こそは森を抜けて、誰かに道を尋ねるんだからね！」

気合を入れてみたものの、富士《ふじ》の樹海で遭難《そうなん》の末、白骨化——という新聞の見出しがアヤの脳裏《のうり》を過《よぎ》る。いやいや、ここは富士の樹海じゃないと思うし、とアヤは頭を激しく振って己《おのれ》の考えを消し去った。

「パンダ、あんたも気合入れないと、朝ご飯が手に入らないんだから、人里を探しなさいよ！」

「ガル！」

パンダの返事は勇《いさ》ましいが、いまいち信用に欠ける。それでも、動物の嗅覚《きゅうかく》に頼った方が、早く森を抜けられるだろう。昨夜は何度撒《ま》こうとしてもアヤについてきてしまったので、逆にパンダを利用するため一緒に行動することに決めたのだ。

「さあ行くのよ、パンダ！」

「ガオーン！」

本当に大丈夫なのか、と不安を抱きながらも、パンダの後をついていくアヤなのであった。

それから、一人と一匹で数時間も歩いた頃、見事森を抜けた。それも人里らしき場所に出たのだ。

「えらいパンダ！」

「ガル！」

アヤとパンダがたどり着いたのは、昨夜の城門よりももっと大きい門だった。門の向こうに垣間《かいま》見えるのは、石畳《いしだたみ》の街並みだ。その街並みのはるか向こうにドラキュラ城が見えたが、アヤは気付かないフリをした。

街の入り口の雰囲気は、日本にある夢の国の入り口というより、RPG《ロールプレイングゲーム》のお城の入り口に近い。どちらにしても現実離れしているけれども。

疑問に思うことは多々あるが、今は何より食事が先である。腹が減っては戦《いくさ》はできないのだ。

街の門にも、見張りの人間が立っていた。しかし昨夜の門番と違って鎧兜《よろいかぶと》ではない。普通の衣服の上に、革っぽい防具を身につけている。

なんだその格好、現代日本で見たことないぞ、なんてことは今は気にしない。というより、考えない方がいい。

――とりあえず朝ご飯だ‼

アヤは意気揚々《いきようよう》と門を通って街に入ろうとする。

しかし、その時――

「ちょっとキミ、登録証を見せて」

門の前に立っていた見張りの男性に呼び止められた。なんだ登録証というのは、とアヤは首を傾《かし》げる。横でパンダも釣られて首を傾げていた。

そんなアヤの様子を怪しんでいるのか、男性はじろりとこちらを眺める。

「登録証がないと入れないな」

男性は冷たくそう言うと、しっしっと手を振ってアヤを追い返した。

RPGでは、門というものはすべての人に分け隔《へだ》てなく開かれているものではないのか。そればかりか置いてある宝箱の中身すらくれるというのに。

――あの心の広さを見習え！　RPGっぽいのは見掛けだけか！

そんなことを心の中で愚痴《ぐち》りつつ、アヤはパンダと一緒に「入れろ」と騒ぐ。しかし、どんなに騒いでも、門番の態度は変わらなかった。

「おなか空《す》いたねぇ、パンダ」

「ガルゥ」

一人と一匹は、先ほどの門番の男がいる場所から少し離れた壁にもたれ、座り込んだ。

街がすぐそこにあるのに入れないとは。世の中はなんて冷たくできているのだろうか。

とはいえ、そもそもアヤの目的は街に入ることではない。道を尋ねて、最寄のコンビニの場所を聞き出せばいいのだ。だから門番の男にも、先ほど尋ねた。

『ここから最寄のコンビニには、どう行けばいいですか』

門番の男の答えはつれないものだった。

『コンビニなんて街は知らんな。どこの田舎《いなか》から来たんだお前』

コンビニを知らないとは、そっちこそ田舎者ではないか！　と激怒したアヤを、パンダがここまで引っ張ってきたわけである。パンダにフォローされるなんて、人間としていかがなものか。

しかし、壁を背にして座り込み、空を見上げていると、今まであえて考えないようにしていた疑問が、アヤの心の内に湧き上がってくる。

「ねえパンダ、ここってどこかなぁ？」

周囲には電線もアスファルトも、車も見えない。アヤの目の前に広がっているのは、土がむき出しになっている道路と、こんもりとした森である。少なくとも見渡せる範囲はすべて森だ。この森を半日で脱出できてよかった、とアヤは心から思った。

それはともかくとして、日本国内でも探せばこういうところがあるのかもしれないが、昨夜、あの光に包まれる直前までアヤがいたのは都会だったはずだ。アヤとパンダが抜けてきたような、森なんてなかった。

だとしたら、ここはどこだと言うのだろうか？

「ここって日本じゃないのかなぁ」

少なくとも、日本にあんなドラキュラ城があったら、有名になっているはずだ。だが、アヤはそんな噂《うわさ》を聞いたことがない。

アヤは、自分があの森にいた直前のことを思い返してみた。アヤは「助けてあげる」という誰かの声に従って、あの時路地へ逃げたのだ。

今にして思えば、アヤはどうして誰のものかもわからない声を信じてしまったのだろうか。知らない人についていってはいけないことは、幼稚園児でも知っているというのに。

いや、ちょっと待て、よく思い出してみよう。あの声は本当に知らない人だったのだろうか。昨夜、アヤはあの声を知っている声だと思って言うことを聞いた。あれを、アヤは誰の声だと思ったのだろうか。あの時は何故だか確信できていた気がするのに、今ではさっぱりわからない。

そして謎の声は、その後聞こえていない。

「わけわかんない……。どこよここ、おなか減ったよぉ！」

台詞《せりふ》の最後は、切実な叫びであった。

なんと言っても、昨夜から口にしたものは冷《さ》めたクリームコロッケのみである。しかも半分をパンダにとられた。朝ご飯を抜いているせいで調子が出ないのだ。そうに違いない。

「中に入れなくってもいいから、ご飯を要求してみよう！」

哀《あわ》れな女子高生が目の前で餓死《がし》しかけているのを放っておくほど、あの門番も冷血漢でないだろう。

そう決意してアヤが立ち上がろうとすると、突然、横から声をかけられた。

「おねえさんはニホンって街からきたの？」

アヤはギョッとしてしまった。

パンダしかいないと思っていたからこそ、大きな声で独り言を言っていたのだ。誰かがずっと近くにいたとしたら、恥ずかしすぎる。

足を投げ出し壁に寄りかかって座り込んでいたアヤは、慌てて立ち上がった。

「そ、そうよ。あのね、おねえさんは怪しい人じゃないのよ、ちょっとばかりおなかが空《す》いていただけで」

少々引きつり気味な笑顔で声のした方を向けば、そこには金髪美少年がいた。

背はアヤよりも頭一つぶん低いだろうか。滑《なめ》らかな白い肌に、バラ色の頬。艶《つや》やかな唇に、くっきり二重まぶたと青い目。それらが絶妙なバランスで配置されている、紛《まご》うことなき美少年であった。

美少年が首を傾《かし》げて、さらに尋ねてくる。

「おねえさん、おなか空《す》いているの？」

「いやぁ空いているっていうか、なんていうか」

己《おのれ》の腹具合を聞かれるのはものすごく恥ずかしい。初対面の美少年に、腹を空かせた怪しい女認定を受けたくはない。アヤだって年頃の乙女、カッコつけたい時があるのだ。

しかし、アヤの恥ずかしさなど理解できるはずのないパンダが、隣で盛大に腹の虫を鳴らしてくれた。

「パンダ。あんた、私からクリームコロッケを分けてもらった分際で、空腹を訴《うった》えようっていうの？」

むしろ野生だったら食料くらい己で狩ってこい。やっぱり朝、なんとかしてパンダを捌《さば》いて食べればよかった、とアヤは考える。すると不穏な思考を察知したのか、パンダが警戒するようにこちらを見る。

アヤとパンダが無言の睨《にら》み合いをしていると、美少年が声をかけてきた。

「おねえさん、このヴァーニャはおねえさんが連れているの？」

美少年は珍しげに、ショッキングピンクの羽つきパンダを見ている。

「ヴァーニャってなに？」

問い返したアヤに、美少年が驚いて言う。

「ヴァーニャを知らないの？　その聖獣のことだよ」

ヴァーニャ、パンダのパチモンっぽい名前だ。しかも美少年はおかしなことを言っていた。

セイジュウ――聖獣、聖なる獣って意味で合ってる？　これが？　この毒々しいショッキングピンクが？

「パンダのくせに聖なる獣⁉」

なにより腹が立つのが、パンダが「どや顔」で、胸を張り偉そうにしていることである。

「聖獣を連れて歩くなら、飼い主の登録証を持っていないと街に入れないよ」

ここで、美少年が先ほどの門番とのやり取りの謎を解いてくれた。登録証というのは、つまりはパンダの血統書のようなものであるらしい。しかしながら、森で勝手についてきたパンダの身の上なんぞ、アヤが知るわけがない。

「このパンダは森の中で偶然ひっかけただけだから、そんなの持ってないわ」

「へえ、群《む》れとはぐれて迷子になったのかな。だったら神殿で登録証を作ってもらわなきゃ」

美少年は、もっと小さな街ならば、登録証がなくても入れるとも教えてくれた。しかし今から違う街へ行けというのか。腹減りでへばっているこの状況で。パンダごときのために。というか、そもそも神殿ってなんだ。

そんなアヤの心の声に気付いたのか、美少年は空を見上げ、少しの間、悩むそぶりをみせた。そしてしばらくすると「よし」と頷《うなず》く。

「おねえさん、こっち。中へ入れるところがあるから」

美少年はそう言って、アヤを手招きしつつ門番から遠ざかっていく。

アヤは美少年のあとについて移動しながら、何故ここにいたのかを聞いてみた。彼は人を見送りに来ていたらしい。その帰り道で、行き倒れそうな怪しい女を見つけてしまったというわけだ。

やがて、壁の一部が壊れている場所についた。その壊れた壁の一部を塞《ふさ》ぐように、大きめの石がいくつか積み上げられている。美少年はそれらの石を動かし始めた。

「おねえさんも手伝って」

美少年が石を動かすのをアヤも手伝う。しばらくすると、子どもが余裕で通れるくらいの穴が開いた。アヤも辛《かろ》うじて通れるだろうか。

「ここから入るといいよ」

美少年が先に入っていって、壁の向こうから手招きをしている。アヤも匍匐《ほふく》前進の要領で、その穴を通り抜けた。だが問題は――

「パンダ、あんた通れる？」

「ガルゥ」

アヤの問いかけに、パンダは首を横に振る。

正直、置いていってもよかったのだが、パンダがあまりにもしょげている様子を見せたため、諦《あきら》めて連れていくことにしたのだ。

結局、もう一度壁の外に出たアヤがパンダのお尻を押し、壁の中から美少年がパンダの手を引っ張ることになった。毛を土まみれにしながらようやく、パンダは壁を通り抜けることができた。

こうして美少年に街の中に入れてもらったアヤは、ついでに食べ物を手に入れられる場所も教えてもらった。

アヤはパンダを連れて市場をブラブラすることにした。ちなみに美少年とは市場に来る前に別れた。なにやら用事があるそうだ。

「わぁー、看板が読めない」

アヤは市場を眺めていてすぐに異変に気付いた。不思議なことに人々が交わす言葉はわかるのに、看板などに書いてある文字はさっぱりわからないのだ。日本語ではないし、英語などのアルファベット表記ではない。見た目としてはアラビア語っぽい感じである。いや、でも言葉は通じるのだから、きっとここは日本のはずだ。

しかし、そういった謎はひとまず置いておくことにして、今はご飯が先決である。とにかくおなかが空きすぎて倒れそうなのだ。いろいろな謎の類《たぐい》は、腹を満たした後でゆっくりじっくり考えればいい。

――まずはご飯！　ギブミー食事！

すれ違う人たちがホットドッグのような食べ物を持っているのを目ざとくチェックしたアヤは、それを売っている店を見つけた。露天なのだが、ずいぶんお客さんが並んでいる。なかなかの人気店なのだろう。アヤも並んでいる列に加わる。パンダを連れているので少々通行の邪魔になってしまったが、アヤにはどうすることもできない。

「おじさん一つちょうだい」

アヤが注文すると、背中をグイグイと押される。振り向けば、パンダがよだれを垂《た》らしていた。よだれがセーラー服についていないだろうかと心配になる。

「……二つください」

しょうがないので、パンダの分も注文してやった。

二つのホットドッグもどきを差し出され、通学バッグからがま口財布を出したアヤは、中身がおかしいことに気付く。

「なにこれ」

がま口財布の中に、見覚えがない金貨や銀貨が詰まっていたのだ。アヤが覚えている限り、このがま口財布には折りたたまれた千円札が一枚に百円硬貨が三枚、それだけが入っていたはずだ。なのになんなのだ、この金貨と銀貨は。

「ちょっとぉ、早くしてよ」

後ろに並んでいる女性から急《せ》かされ、アヤはとりあえず銀貨を一枚出してみた。すると、お釣りとして銅貨が八枚返ってくる。それほど大きくないがま口財布は、コインでパンパンになった。

アヤはまた増えてしまった謎に首を傾《かし》げつつも、市場から噴水《ふんすい》のある開《ひら》けた広場に移動してきた。噴水はどういう原理なのか、空中に浮かんだ球体から水が噴き出ていて、その水が下にある人工の池に注《そそ》がれている。なにかで球体を空中に吊り上げているようでもない。不思議な噴水であった。

その噴水の近くのベンチに座り、パンダと共にホットドッグもどきを食べることにする。ちなみにホットドッグもどきを買った後、飲み物も購入していた。色は薄いピンクで、ブドウの味がした。さわやかな後味で朝食にぴったりである。

しばし、一人と一匹はもぐもぐと食事に集中していた。パンダと一緒にベンチでホットドッグもどきを食べているアヤを、通りかかる人々がガン見していくのだが、食べるのに夢中なアヤは気付かない。パンダも物を掴むのに向いていない前足を使って、器用にホットドッグもどきを食べている。

「あー、食べたぁ」

「ガル！」

満腹とはいかないが、食べ物を胃に入れたことによる満足感は大きい。アヤは朝食は米派なのだが、この際贅沢《ぜいたく》は言うまい。

「食事は日々の生活の基本よね、うん」

食事をしたことによって、気持ちに余裕が出てきたアヤは、改めて街並みを見回した。

周囲には、赤っぽいレンガの建物が立ち並んでいる。壁の外とは違って、壁の内側の道路には石畳《いしだたみ》が敷き詰めてあった。アスファルトではないことに違和感を感じる。道行く人々の格好も、なんだか昔のヨーロッパを舞台にした映画の登場人物が着ていたような服装である。

こういった違和感をあえて一言で表すならば、「ファンタジーっぽい」だ。現代日本で似た場所を探すとしたら、かの有名な、夢の国とかのテーマパークがあるのだが、周囲に観覧車などのアトラクションの類《たぐい》は見当たらない。それに、ここにはテーマパークにはない生活の匂いがする。洗濯物とか、油とか、動物とかの雑多な匂いだ。

「私は一体、どこに来ちゃったんだろうねぇ」

そう呟《つぶや》きつつ、アヤはベンチの背にもたれかかり、空を見上げる。抜けるような青空だ。東京で見た空よりも、青みが強い気がする。アヤは、空気が澄《す》んでいると空も青くなると聞いたことを思い出した。

視線を下げれば、噴水《ふんすい》が目に入った。空中に浮かんでいる球体は透《す》き通っていて、金属には見えない。ガラスであるにしても、どうやって水が出ているのだろうか。手品の要領で宙に浮いているように見せて、ちゃんと水道管の通った土台があるのかもしれない。なんにせよ、不思議な噴水である。

「そういえば私、顔を洗っていない」

というより、風呂にも入らず野宿である。そして目の前には水。

あれだけ水が流れ出ているのだから、ちょっとくらい顔を洗ってもいいんじゃないだろうか。考え出したら顔を洗いたくて仕方がなくなってきた。水遊びしているように見せかけて、ばしゃっと顔を洗っても許される気がする。公園の水場ではよくある光景ではないか。『旅の恥はかき捨て』という立派な言葉もある。

「パンダ、あんたちょっと、あの噴水《ふんすい》に飛び込んできなさいよ」

そうすれば、パンダ救出という、水に近付く大義名分《たいぎめいぶん》が立つというものだ。しかし、パンダは嫌そうに顔を背《そむ》ける。

――朝食を奢《おご》ってやったのに、その態度はなんだ！

仕方がないので、アヤはあえて堂々とした足取りで噴水に近付いた。挙動不審にならないようにするのがポイントだ。そうして、噴水の水を両手ですくう。ちょっとひんやりする程度の冷たさで、心地よい水温である。アヤはそれをパシャッと顔にかけた。顔が引き締まる感じがして、ああ朝だという気持ちになる。

「あ、しまった、タオル」

確かバッグの中に入っていたはずだ、とアヤがベンチに戻ろうとした時――

バチバチバチッ！

アヤの頭上でなにかが火花を散らす音がした。何事かと濡《ぬ》れたままの顔を上げれば、噴水に水を注《そそ》いでいた球体から煙が出ていた。

「へ？」

そして、宙に浮いていた球体は、突然重力を思い出したように落ちる。噴水の水を湛《たた》えていた池に落下し、そばにいたアヤに思いっきり水がかかった。

「きゃあ、噴水が！」

「いきなり壊れたぞ！」

「どうなっているんだ!?」

……ひょっとして、自分のせいだろうか？

周囲の悲鳴を聞きながら、アヤは呆然と立ちすくむのだった。

＊＊＊

ヴァーニャを連れた不審な娘が門を通ろうとした、という報告がきたのは、昼を少し過ぎた頃である。その時、赤騎士隊の隊長アラン・マキアスは昼食の途中であった。

「ほんで？　娘の身元は？」

咀嚼《そしゃく》していた肉を呑み込み、質問するアラン。

「いや、登録証を持っていなかったので、門番が追い返したとのことです」

報告に来た若い騎士の返答に、アランは眉根を寄せる。

「バッカ野郎、不審だと思ったなら、とりあえず捕まえとけよ！」

怒られるとは思っていなかったのか、騎士はびくりと身体をすくませる。

「しかし、理由もなく民間人を捕らえるわけには――」

「別に拘束《こうそく》しなくても、休憩室《きゅうけいしつ》でお茶させとけばいいだろうがよ！」

気の利かない門番に、アランは苛立《いらだ》ちを見せた。

「ヴァーニャは裏社会じゃ高額で取引される、最高位の聖獣だぞ。密輸品だったりしたらどうする！」

そう言って、アランは昼食の残りを流し込むようにして食べた。せっかくの食事が、これでは味もわからない。ため息をつくと、胃を落ち着かせるためにお茶を飲んで立ち上がった。

「こんなことがサラディンに知れてみろ、イヤミを言われるに決まってる」

おお嫌だ、と呟《つぶや》くと、アランは壁にかかっていたマントを羽織《はお》って部屋を出た。

その聖獣を連れていた娘というのが、まだ遠くに行っていないことを願って。

＊＊＊

噴水《ふんすい》が壊れ、その場で呆然としていたアヤは、パンダに頭突きされてはっと我に返る。

噴水が壊れたのは自分のせい？　噴水で顔を洗ってはいけなかったのか？

いいや、これは偶然だ。そうだろう、ちょっと顔を洗ったくらいで壊れる噴水ってなんだ。そうだ、自分は悪くない。とはいえ、ここにいると、責任を負わされそうでマズい気がする。可及的速《かきゅうてきすみ》やかにここから立ち退《の》くべきだろう。

しかし、時すでに遅し。赤い服を着た目立つ集団が、アヤを指差してなにやら騒いでいた。

「なに、あの派手な集団は？」

「ガル？」

アヤの怪訝《けげん》そうな言葉に、パンダが首を傾《かし》げる。いや、別にパンダに答えを求めているわけではないのだが、つい呟いてしまった。一人暮らしでペットを飼うと、ペットと会話をするようになると聞いたことがある。これがまさしくその現象なのだろうか。パンダは勝手についてきただけで、ペットなわけではないが。

アヤが考え込んでいる間に、赤い服の集団はアヤのすぐ近くまでやってきた。

「赤騎士隊だ」と周囲の人間が囁《ささや》いているのがアヤの耳に入る。赤い服を着ているから赤騎士隊なのだろうか。そのまますぎて、なんとも微妙なネーミングである。

その赤騎士隊の集団の中から、一人の男性がアヤの前に進み出てきた。三十歳前後くらいの年齢であろう、明るい茶色の髪と目で、なかなかハンサムな顔立ちをしていた。

「ヴァーニャを連れた娘は門で追い返されたと聞いたのだが、どうして街中にいるんだ？」

ヴァーニャとは、確かパンダのことだったはず。すると男性の言う娘というのは、アヤのことか。どうして街にいるのかと問われても、美少年に入れてもらったとしか答えようがない。しかし、あの入り口は明らかに秘密の出入り口っぽいものだった。もし、ここで教えてしまっては、あの美少年に恩をあだで返すことになってしまう。

アヤはなんと言い訳しようかと考えていたが、その男性はどうやらアヤに聞いていたわけではないらしい。

「隊長、これはその……」

言い訳をしようとした集団の一人を、男性はジロリと睨《にら》む。

「職務怠慢《しょくむたいまん》だな。同じ班のやつら全員、夜間特別訓練だ」

隊長と呼ばれた男性の言葉に、後ろの赤い集団の一部が意気消沈《いきしょうちん》している。

そんな様子を、ただボーッと見ていたアヤとパンダは、隊長の視線がこちらに向けられた時に、もしかして今の間に逃げていればよかったのではないかと気付いた。しかし、もはや手遅れである。

「さて、いつの間にどこから侵入《しんにゅう》したのかは知らんが、正門に現れた聖獣連れの娘はお前だな。というか、ヴァーニャを連れた娘がそう何人もいてたまるか」

隊長の口ぶりからすると、パンダはやはり珍獣であるらしい。そんな珍獣を連れて市場をうろうろしていれば、すぐに見つかるのも道理であろう。

とはいえ、こちらにも言い分はある。アヤはむっとして反論した。

「だって、わけのわからない理屈を言われて追い返されたのよ。こっちが困っていることを聞きもしなかったそっちだって、悪いと思うけど？」

好きでこっそり街に入ったわけではなく、そちらに手落ちがあったのだ。この理屈をごり押しするに限る。こういう場合、一旦非を認めると、なし崩しに罪を着せられるのだから。アヤは伊達《だて》に借金生活をしていたわけではない、この手の対処法は心得ていた。言質《げんち》をとられた方が負けなのだ。

一方、アヤが反抗的な台詞《せりふ》を言ったことに、隊長は驚いたらしい。一瞬目を丸くしていたが、すぐにニヤリと笑みを浮かべた。

「それはそれは、部下が失礼をしたようで。ところでお嬢ちゃん、この噴水《ふんすい》を壊したのはあんただと街の者らが言っているのだが、本当か？」

しまった、忘れていた。不法侵入と器物損壊《きぶつそんかい》。どちらの罪が重いだろうか。

「いやいや、そもそも噴水《ふんすい》が壊れたのは私のせいじゃないから」

一瞬、雰囲気に呑まれて罪を認めそうになった。危ない、己《おのれ》を強くもっていなければ。

「なにやら言い分があるようだ。詳しくは詰め所で聞こう」

そう言って隊長が意味ありげに視線を逸《そ》らすので、つられてアヤもそちらを見る。するとパンダが赤い集団に縄《なわ》で捕獲《ほかく》されていた。グルグルと情けない唸《うな》り声を上げてアヤに助けを求めている。

「パンダ！　あんた、なに捕まっているのよ⁉」

アヤが隊長とのやり取りに集中している間に、パンダはうっかり捕まっていたらしい。いや待て、パンダは勝手についてきただけだ。捕まったからといって、アヤが責任をとる必要はあるのだろうか。

アヤがそんなことを考えていると、隊長が釘をさすように言った。

「ちなみに、登録証のないヴァーニャを連れていることも、罰《ばつ》の対象になる」

「連れているんじゃなくて、勝手についてきているだけなんだけど」

「ヴァーニャに食事を与えていたという証言もある」

「……たかられただけだし」

「グルゥ……」

パンダが情けない顔をしてアヤを見る。

思えば、森で会った時にクリームコロッケを与えなければよかった。そこからすでに選択肢を間違えていた気がする。しかし、今更後悔しても仕方がない。なにより逃げられなさそうだ。

「……詰め所って、お茶くらい出るんでしょうね」

こうしてアヤは、赤騎士隊に連れて行かれることになったのである。

赤騎士隊に囲まれて、促《うなが》されるままに街中を歩く。市中引き回しの刑って、こういう状況かも知れない、などとつい考えてしまった。

だが、その途中、アヤはおかしなことに気付く。

詰め所と言うからには、交番みたいな場所に連れていかれると思っていたのに、どうして自分は、昨夜のドラキュラ城の入り口にいるのだろうか？

「いやだー！　私はドラキュラには用はない！」

「ドラキュラとやらが誰かは知らないが、噴水を壊した者を連れてくるように魔法省から言われているんだ」

隊長から意味不明な言葉がかけられた。だが城なんぞに入ってアヤが得することはなにもない。城に入って、うっかりドラキュラと遭遇《そうぐう》したら、どうしてくれるのだ。

アヤは城の入り口付近で踏ん張って、これ以上先に行かないぞという意思表示をしてみせる。すると、面倒臭くなったらしい隊長がアヤを担《かつ》ぎ上げた。いわゆる俵《たわら》担ぎである。アヤの頭が隊長の背中にバンバン当たる。

「うぎゃあ！　ちょっと降ろしなさいよ！　頭に血がのぼる！」

「やかましい、こっちだって忙しいんだ。お前一人に時間をかけていられないんだよ」

そう言って隊長にぴしゃりとお尻を叩かれた。お尻を触られた、セクハラだ！

「エッチ、スケベ、変態！　スカートをめくるな！」

物珍しいのか、隊長がひらひらと揺れるプリーツスカートをいじっている。

「こんなめくれやすい長さの服を着ているお前が悪い」

「これは女子高生のセーラー服にとって適正な長さよ！」

体勢が悪いのと興奮しているのとで、余計に頭に血がのぼる。鼻血が出たらどうしてくれるのだ。

「痴漢《ちかん》がいるー！」

「人聞きの悪いことを大声でわめくな！　ガキのくせしてマセてやがる」

確かに、アヤは背が高い方ではないし、顔立ちも大人びているとは言いがたい。しかし、だからと言って十七歳の女子高生に対してガキとはなんだ。

——こちとら、日々労働して生活費を稼《かせ》いでいる勤労学生だ！

抗議の意味で、両膝を使って隊長の上半身にガンガン膝蹴《げ》りを入れる。すると、「痛《い》てぇんだよ！」とまたお尻を叩かれた。セクハラ二回目！

そんなこんなで、ぎゃあぎゃあ騒いでいると、隊長が急にぴたっと足を止めた。やっと降ろしてくれる気になったのかと思えば——

「うるさいぞ、廊下でなにを騒いでいる」

心地よいテノールの声がした。アヤには見えないが、前方に誰かいるらしい。今までだって、周囲を行きかう人間は大勢いたものの、その誰も隊長とアヤを呼び止めたり咎《とが》めたりしなかった。それが、初めて声をかけられたのである。

「閣下、お騒がせして申し訳ありません」

閣下とな。そのような呼ばれ方をする人間に、アヤは人生で初めて会った。

閣下と呼ばれた男性が、こちらに近寄ってきたらしい。さっきよりも近くで声が聞こえた。

「ひょっとしてソレが、魔法省が騒いでいた、噴水《ふんすい》を壊したという者か」

「さようでございます。抵抗するので、こうして運んでいるところです」

「なによー、壊してないってば！　噴水《ふんすい》で顔を洗っていたら、勝手に球が煙噴いて落っこちたんだってば！」

通りすがりの見知らぬ偉い人に、ナチュラルに犯罪者認定されたくない。事実の訂正のため、ここははっきり言っておかねば。

「きっと、あの噴水がもともと壊れてたのよ！　それか不良品よ！」

「ほぉう？」

テノールの声が幾分か低くなる。妙に背筋がゾクッとくる、色気のある声だ。けれども今は、色気ではない他のなにかに鳥肌が立った。マズい、まさか地雷を踏んだのか？

「バッカやろ……」

隊長が低く呻《うめ》く。なんだなんだ、いかんせん対象にお尻を向けているので、アヤは相手の様子から空気を読むこともできない。

――いいから降ろせ、さっさと降ろせ！

アヤが再び隊長に膝蹴《げ》りをしようとした時、テノールの声の主が不機嫌に言い放った。

「あの噴水の魔法構築式は私の作ったものだが、それが不良であったというのだな、このデカ尻娘は」

「……なんですってぇ？」

お尻が人よりちょっぴり豊満《ほうまん》であることは、アヤのコンプレックスである。それをはっきりと貶《けな》されたとあっては、乙女として黙っていられない。

「アンタが誰だか知らないけどね！　自分のへボさを他人のせいにするんじゃないわよ、このハゲ！」

相手がハゲているかどうかは未確認だが、目には目を、悪口には悪口を作戦である。

すると、アヤを担《かつ》いでいる隊長から、またしてもお尻を叩かれた。太鼓《たいこ》ではないのだから、乙女のお尻を気軽に叩かないでもらいたい。

「バカかお前は!?　お前の前にいるのは、この国の宰相閣下だぞ！」

宰相閣下って、ひょっとして偉い人間なのか？

＊　＊　＊

アヤが宰相閣下と衝撃の対面をしている時、パンダはといえば、

「ヴァーニャって、風呂が好きだったんだな」

「聖獣とはいえ獣だし、水を嫌うと思うんだけどな」

「ガル～♪」

と、有難い聖獣として、赤騎士隊の隊員からもてなしを受けて、まったり風呂に浸《つ》かっていた。

風呂の中で果物まで食べて、ご機嫌なパンダだったが、アヤはパンダのようにご機嫌とはいかない。

不用意な発言で宰相閣下の怒りを買ったアヤは、当初の予定とは変わり、魔法省とやらではなく宰相閣下直々《じきじき》の取り調べを受けることになったのである。

どこかの一室に入り、ようやく俵担《たわらかつ》ぎから解放されたアヤが見た宰相閣下は……ハゲてはいなかった。

年齢は隊長と同じくらいだろうか、長身ですらりとした細身の体型であり、背の中ほどまで伸ばされた輝《かがや》く銀髪《ぎんぱつ》は、ゆるく後ろで纏《まと》められている。肌は、美白に命を懸《か》けている世のお嬢さん方に喧嘩《けんか》を売っているのかと言いたくなるほど白くてシミ一つない。目鼻立ちも整っているが、今は灰色の目がアヤを険《けわ》しく睨《にら》んでいる。

わかりやすく言えば美形だ。アヤはハゲなんて言ったことを心底謝りたい。

今いる場所は、お城の宰相閣下の執務室《しつむしつ》だそうだ。座らされたイスのクッションがふかふかで、アヤとしては逆に座り心地が悪い。

「まずは名前と年齢、出身を言え」

「葛城綾、十七歳。東京生まれの東京育ちよ」

隊長の質問に対して、別に嘘をつく理由もないのでアヤは正直に答える。

「カツラギ・アヤ、珍しい名前だな。トーキョーというのは、響きからして他の大陸の地名だろうな」

「お嬢ちゃん嘘はいけないな、背伸びにも限度があるぜ。どう見たって十二、三歳くらいだろう」

宰相閣下のコメントはまあ置いておくとして、隊長はどうして疑問形でなくて断定形なのだ。童顔で悪かったな！

「正真正銘《しょうしんしょうめい》、十七歳！」

アヤはきっぱりと言い切る。すると隊長と宰相閣下がひそひそと、

「閣下、アレが成人女性に見えますか？」

「胸はないし肉付きも悪いし、どう見ても子供だな」

などと、失礼なことを言い始める。

――胸がないとは失敬《しっけい》な！　胸は現在、鋭意成長中だ！　胸の大きさが大人のしるしなんかじゃないやい！

アヤが失礼な男二人を睨むと、宰相閣下は「フンッ」っと鼻で笑った。これはアレだ

ろうか、「ハゲ」呼ばわりしたことを、実はすごく怒っているのだろうか。ひょっとして、毛髪量を日々気にしていて、その仕返しを受けているとか？　人を呪わば穴二つなのか。いや、気を強く持とう。こちらは被害者のはずだ。

「では次、ヴァーニャをどうやって見つけた？」

「ここの近くの森で、食べ物を分けてやったら勝手についてきたんだけど」

隊長の次の質問に、これもまた正直に答える。

「閣下、聖獣は餌付《えづ》けされるものなのですか？」

「たとえ本当だとしても、おおっぴらにはできないな。聖獣の品格に関わる」

パンダ相手に品格と言われても、アヤとしては笑いが込み上げるばかりである。

「ところで、パンダは今、どこでどうしているの？」

アヤは少し不安になって尋ねた。パンダとは城に入る前に引き離されて以来、それっきりだ。あんな珍妙なパンダでも、離れるとなんだか心細い。

「あの聖獣のことか？　ちゃんと保護しているぞ。全体的に汚れていたから洗うように言ってある。どうしてあんなに土まみれになっていたんだ？」

逆に隊長に質問された。何故かといえば、壁穴を強引に抜けた時に汚れたからだ。しかし、それは美少年とアヤとの秘密である。

「そんなのどうだっていいじゃない。それより、私の無実は証明されたんでしょうね？」

話を逸《そ》らしつつ、アヤはそもそもここまで連れてこられることになった本題に入る。

「あー、それはだな」

「小娘、これを持て」

隊長が答えるのを遮《さえぎ》り、宰相閣下が、アヤになにかを差し出す。変なものだったら嫌だと思ってアヤは手を出さずにいたが、宰相閣下の眼力に負けた。

そうして差し出した手のひらに載せられたものは――

「なにこれ、電球？」

見た目、ちょっとレトロな白熱電球である。こんなものが一体なんだというのだろうか？　アヤが首をひねっていると、急にボン！　という音と共に電球から煙が噴き出した。

なにやら、見覚えのある現象である。

「やはりな」

「魔力灯が!?　どうしたんですか？」

納得したように頷《うなず》く宰相閣下と、驚く隊長。もちろん一番驚いているのはアヤである。

「理由はわからんが、小娘は魔法拒絶の性質を持っているのだろう」

「……たまーに、魔法具との相性が悪いやつがいますが、あれが酷《ひど》くなった感じですかね？」

「そのような認識で、概《おおむ》ね正しい」

正直、アヤは情報過多で頭がパンク寸前である。

魔法とか、魔法具ってナンデスカ？　拒絶って、身体から妨害電波でも出ているってことですか。

そもそも、ここは一体どこですか。

ここは東京の近くじゃないんですか、っていうか東京を知らないんですか。

疑問はいろいろとあるものの、なにより大事なことは——

「あの噴水《ふんすい》を壊したのは、私ってことですか？」

「損害賠償《そんがいばいしょう》請求額はいくらになるんだろうな？」

宰相閣下がにこやかに笑っていた。

——損害賠償、私が払うの!?

それから小難しい話をされたり、お小言を言われたりしたが、アヤが噴水を壊し、その賠償金を払わなくてはいけないという事実は覆《くつがえ》らなかった。

その上、すったもんだの挙句《あげく》、アヤの身柄は宰相閣下に預けられることになった。

なんでも宰相閣下の言い分としては、こんな近寄るだけで魔法具を壊す輩《やから》を野放しにしてはおけないとのこと。どうやら危険人物認定されてしまったようである。

宰相閣下の執務室《しつむしつ》での取り調べの後、汚れていると言われたアヤは二日ぶりに風呂に入り、土まみれのセーラー服の代わりにシンプルなワンピースを与えられた。着替えを終えると、パンダがアヤのもとに戻ってきた。

そして現在アヤは、何故か宰相閣下と夕食をとることになり、その席で今後の処遇《しょぐう》について説明されている。どうやら城に住まわされるらしい。

「私はお城になんか住みたくない」

今まで六畳一間のアパートに住んでいたアヤにとって、城はムダに広くて煌《きら》びやかで、非常に居心地が悪い。そして問題はそれだけではない。

「どうして私がアンタの部屋に住まなきゃいけないのよ！」

一番の問題は、何故か、アヤの居場所が宰相閣下の私室であることだ。

厳密に言えば、宰相閣下の私室の隣にある、使用人の部屋である。しかし宰相閣下の私室と使用人部屋はドア一枚で繋《つな》がっており、鍵などはない。主が緊急の用を命じた際は昼夜問わず駆けつけなければならないので、その用途からするとわかる気もするが、年頃の乙女としては大問題だ。

「緊急措置《そち》だ」

　宰相閣下がそっけなく言う。

「表向きは、私付きの小間使いということになる」

　その労働の対価で、壊した噴水《ふんすい》を弁償しろということらしい。

　またもや借金なのか。しかも今回は父親ではなく自分の借金である。どこまでも借金の二文字はアヤに付きまとうらしい。

　ちなみにパンダはアヤたちと同じ部屋で夕食をもらって、幸せそうに食べている。悩みがなさそうで羨《うらや》ましい限りだ。宰相閣下にこのままパンダを飼っていていいのか尋ねると、問題ないと言われた。

　アヤとしても、食事に罪はないので、残さず美味《おい》しく食べさせてもらった。

　美味しい食事をいただき、食後のお茶を飲んでまったりとした空気が漂《ただよ》っている時、アヤはさりげない様子を装《よそお》って宰相閣下に声をかけた。

「ねえ、そっちの質問にはあらかた答えたわけだし、私もちょっと、聞きたいことがあるんだけどなぁ」

「なんだ、唐突に」

　本当に唐突だと自分でもわかっているが、そこはスルーする。

「いいじゃない、別にご大層なことを聞きたいんじゃないの、世間話ってやつよ」

「……答えられることには、答えてやらんこともない」

後で後でと、ずっと後回しにして、考えないようにしていることがいくつかある。それらを尋ねるのは正直怖い。しかし、知らなければ、この先の人生設計も立たないのだ。少なくとも、昨日までの人生の予定表にパンダは登場しないはずだった。これがもう大きくズレている点である。

まず第一の質問。

「ここは、どこなの？」

「奇妙なことを問うのだな。ルドルファン王国王都イゼリア、その中心にある王城だ」

アヤが恐る恐る絞《しぼ》り出した質問に、宰相閣下はあっさりと答える。日本ではないかもしれないと予想していたものの、面と向かって答えられると、脳にガツンと衝撃が走った。

「そう、知らない国だわ。ねぇ、日本って知ってる？」

「ニホン？　聞かない名だが、地名か？」

「私が住んでいた国の名前よ。小さな島国だけど、世界中に知られている国なのよ」

「……知らないな」

「そう、知らないんだってさ、ははっ」

アヤは乾いた笑いを漏《も》らす。

いつの間にか、パンダが傍《そば》まで寄ってきていたので、そのフワフワの毛皮を撫《な》でる。思いのほか癒《いや》されたので、もっと力を込めてガッシガッシと撫でたら、距離をとられた。薄情者め。

宰相閣下はアヤが地理を知らないと思ったのか、地図を持ち出して、この国の位置を示してくれた。その地図は、アヤの見慣れた世界地図ではなかった。

ここは日本ではない。たぶん、地球でもない。納得できるわけがないが、理解しなければならなかった。

謎が一つ解決……しているかどうかはわからないが、少なくともアヤの中で諦《あきら》めはついた。よって、第二の質問。

「魔法って、呪文とか唱えたり、杖を振り回して火の玉を出したりする、不思議な技のこと？」

「なにやら発想が幼児並みだが、初歩の魔法は概《おおむ》ねそうだ」

今日一日でたくさん聞いた魔法というのは、アヤがイメージする魔法とあまり変わらないようである。先ほどの白熱電球もどきも、魔力灯と呼ばれていた。窓から外を見ても電線は見えないし、電化製品も見当たらない。今、部屋を照らしている明かりも蛍光灯ではない。もっと自然光に近い明かりだ。

「この魔力灯？　っていうのも、魔法？」

「これも初歩の魔法の一つだな」

こういった魔法の力で動く道具のことを、魔法具というらしい。

正直バカにされるかと思っていたのだが、宰相閣下は丁寧に答えてくれる。説明を聞き終えたアヤは、森で会った怪しい男が言っていた「転移魔法の事故」という言葉を、今になって思い出した。

こうなったら認めてやろう。アヤはどうやら、魔法が存在する異世界に迷い込んでしまったようである。

その後、なんだかいろいろ会話をした気がするが、あまりのショックで上《うわ》の空だったのか、ほぼ覚えていない。

そして、一夜が明けた。

ソファの上で目を覚ましたアヤは、窓から差し込む朝日に目をしょぼしょぼさせつつ、うーんと伸びをした。それによって、アヤにかけられていた毛布がずれ落ちる。

「朝かぁ」

パンク寸前だった頭は、熟睡したおかげでスッキリしている。

昨日は宰相閣下の話を聞きつついろいろ考えてしまったが、これからどうしようという件については、あっさり決まった。ひとまず、ここでしっかり働くことにしたのだ。

そもそも、アヤは元の世界に帰りたいと思っていない。借金取りに追われ、身体を売る事態に陥《おちい》りかけていたせいで、帰りたいという気持ちが湧いてこなかった。

新たな借金を背負ったものの、幸運なことに住処《すみか》も仕事もくれるという。だったら、このまま流れに乗ってみるのも手かもしれない。もし放り出されたら、その時また考えればいい。

考え方を変えれば、アヤは夜逃げに成功したのだ。今や、アヤは借金取りが到底追ってくることのできない場所にいる。

それは即《すなわ》ち、今から普通の生活ができるということだ。昼間に、大通りを大手を振って歩くことだってできる。なんとすばらしきかな人生！　今後、友人ができて青春を謳《おう》歌《か》したり、ひょっとして、恋をしたりするかも。

「うわあ、夢が広がる！」

気分が盛り上がるのをおさえきれず、じたばたすること数分、アヤは気合を入れるように起き上がる。

「ようし、まずは朝ご飯だよね」

だが、そこで違和感を覚え、アヤはふと考え込む。

「あれ？」

そう言えば昨夜、自分はいつの間に寝たのだろうか？　というより、どうしてソファに寝ていたのだろうか？　ふと横を見れば、パンダがソファに寄りかかって寝ている。ひょっとして、寝落ちしたアヤをパンダがここまで運んでくれた……なんてことはないな、さすがに。残る心当たりは一人だけなのだが、そのお方はどこにいるのやら。

アヤは朝日が差し込む室内を見回すうちに、すぐにその人物を発見した。部屋の真ん中にある大きなベッドで、寝ていたのだ。同時に、アヤは自分がどこにいるのかを理解した。

――ここって、もしかしなくても、宰相閣下の寝室⁉

「うわ、なんで、どうして⁉」

アヤが住むのは、扉一枚隔《へだ》てた使用人部屋だったはず。それが、どうして宰相閣下の寝室に⁉

「……さっきからうるさいぞ」

そう言いながら、ベッドに寝ていた宰相閣下が起き上がった。

その姿を見て、アヤはビシッと固まってしまう。

どうして上半身裸なんだ、裸族なのか。そうだとしたら、それ以上身体を起こさないでほしい。昨日は細身だと思ったのに、朝日に照らされている身体は意外と筋肉質である。

混乱しつつそんなことをつらつら考えるアヤは、その裸の上半身から視線を逸《そ》らすことができずにいた。

やがて、宰相閣下と視線が合って、数秒後。

「っきゃーーーー!!」

早朝の城に、アヤの悲鳴が響いた。

＊　＊　＊

時は、一日前に溯《さかのぼ》る。

ヴァーニャを連れた娘が、街の広場にある噴水《ふんすい》を壊した――そんな報告が、ルドルファン王国の宰相であるイクスファードのもとに入ってきたのは、午後の休憩《きゅうけい》の時だった。昨夜遅くに「怪しい魔力を発見したけど、原因はわからなかった。あとよろしく」なんぞというふざけた知らせを寄こした馬鹿者のせいで、イクスファードは少々寝不足気味であった。

件《くだん》の噴水は数年前に平和の象徴として作られたもので、水が噴き出すしかけに使われている魔法構築式はイクスファード自《みずか》らが作り出した。イクスファードは宰相であると同時に、優秀な魔法士でもあったのだ。あの噴水には防御魔法がかけられているし、魔法での攻撃も無効化するように設計している。その噴水がどうやって壊れたというのか？

話を詳しく聞くと、壊れたと言っても粉々に砕《くだ》けたわけではなく、なんらかの方法で魔法の効果が消去されたことにより、宙に浮いていた球体が落下したらしい。その程度であれば、また魔法をかけ直せばいい話である。問題は、誰がどうやって魔法を消去したかだ。

休憩中だったこともあり、イクスファードは犯人として城に連れてこられた娘を一目見ようと、魔法省に向かった。その途中の廊下で、大声で口論をする男女の声を聞きつけた。

口論しているのは、赤騎士隊の隊長アラン・マキアスと、何故か肩に担《かつ》がれている女らしき人物である。なにゆえ曖昧《あいまい》なのかと言えば、その人物の頭がアランの身体で隠れていて、イクスファードからは女の下半身しか見えないせいだ。スカートを穿《は》いているので、女だと判断したまで。

膝くらいの丈が短いスカートから、すらりとした白い足が伸びている。下半身の形があまり隠れず広がらない構造をしているようで、娘の安産型な尻の形が丸わかりだ。なんというか、下品なデザインのスカートである。

イクスファードが観察しているところで、アランがこちらに気がついた。

「うるさいぞ、廊下でなにを騒いでいる」

そう注意すると、アランは抵抗する娘を連行する最中だという。娘は自分は壊していないと言い張り、激しく抵抗している。しかも、イクスファードが造った噴水《ふんすい》の構築式が不良品だなどと暴言を吐く。アランは表情を引きつらせて固まっていたが、宰相であるイクスファードにとってそこまで悪し様《あざま》に言われることは珍しく、いっそ娘の顔が見たくなった。しかし、ちょっとムッとしてしまい、子供に対して大人気ないことを言ってしまったのだった。

娘はこの国の公用語を正しい発音で話していたが、黒髪黒目の異国風の容姿をしていた。取り調べ中に気付いたのだが、地理もあやふやで、魔法についての知識がほとんどない。魔法があまり使われていない国の出身なのかもしれない。海を渡った先に、機械国家と称されるカラクリで栄《さか》える国があるというから、その辺りの可能性がある。

なにより問題なのは、娘が魔法拒絶の性質を持っているということだ。魔法との相性が悪く、うまく魔法具を使えない者はまれにいるが、魔法そのものを消去してしまうのは驚異である。魔法具を壊すにとどまるのか、それとも高位の魔法士の魔法すら消してしまえるのか。また、どんな条件下で魔法を消去するのか。それらを確認しないことには、このまま放免するわけにはいかないだろう。何故なら、もし攻撃魔法も打ち消せるのだとしたら、この国で利用している魔法の守護結界を消されてしまうなど、国を脅《おびや》かす存在になりえるのだから。

そのような事情で、娘の身柄を城に留めることにした。しかし、娘の存在を公《おおやけ》に知られるのはよくない。秘密裏《ひみつり》に、かつ安全に身柄を留めておける場所を、と魔法省の役人たちと相談した結果、何故かイクスファードの使用人部屋へということになった。

確かに、イクスファードは側仕えの使用人を置いていなかったので、あの部屋は空いている。魔法士でもある自分の傍《そば》であれば、娘の魔法拒絶の性質を検証するにも役立つであろう。それでも、イクスファードはすぐさま頷《うなず》けなかった。

あの使用人部屋は今、人間が寝泊まりできる状態ではない。はっきり言えば物置状態だ。どうせ誰も使わないのだからと、いろいろなものを放り込《こ》んである。

だが、別の部屋を用意すると、娘の存在が様々な者の目に触れることになる。そう説得され、イクスファードはしぶしぶ頷《うなず》いたのであった。娘をとりあえずどこに寝かせるのか。それが最大の悩みである。

その後、娘――アヤと一緒に夕食をとるように手配し、当面の措置《そち》を伝えたところ、アヤは猛反発をした。唐突な上に強引なやり方であることは認めざるをえない。

しかし、アヤは住む場所に文句を言ったものの、地位や金品などの要求は一切してこなかった。まがりなりにも王城に住まうことを許されたならば、どんな状況であれ、千載一遇《せんざいいちぐう》の機会だと思うものではないだろうか。それなのに、アヤが要求したのはヴァーニャを自分の傍《そば》に置くことと、質問の回答をもらうことだけ。勝手についてきたと言いつつ、アヤはヴァーニャのことを気に入っているようだ。

アヤがパンダと名をつけた聖獣は、どうやら彼女に懐《なつ》いているらしく、探しに行こうと暴《あば》れたらしい。なのでアヤと一緒にここへ住まうことになった。……少々かさばって邪魔くさいと思ったことは秘密である。

そんなこんなで、イクスファードとアヤが会話していると、いつの間にかアヤの目元がほんのり赤くなっていた。

「だいたいさぁ、びしょーねんが助けてくれなかったらぁ、あらしたちは今夜も野宿だったわけよぉ」

アヤは赤騎士隊に捕まるまでのことを、はじめは言葉を選んで話していたのだが、だんだんとろれつが怪しくなってきた。

話の内容は非常に気になるところであるが、どうしてアヤに酔《よ》っ払《ぱら》いのような症状が出ているのであろうか。ひょっとして、食後のデザートに含まれていたアルコールかもしれない。それ以外に、アヤはアルコールを摂取《せっしゅ》していないはずである。デザートのアルコールで酔っ払う者など、イクスファードは初めて見た。今後、調理に酒類を使う際は、しっかり加熱してアルコールを飛ばすように言っておかねばならないだろうか。

「ねえ、きいてるぅ!?　ここのもんばんってぇ、すごく使えないと思うの！」

「ああ、聞いているとも」

かくして、酔っ払いの説教がしばし続いた後、アヤは眠りこけた。

しかし、寝かせるべき使用人部屋は、未だ物置状態。仕方ないので、寝室にあるソファに寝かせることにした。イクスファードが酔いつぶれて寝てしまったアヤを抱き上げようとしたとたん――

「グルグル」

と、何故か聖獣に唸《うな》られる。それを無視してそのまま寝室のソファに運ぶ間、聖獣はずっとイクスファードの服の裾《すそ》を噛《か》んでいた。アヤをソファに横たえると、聖獣は彼女の顔を覗《のぞ》き込んでフンフンと鼻を鳴らす。どうやらアヤが心配だったらしい。そんなアヤと聖獣をしばらく眺め、イクスファードも寝ることにした。

そして次の日の早朝、イクスファードはアヤのけたたましい悲鳴を聞くことになる。

第二章　宰相閣下の小間使い

――朝からさんざんな目にあった。

アヤが、目を覚ました宰相閣下の裸体を見て悲鳴を上げた直後。騒ぎを聞いて駆けつけた騎士には、男の寝室に侵入《しんにゅう》した痴女《ちじょ》扱いされるし、宰相閣下はパンツ一枚で歩き回るし、パンダは寝ぼけて転げまわって邪魔だしで、最悪な朝であった。その上、騎士の報告で駆けつけた隊長には、「朝くらい静かにしてくれ」と怒られる始末。これは自分が悪いのか、いや違う、むしろアヤの方がセクハラを受けた気分だ。

それから、何故か宰相閣下と一緒に朝食を食べた。普通、使用人と主人の朝食は別ではなかろうか。社長と平社員が同じ高級料亭のデラックス弁当を頼むようなものである。そう疑問に思って尋ねると、「緊急措置《そち》だ」とのこと。昨日からこればかりだ。その緊急措置とやらの具体的内容を言ってほしい。

朝食中、これから小間使いとして働く上で、いつまでも知らないのもアレかと思い、名前を教えてほしいと頼む。すると、アヤが宰相閣下の名前を知らないことを驚かれた。

これはなにか、宰相閣下は大ブレイク中のアイドルなのか？　国民皆知っていて当然な知名度なお人なのか？　だいたい昨日まで自分はこの世界の住人ですらなかったのだ。知るわけがないではないか。

ひとしきり驚いたあと、宰相閣下はイクスファードと名乗った。ただし姓は教えてくれず、名で呼ぶように言われた。それほど親しくもない年上男性の名前を呼ぶのに抵抗があったが、本人が言うのなら仕方がない。クラスで田中さんは複数人いるので名前で呼ぼうとか、そういう意味なのかもしれない。とはいえ、イクスファードというのは日本人的に長ったらしくて呼びにくい名前なので、呼びやすいように短縮することも聞いてみた。そのお願いにもしばし絶句されたが、結局、「イクスでいい」との答えをもらった。ダメもとで言ったことなのだが、物事はなんでも口にしてみるものである。

そんな問答をしている間、パンダはといえば、アヤの横で己《おのれ》に出されたフルーツ盛り合わせを幸せそうに食べていた。フルーツがまるで芸術品のような完成度で盛り付けられており、かなり気合の入った一品である。アヤも、ちょっと美味《おい》しそうだと思ってしまった。ヴァーニャというのは、それほど有難い存在なのだろうか。

さて、朝食が終われば、早速アヤの小間使いデビューである。

ちなみに、お偉いさんに付いて仕事するのだから、と朝食中に丁寧な言葉遣いを試《こころ》みたら、宰相閣下には「気持ち悪いから普通に喋《しゃべ》れ」と不評だった。アヤとて、きちんと大人な会話ができることを見せ付けたかったのだが、どうやら出会い方が悪かったようだ。普通の話し方の方が楽だからいいのだが、なにやら納得いかないアヤであった。

ともあれ、宰相閣下改めイクスがアヤに本日命じたのは、使用人部屋——つまり本来アヤに与えられたはずの部屋の片付けであった。

というわけで、今朝のアヤは誰かの着古しのワンピースにエプロン、頭に三角巾という姿である。

「ここに寝かせられなくてよかったー」

「ガッフンゲッフン」

部屋のドアを開《あ》けてみて、アヤは心底そう思った。隣でパンダはくしゃみをしている。

そこは、いわゆる汚部屋《おへや》であった。倉庫代わりにしていたとイクスは言っていたが、物がめちゃくちゃに置かれていて足の踏み場がなく、倉庫とすら呼べない状況だ。倉庫ならば、ある程度の整理整頓《せいりせいとん》が成されていると思うのだ。しかし、この部屋は空いている隙間《すきま》にものを詰め込んでいった結果こうなりました、と言わんばかりの乱雑さである。

ドアを開けた瞬間、なにかが雪崩《なだ》れてきたし、もはや人、いや生物が生活する場所ではない。

片付けは、とりあえず部屋の中の物をすべて廊下に出すことから始めた。イクスは捨てられない性格なのか、もはや使わないだろう壊れた机や破れたイス、意味不明な文字で書かれている書物、触ったら煙を噴く物体など、いろいろ出てきた。

捨ててよいのかどうか悩むところだが、イクスが片付けろと言ったからには、アヤの好きにさせてもらうことにする。廊下に出してある使われていない家具の類《たぐい》は、粗大ゴミ扱いにすることにした。粗大ゴミとそれ以外に分けると、ほとんどが粗大ゴミ行きとなった。廊下の見える範囲は、大量の粗大ゴミに埋《う》め尽くされている。

「にしても、よくこれだけのものをこの部屋に詰め込んだわねー」

「ガフ」

アヤは粉塵《ふんじん》を吸い込まないように、マスク代わりに鼻と口元を布で覆《おお》って頭の後ろで縛《しば》っている。パンダもくしゃみを連発したので、同じように布を巻いてやった。おかげで鳴き声がガフガフとこもっている。

パンダには背中に大きなカゴを背負わせていた。そのカゴの中に比較的小さなものを片っ端から放り込む。しかし、魔法具があったのか、カゴの中から煙が出ている。パンダの背中から煙が上がる様子はカチカチ山を連想させた。

「煙を噴いたのはイクスさんに確認ね」

とはいえ、確認すべき魔法具らしき物体は、粗大ゴミの横でも小山を成している。アヤは壊してしまったことに少々罪悪感を覚えたが、これは不可抗力だ。アヤに片付けを頼んだ時点で想定された事態であり、そもそもあんな汚部屋《おへや》にあったものを壊したからって文句をつけられても困る。

汚部屋の中身を全部出したら、次は部屋の掃除だ。しかし、廊下を粗大ゴミで塞《ふさ》いだままにはしておけない。廊下は皆が使うものだ。

ということで、先に粗大ゴミを片付けてくることになった。アヤが量が量だけに困っていると、イクスが粗大ゴミ処理要員として、騎士を派遣してくれた。さすがにイクスも汚部屋を作ったことを悪いと思っているらしい。重いものは騎士に任せ、アヤはパンダのカゴに燃えるゴミを詰め直し、自分もシーツで作った風呂敷《ふろしき》にゴミを包み、それを背負って捨てに行くことにした。

イクスの部屋がある辺りは城の中でも奥にあるとのことで、出入りできる人間は限られているのかもしれない。すれ違う人は高級そうな服を着た人たちばかりである。つまり、埃《ほこり》まみれのアヤとパンダはとても目立つのだ。さっきもオジサンにじろじろ見られたが、言いたいことがあるならば汚部屋の製作者に言ってほしい。アヤは本日の仕事をまっとうしているだけである。アヤとパンダは、ようやく焼却炉《しょうきゃくろ》のある場所に続くドアへとたどり着いた。すると、そこには先客がいた。

「やめてください！　大きな声を出しますよ！」

「誰も来ないさ、こんなところ。なあ、いいだろう？」

「嫌です！　やめて！」

「そう言われると余計に燃えるね」

外へ繋《つな》がっているドア越しに、そんな男女の声が聞こえる。

誰だ、昼ドラのようなベタな会話をしているやつらは。昼ドラの時間にはまだ早い。

アヤは目の前のドアを開けるべきかどうか迷う。勤務初日にして試練である。しかも男が言う通り、辺りにはアヤとパンダ以外に誰もいない。よって、二人の会話に割って入るなり、なにも聞かなかったことにするなりの対応ができるのは自分しかいない。このようなセクハラ現場に居合わせたら、どうするのがいいだろうか。アヤはしばし考える。

「とりあえず、ゴミを捨てに行くか」

「ガル」

結論として、アヤはまず自分の仕事を終わらせることにした。ここで回れ右をして出直しても、余計な時間がかかるだけである。

両手が塞《ふさ》がっているため、バン！　と勢いよくドアを蹴り開けたアヤは、驚いて動きを止めた男女の前を、視線も合わせず通りすぎる。そしてゴミが集められている辺りに、背負っていた風呂敷《ふろしき》を下ろす。パンダのカゴの中身も一緒に置いておけば、ゴミ捨て終了だ。そこでようやく、アヤは男女の方に視線を向けた。

「それは痴漢《ちかん》行為ですか？　それとも、ちょっとマニアックなプレイですか？」

しばらくぽかーんとしていた男女だが、女の方が先に我に返った。

「ち、痴漢です！　助けてください！」

女が涙声で懇願《こんがん》すると、男もやっと我に返ったようで、下品な笑顔で言い繕《つくろ》う。

「なんだよ、いいとこなんだから邪魔するな」

「不同意の行為は犯罪とみなす」

どうやら痴漢だったらしい。痴漢はすべての女性の敵である。

「ガルル」

パンダも目の前の男を敵と認識したのか、アヤの横で牙をむいている。こんなショッキングピンク模様《もよう》でも、一応大型の獣である。

「行け、パンダ！」

アヤの号令のもと、パンダが男に向かってどっしどっしと突進する。

凶暴そうな（?）獣に恐れをなしたのか、男は情けない声を出して逃げていった。たわいないものである。

「ありがとうございます、助かりました！」

痴漢《ちかん》に言い寄られていた女が、アヤに深々と頭を下げてお礼を言う。女はウェーブのかかった明るめの茶色の髪と目の、可愛らしい感じの人であった。たぶんアヤとは歳が近いだろう。無理に敬語を使わずともよさそうだ。

「私だって一人だったら助けなかったわ。お礼はパンダにしてね」

アヤが正直に言うと、女は目を丸くしたが、すぐに声を立てて笑った。

「この聖獣さん、パンダっていう名前なのね、ありがとうパンダさん」

女は律儀《りちぎ》にパンダに頭を下げる。それに対して、パンダはちょっと得意気にしていた。

「あなた、見たことのない人ね。新人さん？」

アヤに向かって、女は優しく尋ねてきた。

笑みを浮かべる彼女は、余計に可愛らしく見える。

「今日から働くピッカピカの新人よ」

「そう、私はアンネというの。よろしくね」

相手に名乗られたからには、名乗らねばなるまい。

「私はアヤよ、よろしく」

アヤ、小間使い生活初日にして、異世界で初めての友達ができたようである。


その後、もう昼時であるので昼食にすることにした。昼食は食堂で食べろ、とイクスから言われている。だが食堂がどこだか聞きそびれていたため、アヤは、一旦イクスの部屋へ戻り、パンダ共々身なりを整えた後、痴漢現場から救出したアンネに連れられて食堂に来た。

「緊急措置《そち》」とやらのせいで、昨日の夜と今朝はイクスと二人っきりの食事であったため、アンネとの食事は正直嬉しい。イクスとアヤに共通の話題などなかったので、ひたすら黙々《もくもく》と食べていたのだが、それではせっかくの食事も美味《おい》しくなくなるというものだ。年の近い女同士での昼食は、なんと美味しく感じられることか。やはり食事を共にする相手は重要だろう。思えば昨日なんて朝食兼昼食を、パンダと食べたのだ。

そのパンダはというと、今はアヤの隣で分厚いステーキを食べている。香味ソースのよい香りがするので、アヤは正直一口欲しかった。今朝のフルーツ盛り合わせといい、パンダに用意されるご飯は気合が入っている。ちなみにアヤのメニューはパスタセットである。

「パンダさんは私の恩人だものね、このフルーツはお礼よ」

アンネはパンダのお皿にモモのようなフルーツを置いた。この場合は恩人というより恩獣であろうか。パンダにわざわざお礼をするとは、アンネはいい人である。

そんなこんなでアンネと打ち解けたアヤは、彼女がどうしてあそこにいたのかを聞いた。説明によると、アンネは王子付きの侍女で、雑用が主な仕事であるそうだ。

「へえ、アンネは王子様のお世話係なんだ」

「王子様付きといっても、下っ端だけどね。さっきもゴミ捨てに行ったら、あの騎士に捕まったの」

食事しながら苦笑気味に語るアンネは、王子様付きというだけあって、着ている制服も紺色の高級そうな素材で作られた上品なものであった。間違ってもメイド喫茶《きっさ》の制服とは一緒にできないシロモノである。

アヤはといえば、イクスの部屋に用意されていた、アンネと色違いの深緑色の制服を着ている。しかし、この色は珍しいらしく、

「その色の制服は見たことがないわ」

とアンネに首を傾《かし》げられた。

聞けば、制服の色で所属がわかるようになっているらしい。たぶん深緑色はイクス付きの色なのであろう。イクスの使用人部屋の状態がアレであることから察するに、今まででお付きの人はいなかった様子である。今朝も、イクスは着替えなどの身の回りの準備を自分でやっていた。

ともかく、見慣れない色の制服を着て、パンダを連れたアヤは食堂で目立っていた。しかし、アヤは、そんなことをこれっぽっちも気にする性分ではなかった。もともと、やれ貧乏人だなどと後ろ指をさされたり、陰口を言われたりするのには慣れているのだ。

「あんな昼ドラの脇役みたいな男は、相手にすると付け上がるのよ。無視が一番！　あんまりしつこかったら上司に言いつけたら？」

アンネは昼ドラという単語は理解できなかったものの、アヤの言いたいことは伝わったらしい。

「そうね、相手が貴族出身の方だから我慢していたのだけれど。今度兄さんに相談してみるわ」

「へー、お兄さんがいるんだ。騎士をやってるとか？」

「そうよ。今度紹介するわね」

女同士のお喋《しゃべ》りに花を咲かせていると、昼の休憩《きゅうけい》時間が終わった。

食事と友人パワーで元気を補充したアヤは、午後も張り切って片付けに精を出すことにした。ひたすら、イクスの部屋の外に溢《あふ》れた物の片付けに追われる。

午後三時のおやつ時を迎えた頃。未だ人間が生活する場所とは言いがたい状況に、アヤは今夜この部屋で寝ることは諦《あきら》めようと覚悟を決めた。それでも清掃活動を続けるアヤとパンダに、忍び寄る影があった。

そして――

「えーいっ！」

「ギャッフン！」

子供の声がして、次いでパンダの悲鳴が響く。手伝いの騎士と共に廊下の片付けをしていたアヤは、すぐ後ろでカゴを背負って待機しているパンダを振り返った。

「うわーい、ふかふかー♪」

「ガゥンガゥン！」

子供がパンダに抱き付いていた。パンダは手足をじたばたさせて驚いている。どうやら不意打ちで抱きつかれたらしい。

「パンダ、なにしてんのよアンタ」

こんなにあっさり子供に捕まって、野生のカンはどうしたと問いたい。おたおたしているパンダに抱き付いていた子供が、くるりとアヤの方を振り向く。

「あー。やっぱり、おねえさんだ！」

「あれ？　キミは昨日会った……」

なんと、パンダに抱き付いていたのは、アヤとパンダを街に入れてくれた美少年ではないか。どうしてこのような場所にいるのかとアヤが尋ねる前に、女性の声が響いてきた。

「殿下、でーんーかぁー！　困ります、私が侍女頭に叱《しか》られますー！」

廊下の向こうから、アンネが大声を上げながら走ってくる。

「ヴァーニャを連れた女性って聞いたから、きっとおねえさんのことだと思ってたんだ！」

「ガウーン！」

「殿下、お部屋に戻りましょうよ！」

「でんかって、デンカって、殿下？」

と、アヤが問いかけるものの、美少年はひたすらパンダに抱き付いて撫《な》で回すし、パンダは悲鳴を上げて逃げ回るし、アンネは涙声で美少年に縋《すが》り付くしで、誰も答えてくれない。

――誰か私に説明してくれ！

この混乱は、片付けの様子を見に来たイクスが現れるまで続いた。

ちなみに、廊下に放置してあった煙を噴く物体の小山については、何故壊したのだとイクスにみっちりと説教された。あんな汚部屋《おへや》に入れたままにしていたのはあちらなのに、納得が行かないアヤである。

ようやくイクスの説教が終わり、美少年を紹介してもらうことになった。思いがけず再会した美少年の名はエクスディア。その正体はなんと、この国の王子様であった。アヤは自己紹介の後、王子本人に「エディって呼んでね！」と強く希望された。

王子様というのは、たいてい城の中にいるものではないだろうか。それがどういう理由で、昨日は城の外……どころか、街を囲む壁の外にいたのだろう。非常に気になるところであるが、アヤが首を傾《かし》げていると、エディに「しーっ！」とジェスチャーで黙っているように合図されたので、この場では聞かないことにした。今度、機会がある時に聞いてみよう。

王子様と宰相閣下の登場で中断されていた廊下の片付けについては、通行スペースは確保できたので、本日の作業はここまででいいだろうとイクスに告《つ》げられた。汚部屋の製作者が偉そうに命令するなと言いたいところを、アヤはぐっとこらえる。イクスはこれでもアヤの雇用主なのだ。

それにしても、今夜のアヤの寝床はどこになるのだろうか。昨夜と同じあそこではないだろうな、と今から不安になる。

そんなアヤの不安をよそに、イクスとエディはイクスの書斎へ入り、和《なご》やかにお茶を飲み始めていた。エディがヴァーニャとお茶をしたい！　と言い出したためだ。

まだ勉強の時間ではないのかというイクスの問いに、エディがにっこりと笑顔で答える。

「ヴァーニャに会いたかったんだもん」

「だからと言って、無断で抜け出してくるやつがあるか。侍女まで巻き込んで」

イクスに叱《しか》られても、エディにこたえた様子はない。それにしても、王子相手にタメ口とは、イクスはそんなに偉いのか。

アヤは小間使いのお仕事として、アンネと一緒にお茶の給仕をしている。宰相閣下の部屋でお茶を淹《い》れるということに緊張して、アンネはガチガチだった。下っ端だという話は謙遜《けんそん》ではなく、本当であったらしい。

本日の片付けが終了したことで背中のカゴを下ろされたパンダはというと、エディの隣でちゃっかりお茶菓子のクッキーを貰っている。

「ねえ、このヴァーニャはまだ登録証をもらっていないの？」

エディがパンダを餌付《えづ》けしながら尋ねてきた。

「あ、忘れてたわ登録証」

アヤはいろいろなことがありすぎて、登録証のことなどすっかり忘れていた。そもそもの不幸の原因とも言える登録証は、確か神殿で発行されると言っていたが。そもそも神殿ってどこだろう。

そんなアヤに、イクスが冷静に声をかける。

「未登録のヴァーニャを、城内でうろつかせるわけにはいかん。手配はしてあるので、明日の朝にでも行ってこい」

登録申請はしてあるので、あとはアヤが飼い主として登録証を受け取ればよいとのことだった。

「僕も一緒に行くー」

そう言いながら、エディはパンダにバフッと抱き付く。パンダもようやく慣れたのか、エディがしがみついても暴《あば》れなくなった。

どうでもいいが、片付けの後なのでパンダは汚れているはずだ。王子に汚れをうつして、あとでアンネが先輩の侍女さんに怒られないだろうか。

エディはパンダをひとしきり構い倒して満足すると、アンネを伴《ともな》って自分の部屋へ帰っていった。

ちなみに緊急措置《そち》により、アヤの今夜の寝床も宰相閣下の寝室のソファであった。

一夜明け、寝ぼけたせいでソファから転げ落ちたアヤは、その下敷《したじ》きになったパンダの悲鳴で目が覚めた。そして同じく目を覚ましたイクスのパンツ一枚の姿に、今度はアヤが悲鳴を上げる。それを聞きつけた騎士がまたもや部屋に飛び込んできて、最終的には隊長に「どうして静かに起きれないんだ！」と怒られた。

これって自分が悪いのか？　むしろ、うら若き乙女と同じ空間で寝るというのに、下着姿のイクスが全面的に悪いと思うのは自分だけなのか？　イクスがきちんとパジャマを着用してくれたら、静かな朝になる気がするのだが。

そんなことを考えつつ説教を受けているアヤの隣で、パンダは二度寝をしていた。

このような騒がしい起床をしたアヤは、朝食時、イクスに本日のお仕事を命じられる。

「午前中に、神殿で登録証を受け取るように」

「はーい、わかりました」

その後、特に会話が弾《はず》むでもなく、アヤとイクスは静かにお茶を飲む。アヤは神殿の場所は知らないが、誰かに聞けばわかるだろうと思っていたので、特に尋ねなかった。イクスも神殿への道順を説明するつもりがないらしい。ここでアヤがイクスに「神殿ってどこですか」と一言尋ねれば、そこから会話が始まるかもしれないのだが、二人とも自分から会話のキャッチボールをする気が全く感じられない。

朝食が終わり、イクスが仕事に出かけようという頃に、予想外の迎えが来た。

「おねーさーん、いーこーうー？」

こちらが返事をする前にドアが開く。そこにはなんとエディがアンネをお供に立っていた。アンネはなにやら魂《たましい》が抜けたような顔をしている。

それを見たイクスが、自分のこめかみの辺りをグリグリと揉《も》んだ。

「……一応聞いておくが、朝の勉強はどうした？」

イクスの問いかけに、エディはにっこりと笑顔で答える。

「だって、昨日、僕も一緒に行くって約束したもんねー」

エディの返事は、答えになっていない。

「つまりは脱走してきたということか」

イクスがふかーいため息をつく。

ねっ？　とエディに可愛らしく首を傾《かし》げられても、アヤとしても困る。確かに昨日、エディがついてくると発言したような気もするが、本当に来るとは思わなかったし、約束した覚えもなかった。

エディの後ろでは、アンネが泣きそうな顔をしていた。どうやら、強引に脱走の共犯者にされてしまったらしい。

そんな周囲の空気などなんのその、エディは早速パンダにバフッと抱き付いている。

「うわーいヴァーニャ、今日は埃臭《ほこり》くないね」

昨夜ちゃんと風呂で洗ってやったので、パンダの毛はふかふかだ。

「どうしましょうか、イクスさん」

このままエディを連れて行っていいものかアヤが尋ねると、イクスは少々驚いたような顔をした。

「どうしたんですか？」

アヤが不思議そうに見ると、イクスは咳払《せきばら》いをして表情を引き締める。

「いや、仕方がないのでさっさと行ってこい」

「了解です」

こうして、王子様が道案内役になった。

アヤとパンダは、エディとアンネに連れられて、城の敷地内にある神殿に向かった。

その神殿の入り口前で、キラキラした服装の怪しいオジサンが、アヤとパンダを待っていた。

同じ場所を行ったり来たりするオジサンの姿は不審者《ふしんしゃ》以外の何者でもない。しかも、そのオジサンはパンダの姿を発見するともの凄い勢いで突進してきた。よだれを垂《た》らさんばかりの勢いに、パンダもドン引きである。

「おおぉぉヴァーニャ様ぁ！　こうしてお目にかかれるとは光栄の至りでございますぅ、あぁ、なんと神々《こうごう》しいお姿！」

アヤは後ろに隠れようとするパンダを鬱陶《うっとう》しく思いつつ、「誰これ?」とアンネに尋ねる。エディはというと、パンダの背中に乗っていた。昨日からずっと乗りたかったらしい。

「この方が神殿長様よ」

神殿長と聞くと、ズルズルと裾《すそ》が長い服を着た、偉そうなおじいちゃんというイメージがある。しかし、目の前のオジサンはおじいちゃんという歳ではない。まだ四十歳そこそこくらいではなかろうか。よくよく見れば、ダンディな感じがしないでもないが、パンダを見てよだれを垂らしている姿はただの不審者だ。

「いつもはもっと凛々《りり》しい方なのよ」

そうフォローするアンネも、この神殿長の様子を見てしまって残念な気持ちが顔に表れていた。ちょっぴり憧《あこが》れの人だったのかもしれない。

「神殿長、いいから早く登録証をちょうだい」

そんな微妙な空気を、エディがにっこり笑顔で吹き飛ばした。

「おお殿下、いらしていたのですか！」

神殿長はパンダの背中に乗っているエディに今初めて気付いたらしい。本当にパンダしか見えていなかったようだ。

「希少な最高位の聖獣ヴァーニャを見て興奮するのはわかるけどさぁ、僕も暇じゃないんだよね」

暇じゃないなんて、朝の勉強から脱走してきたエディに言われたくない台詞《せりふ》である。

しかし、アヤは今のエディの言葉に、ふと引っかかりを覚えた。

「最高位の聖獣って言った？　パンダが？」

「そうだよー。生息地はもっと北の地方で、この辺りには棲《す》んでいないし、生息地でも滅多《めった》にお目にかかれないんだ。だから僕も本の絵でしか見たことなかったよ」

「聖獣たちの頂点にあるヴァーニャ様は、まさしく神の使いという二つ名に相応《ふさわ》しい存在であります！」

そんな神殿長の語りは置いておくとして。

「ってことは、ユニコーンとかよりも偉いの？　あ、そもそもユニコーンっているのかしら」

聖獣と聞いてアヤが思いつくのは、本やゲームでポピュラーな存在であるユニコーンくらいであった。それを聞いて、エディは肩をすくめる。

「ユニコーンなんて珍しくないじゃない。うちの城にもいっぱいいるよ」

 ユニコーンなんて目じゃないくらいに偉いそうだ、このパンダは。パンダのくせに。道理で、昨日からやけにパンダの食事が豪華《ごうか》だと思った。あれは最上級のおもてなしだったのだ。

今度、パンダのご飯を一口貰おうと思ったアヤだった。

それからエディと神殿長とのヴァーニャ談義が始まり、結局、登録証が貰えたのはお昼をまわった頃であった。貰った登録証がペットの迷子札のようだと思ったことは、言わない方がいいだろう。

そして次の日。

「今日も一日がんばるわよー！」

「ガル！」

「……頼む、朝は静かにしてくれ」

起床直後、朝だというのに元気に雄《お》たけびを上げるアヤとパンダに、イクスは眠たげな様子で苦情を言った。

昨日は神殿から帰ってもパンダと遊びたがるエディに付き合ったおかげで、汚部屋《おへや》の片付けが全く進まなかった。片付けが進まないということは、イクスの寝室のソファで寝る生活が続くということだ。乙女にとって、それは由々《ゆゆ》しき問題である。

というわけで、今朝は夜が明けてすぐ、アヤはお古のワンピースを着込んで掃除にいそしむことにした。眠そうなイクスを叩き起こし、さっさと朝食を食べてもらって仕事に追い出す。イクスがいては掃除が始められないのだ。あちらはなにやら文句がありそうであったが、アヤとしては今夜の寝る場所がかかっているので聞かないことにした。

有難いことに、廊下に溢《あふ》れていた粗大ゴミの類《たぐい》は、騎士の皆さんが昨日きれいに片付けてくれていた。掃除をするために騎士になったわけではないであろうに。アヤは今度、手伝ってくれた騎士に、なにかお礼をしようと考える。

廊下が片付いたということは、あとは部屋の中を掃除して、家具を入れるのみである。昨日貰ったばかりの迷子札、もとい登録証を装着済みのパンダにカゴを背負わせ移動ゴミ箱にして、アヤはモップがけと雑巾《ぞうきん》がけに精を出す。

何年かぶりに開けられたに違いない窓の金具は、錆《さ》び付いてギシギシと音を立てている。窓ガラスはくもりガラスかと思いきや、拭《ふ》いたらきれいな透明ガラスになった。ここはどれだけの期間、汚部屋だったのだろうか。

アヤとパンダが無心に掃除すること数時間。

「すごーい、なんだか魔法みたいだわ」

アヤを昼食に誘いに来たアンネが、感動したように言った。さもあらん、一昨日《おととい》の薄汚れていた状態から、ここまで清潔《せいけつ》な部屋になるなど信じられないのであろう。アヤ自身も、がんばった自分を褒《ほ》めてやりたい。

床や壁を磨《みが》き、本来の姿を取り戻したガラス窓から差し込む日差しに照らされた部屋の、なんと明るいことか。ドアを開《あ》けたら粗大ゴミが雪崩《なだれ》を起こした部屋とは思えない。

掃除が終わったので、あとは家具を入れるだけ。ベッドやタンスは昼に運んでやるとイクスが言っていたので、続きはそれからになる。

「ねえ、早く着替えて、お昼を食べに行きましょうよ」

アンネに急《せ》かされ、アヤは昼食に行く前に着替えることにした。アヤがイクス付きの深緑色の制服に着替えている間に、アンネが埃《ほこり》を被《かぶ》ったパンダをブラッシングしてくれた。

今日も食堂で注目を集めているアヤとパンダであったが、そんなことは気にせずに、アヤは昼食を堪能《たんのう》する。

「うーん美味《おい》しい！」

今朝は早くから掃除を始めたため、アヤとパンダは非常におなかが空《す》いていた。

本日のパンダの昼食は、魚の香草蒸しであった。パンダが口をつける前にアヤが一口貰ったところ、とても美味しかった。

ちなみに、アヤは香味ソースのステーキを食べている。先日のパンダのご飯が美味しそうだったため、ものは試しとおねだりしてみたのだ。

「これで、今夜からあそこで寝られそうだわぁ」

いくら宰相閣下用の上等なソファであるとはいえ、所詮《しょせん》はソファ。ちょっとごろ寝をする程度ならばともかく、長時間寝るには適さないものであることが、この三日間で判明した。手足は思うように伸ばせないし、寝返りも打ちづらいし、寝ぼけて落ちたおかげで腰が痛いし散々だった。だが、今夜はベッドというれっきとした寝具で寝られるのだ。

アヤの言葉に、アンネが不思議そうな顔をする。

「え、今片付けている部屋って、アヤの部屋だったの？」

「そうよぉ、使用人部屋をあんな汚部屋《おへや》にするなんて、宰相閣下どんだけって感じよ」

アンネはアヤがなにをしていると思っていたのだろうか。未だ不思議そうにしているアンネの様子に、アヤは首を傾《かし》げた。すると、アンネが重ねて問いかける。

「だったら、今までどこで寝ていたの？」

当然の疑問である。どうやらアンネは、アヤがどこからか通っていると思っていたようだ。住み込みの使用人が住まう寮では、アヤの姿を見かけないからという理由らしいのだが。

「えーと」

宰相閣下の寝室のソファです、とバカ正直に言えばとんでもない大騒ぎになることくらい、アヤにだってわかる。イクスの奥さんという人の姿も見たことないし、噂《うわさ》も聞かない。恐らく宰相閣下は独身なのだろう。それは即《すなわ》ち、アヤとイクスという未婚の男女が、一つ屋根の下どころか、同じ部屋に一緒に寝ているということになる。ただでさえ毎朝騒ぎを起こしているせいで、騎士の方々に妙な疑いを持たれていないか心配しているところなのに。

「空いている部屋にテキトーにね」

なのでアヤはウフフ、と笑ってごまかすことにした。

そうして昼食を終えた午後。騎士の方々が家具を持ってきてくれた。

今更であるが、こういうことには、きちんと専門の業者がいるのではないだろうか。とはいえ、騎士たちの顔を覚えて気安くなったのも確かなので、深くは突っ込まないことにした。

実はこの手伝いの騎士たち、イクス付きの精鋭《せいえい》であり、それなりに高い位についている。当然、普段は掃除の手伝いなどするはずもない。これがアヤの存在をできる限り隠匿《いんとく》しておかねばならないことゆえの措置《そち》であることなど、アヤの知る由《よし》もなかった。

ちなみにアヤが昼食を食べている食堂は、王族の住まう区域である王宮の奥——奥宮《おくみや》で働く者専用の施設であり、出入りする人間が限られている。加えて、奥宮の侍女や使用人たちには、勤務時間中のことについて口外してはならないという規則がある。

アヤが騎士に家具の置き場所を指示している時、事件は起きた。

「んまあぁぁあ、本当にネズミが入り込んでいましたわ！」

突然、女性のキンキン声がアヤの耳を攻撃してきたのだ。

驚きのあまり、アヤは抱えていた布団を落としてしまい、目の前にいたパンダが布団に埋《う》もれた。

「ガフー！」

「あぁ、悪かったわ」

布団の下で暴《あば》れるパンダを宥《なだ》め、アヤは素早く布団を抱え直す。布団が獣の毛まみれになっては今夜の寝床がパアになる。

「イクスファード様の私室に、このような小汚いネズミを入れるなんて、あなた方はどういう神経をしていらっしゃるのかしら！」

またキンキン声が響く。

アヤが声のした方を振り返ると、真っ赤なドレスを着て黒髪を巻き毛にした美女が、開《あ》けっ放しのドアの向こうに立っていた。ネズミネズミって、たった今掃除を終えたばかりの部屋に、そんな生き物はいないはずである。たとえいたとしても、パンダが脅《おど》せば速やかに退場してもらえるだろう。

「まあ嫌だ、ネズミがこちらを見ましたわ、疫病《えきびょう》を伝染《うつ》されたらどうしましょう！　それによく見たら、ナマイキにもイクスファード様の侍女の制服を着ているわ！」

……ネズミというのは、どうやらアヤのことを指しているらしい。騎士の方々も、女性の登場にとっさに対応できずにいた。

「お前たち、ネズミ駆除の薬を！」

美女が背後のお付きの人たちに、号令を下す。アヤは未だ事態に思考が対応できていないため、止めることができなかった。その結果――

バフゥッ！

大量の白い粉が室内に撒《ま》かれた。開けっ放しの窓から入る風が、粉を天井まで巻き上げる。

「ハックシュン！」

「ガッフゲッフ！」

粉を思いっきり吸い込んでしまったため、アヤはくしゃみが止まらないし、目がショボショボする。家具を運んでくれていた騎士たちも粉を被《かぶ》ってしまい、同じような状態であった。

「おーほほほほほほ!!」

粉まみれになったアヤとパンダ、騎士の方々を残して、美女はドップラー効果付きの高笑いをしつつ去っていく。せっかく掃除をした室内は白い粉まみれである。

それからしばらくして。

騒ぎを聞いて駆けつけたイクスは、粉まみれの室内を見て、苦々《にがにが》しそうに目を細めた。

それからアヤの愚痴《ぐち》をひとしきり聞くと、

「災難だったな」

と一言慰《なぐさ》めの言葉を言った。そして風呂に入るよう促《うなが》した後、騎士になにがしかの指示を出して仕事に戻る。アヤとしても、その日はまた掃除をし直す気にならなかった。

くやしいので、その日の夕食はやけ食いしてやった。

――せっかくのふかふかベッドが台無しじゃないか！　覚えていろよ、あの女！

＊　＊　＊

その知らせが表宮の執務室《しつむしつ》にいるイクスファードのもとへ届いたのは、執務の合間の休憩《きゅうけい》をしていた時であった。

「アルカス家の次女が奥宮に入った？」

イクスファードは眉をひそめる。役所の機能が集まる表宮と違い、奥宮はその名の通り城の奥にある、王族の居住区。許可なき者が入ることなどできないのだ。

「見張りの騎士の制止を振り切り、強行突破した模様《もよう》です」

イクスファードの執務官が、淡々と報告する。

「騎士たちも、公爵家の令嬢を相手に手荒な真似《まね》はいたしかねたのかと思われます」

「それで、今はどうしている？」

「令嬢の一行は閣下の私室前で騒ぎを起こして、勝手に帰ったそうです」

「……」

イクスファードの私室周辺は、彼自身が大勢の者に纏《まと》わりつかれることを嫌ったため、もともと配置されている人員が少ない。さらに今はアヤの身柄を隠す必要もあり、人の立ち入りを制限していた。立ち入りを許しているのはイクスファードの側近の騎士だけである。そんな理由で人が少なかったことが、どうやら裏目に出たようだ。こうなっては、なにがしかの理由をつけて、執務《しつむ》中もアヤを自分の傍《そば》に控えさせた方がいいかもしれない。

「少し様子を見に行こう」

イクスファードは立ち上がった
こうして向かったイクスファードの私室の前では、なにかの粉にまみれて真っ白になったアヤとヴァーニャ、そして騎士たちが、お互いを慰《なぐさ》め合っていた。

「う～ふ～ふ～、今夜こそ、今夜こそふっかふかお布団で寝れると思ったのに～のに～」

「アヤちゃん、くじけちゃいけないよ、宰相閣下だって考えてくださるさ」

しゃがんで指先で床に丸をぐるぐる描いているアヤの肩に、騎士の一人が手を置く。

アヤは少し顔を上げる。

「宰相閣下にお願いしたら、あのでっかいベッドを私に譲《ゆず》ってソファで寝てくれるかなぁ？」

「……いや、それはどうだろう」

騎士はなんと言えばいいのか困っている様子だ。それはそうだろう、上司の寝室事情のことなど聞かされても困るというものである。

「ゲッフガッフ！」

その横で、ヴァーニャは粉が鼻に入ったのか、何度もくしゃみをしていた。

いつの間にか騎士たちは、アヤと名前を呼ぶくらいに仲良くなったらしい。なにやら胃の辺りが少々ムカムカするが、それがどうしてかはイクスファードにはわからない。特に胃腸の病気はもっていないはずであるが。今度、医者にかかるべきであろうか。

「なにがあった」

胃がムカムカするせいで不機嫌な表情のまま、イクスファードは騎士たちに問いかけた。そこで初めて騎士たちとアヤは己《おのれ》の存在に気付いたらしい。騎士たちは慌てて姿勢を正して敬礼するが、全身粉まみれではそれも決まらない。

アヤはイクスの姿を認めると、立ち上がってこちらに駆け寄ってきた。

「どうした、アヤ」

ことさらゆっくりアヤの名を呼ぶ。

思えば、イクスファードがアヤを名で呼ぶのはこれが初めてであった。先日アヤから「イクスさん」と初めて呼ばれた時は、理由のわからぬ衝撃を受けたものだが、アヤはなにも感じていないらしい。

「聞いてよ、イクスさん〜。今、ひっどい女が来たんだってば！」

そして、今しがたのアルカス家の令嬢が起こした騒ぎを怒りまじりに報告する。どうやら唐突に現れた令嬢に、ネズミ駆除の薬を投げつけられたらしい。道理で少々刺激臭がすると思った。本当なら、今頃は家具が入っていたはずの使用人部屋は天井まで粉まみれで、ひどい有様になっていた。ヴァーニャも全身真っ白なせいで、なにか別の生き物に見える。

一方、イクスファードにタメ口をきくアヤに、騎士たちは恐怖の表情を浮かべていた。そんな騎士たちを横目に、イクスファードはアヤの髪を真っ白にしている粉を払ってやる。艶《つや》やかなアヤの黒髪も、粉まみれのせいで白髪頭《しらがあたま》に見えた。

「災難だったな」

「災難なんてもんじゃないわ！　これは反撃しないと気がすまない！　今度ゲジゲジを

一杯集めて、あの女のベッドにばら撒《ま》いてやるんだからー!!」

元気に雄《お》たけびを上げるアヤ。ゲジゲジの嫌がらせも本気でやりそうである。嫌がらせを受けて落ち込んでいるのではないかと心配したのだが、意外とアヤの神経は図太くできているようだ。

「今日はもう掃除はいいから、早く風呂に入れ」

アヤはまだ文句を言い足りない様子であったが、イクスファードは自分の私室に追いやる。

そんな二人から離れた場所では——

「なあ、アヤちゃんが宰相閣下の寝室で寝てるって話、本当だったんだな」

「アヤちゃん専用ベッドが今日届いたってことは、今までどこで寝てたんだって話だよな」

「俺は毎日、痴話喧嘩《ちわげんか》の仲裁《ちゅうさい》にアラン隊長が呼ばれるって聞いたぞ」

「アヤちゃんの話だと、宰相閣下はアヤちゃんにベッドを追い出されるかもしれないってことだよな?　ってことはだ」

ここぞとそんな会話をしている騎士たちを、イクスはじろりと睨《にら》みつける。

「お前たち。今後、許可なき者を一切私の部屋に近付けるな。相手が貴族であっても、多少手荒な真似《まね》をして構わん」

「了解であります」

直立不動で返事を返す騎士たちを横目に、イクスファードは執務室《しつむしつ》に戻って行った。

そしてその夜。イクスファードは、やけ食いのように食事を平らげるアヤと共に夕食をとった後、残っていた仕事を片付けるために表宮の執務室へ戻った。食事中、アヤはベッドで寝たい！　とずっと言っていた。

夜も更けた頃に戻り寝室に行くと――

「……本当にここで寝たのか」

イクスファードのベッドの真ん中で、思いっきり手足を伸ばして寝ているアヤの姿があった。思えばアヤは朝から、今夜の布団を期待しているようであった。早朝からの騒がしさも、なにがなんでも布団で寝るのだという執念《しゅうねん》が、アヤを駆り立てていたのかもしれない。そう考えると、このベッドから追い出すことが可哀相になってくる。ちなみにヴァーニャはベッドの上の、アヤの足元で丸まっている。ずうずうしくベッドに上がったらしい。シーツが獣の毛まみれになったらどうしてくれるのだろう。

「仕方ないな」

幸いなことに、このベッドは広い。人一人と獣一匹が寝ても、まだ余りあるほどに。

イクスファードはアヤを転がし、己《おのれ》の寝る空間を確保する。イクスファードの脳内に、自分がソファに寝るという選択肢はなかった。ここは自分の寝室の自分のベッドであり、よってイクスファードにはここで寝る権利があるのだ。

「んむぅー」

アヤが途中で唸《うな》り声を上げたが、起きることはなく再び寝息を立てる。

「おやすみ」

小さく声をかけて、イクスファードもいつも通り下着姿でベッドに潜《もぐ》り込んだ。

翌朝、どうやら寒かったせいでお互いに無意識に暖をとろうとしたらしい。イクスファードと抱き合った状態で目を覚ましたアヤが悲鳴を上げたのは、言うまでもない。

＊　＊　＊

ルドルファン王国宰相イクスファードの身辺に、最近一人の専属侍女が付いたらしいという噂《うわさ》は徐々に城内に広まっていた。今まで「面倒臭い」の一言で世話をする人間を持たなかった宰相閣下の心変わりに、城の者たちは興味津々《きょうみしんしん》である。

曰《いわ》く、いつもヴァーニャを連れているらしい。

曰《いわ》く、王子殿下のお気に入りらしい。

曰く、宰相閣下と同じ寝室で寝起きしているらしい。

曰く、親しげに宰相閣下を愛称で呼んでいるらしい。

今まで浮いた話の一つもなかった宰相閣下のスキャンダルに、今、城内は大騒ぎである。しかし、騒ぎの渦中《かちゅう》の侍女はというと、そんな噂《うわさ》になっていることなど、全く知らずにいるのであった。

そして、その彼女について、寄り集まって話をしている者たちがいた——

「いやはや、噂話とはバカにできないものですね」

「嬉しそうだな、サラディン」

アランは隣の男をじとりと睨《にら》む。

アランと並んで立っている男の名はサラディン・ロズモンド。白騎士隊の隊長である。

アランとサラディンは騎士団の団長に呼ばれて城の団長室まで来ていた。そこで噂の宰相閣下の専属侍女について、騎士団長から尋ねられたのだ。

「その女、宰相閣下の愛人か？」

騎士団長の質問に、アランは笑いを抑えきれず噴き出した。愛人だなんて、あの山猿のような小娘にこれほど似合わない言葉があるだろうか。小娘の年齢は十七歳だそうだが、子供っぽい外見と内面とで、全くそうは思えない。

「愛人云々《うんぬん》は置いておくとしても、この噂はちょっといただけませんね」

アランの隣でサラディンが首を傾《かし》げる。

「奥宮からほとんど出ない侍女の噂を、皆どこで仕入れるんでしょうか」

奥宮は王族の住まう場所であり、当然警備の人員も厳選している。だからイクスファードはアヤを隠す場所として奥宮を選んだのだ。

「あー、そのことについては少々心当たりが」

アランが軽く片手を上げて発言する。

実はアランの妹は最近、奥宮で王子殿下付きの侍女として働き始めた。その仕事の最中に、ある騎士がやたらと絡《から》んできて、先日はゴミを出しに行った時に襲《おそ》われそうになったのだそうだ。

「奥宮を警備する騎士たるものが、なんという嘆《なげ》かわしいことでしょう」

「俺も妹に聞いて、つい昨日知ったんだ」

嫌悪感を露《あらわ》にするサラディンに、アランは肩をすくめる。

「で、襲われそうになった時に助けてくれたのが、同じくゴミを出しに来ていたアヤだったらしい」

サラディンはその話を聞いて、少し考えるように顎《あご》に手を当てる。

「アルカス家の次女の耳にアヤ嬢の噂《うわさ》を吹き込んだのも、その騎士の仕業《しわざ》でしょうかね」

アルカス家の娘が、イクスファードの私室前で騒ぎを起こし、なおかつ使用人部屋にネズミ駆除の薬を大量に撒《ま》いていった事件は昨日の出来事だ。アルカス家にはその日のうちに、正式に抗議の文書を送ってある。

アルカス家は公爵の家柄とはいえ、なんの役職にもついていない一令嬢が奥宮まであっさり入り込むなんてことは不自然極まりない。奥宮以前に、表宮のどこかで止められていなければならないのだ。警備に手抜かりがあったと非難されても反論できない。

「全く、一度シメてやらんといかんな。ところでアラン」

そう呟《つぶや》いた騎士団長は、ニヤリと笑みを浮かべる。

「そのアヤという娘、どういう娘だ？」

＊＊＊

アヤは今朝も相変わらず、宰相閣下と二人で一緒にご飯である。ちなみに、今日も起き抜けの悲鳴を聞きつけて飛んできた隊長に叱《しか》られた。もはや朝の恒例行事になりつつある。

しかし、何度考えても、なにゆえにアヤとイクスがベッドの上で抱き合って寝ているという状況に至ったのかが理解できない。確かにアヤは、イクスのでっかいベッドでフテ寝してやった。ちょっとした嫌がらせのつもりだったし、イクスが戻ってきたら少し文句を言って、それからソファに寝るつもりだったのだ。いくら普段タメ口まじりで話しかけているとはいえ、さすがに庶民なアヤに、あのでっかいベッドを占拠《せんきょ》する度胸はない。いや、ないと思っていたのだが、意外と自分は図太かったらしい。なにせ、イクスが戻ってくる前に熟睡してしまったのだから。

――そこは起こせよ宰相閣下。

しかも、なにをトチ狂ったのか知らないが、イクスはそのまま真ん中に寝ているアヤを横に転がし、空いたスペースで就寝したらしい。

確かに、長身のイクスがソファで寝るのはちょっと苦しいというのはわかる。わかるけれども、乙女としてこれは納得いかない。同じ部屋で寝ることと、同じベッドで寝ることの間には、大きな差があると思うのだ。アヤがそう主張するも、「自分のベッドで寝てなにが悪い」とイクスは言い張った。

　この男、乙女の扱いがなっていない！

　こうなっては、一刻も早くアヤの部屋をきれいにせねばなるまい。

　一方、パンダはというと、宰相閣下のベッドを毛だらけにして、やっぱりアヤと一緒に怒られた。

　そんなパンダのご飯は、今日も気合が入っていた。なんの食材だか知らないが、とても硬そうな、白っぽくて丸いものが皿に美しく盛られている。パンダはそれをバリバリと激しく音を立てて食べていた。イクス曰《いわ》く、健康を考えて顎《あご》を鍛《きた》える食事を一日一回は食べさせることになったらしい。白いのは果物で、中に甘い蜜《みつ》が入っているという。

　それにしてもバリバリうるさい。

　アヤの食事はというと、焼きたてパンにスープとサラダである。パンはふんわりもっちりと焼きあがっているし、スープだってとってもコクがあって美味《おい》しい。サラダも新鮮シャキシャキである。このような食事を食べさせてもらえて、文句を言うことなどできようか。日本では給料日前になると節約のため、一食抜かすこともあったのだ。こうして毎日、三度の食事ができるだけでも素晴らしい。だが、あえて注文をつけるとするならば――

「お米が食べたい」

アヤはボソリと呟《つぶや》いた。

文句はない、ないのであるが。ちょっぴり贅沢《ぜいたく》を言わせてもらうならば、アヤはお米を食べたかった。昔、酔いどれ親父が生きていた頃から、アヤは米派であった。あのもっちりした甘いお米を食べたい。いや、この際、ジャポニカ米にはこだわらない。インディカ米でも妥協《だきょう》しようではないか。

――ギブミーお米！

「米というのは、アヤの故郷の食べ物か？」

アヤの呟きを聞いたイクスが、不思議そうに尋ねる。

「そうです！　お米はジャパニーズソウルフード！　食とは即《すなわ》ち米です！」

くわっと目を見開き、前のめりになるアヤに、イクスはイスごと後ずさる。

そんなイクスに、米の素晴らしさについて延々と食事の間中語ってやったところ、ちょっぴりげんなりした表情をされたが、厨房《ちゅうぼう》に入る許可を貰うことができた。

――異世界にもお米、あるといいな。

ほのかな望みを抱きつつ、アヤは思う。

日本人は、肉とパンだけでは生きてはいけない民族であると。

たとえ分厚いステーキを食べ放題だと言われても、美味しいパンを毎日毎食食べることができても、日本人であるからには米を食べずには生活できないのだ。日本人はというより、アヤの主観によるものではあるが。

アヤがこの異世界に来てから、もうじき一週間が経とうとしている。今までの人生で、これほどの期間米を食べずにいたことはない。どうしても米が食べたいのだ。

というわけで、アヤは朝食後、厨房《ちゅうぼう》へと向かった。

厨房では、たくさんの料理人が忙しく働いている。

「オコメ、ですか」

早速、厨房にて聞き取り調査を開始したアヤであったが、厨房の主である料理長からは怪訝《けげん》な顔をされた。

「このっくらいの小さな粒で、白くて硬いんです。でも、調理したらふっくらもっちりした美味しい食べ物になるんです！」

アヤがお米の素晴らしさを拳《こぶし》を握りしめて熱弁するも、料理長は首を傾《かし》げるばかり。全く心当たりがないらしい。

――なんということだ、ここにはお米が存在しないのか!?

がっくりとうなだれるアヤの周囲では、料理人の皆さんが昼食の準備で忙しそうにしている。忙しい中、料理長をこれ以上拘束《こうそく》するのも気が引けて、アヤは一旦引き下がることにした。

ちなみに、聖獣とはいえ獣を厨房に入れることはできないので、パンダは厨房の入り口に置いてきた。待たせすぎて暇になったパンダがウロウロすると、探すのが大変になってしまう。ひとまずアヤはパンダのところへ戻ろうとすると——

 ふと、アヤの目にパンを作っている料理人の青年の姿が映った。今から作っても昼食には間に合わないので、おそらく夕食用であろう。白い塊をコネコネしている青年の隣に、白い粉が入った袋が置いてある。

「あれ？」

なにか引っかかるものを感じて、アヤはススッ、とそちらに静かに近付く。一心不乱に捏《こ》ねている青年を横目に、アヤは袋の中の白い粉を見る。小麦粉？　いやいや、一応確認をしておこう。白い粉を一つまみすると、それをペロッと舐《な》める。

「米粉だ‼」

「おおうっ⁉　びっくりしたー‼」

いきなり隣で大声を出された青年は、驚きのあまり飛び上がった。

ビックリさせてごめんなさい。アヤは心の中で謝りつつ、青年の腕をがっしりと掴む。

「この粉なんですか⁉」

くわっと目を見開くアヤに、青年は引き気味になる。だが、アヤに腕を掴まれているので逃げることができない。

「コーミィの粉がどうかしたかい？」

青年が顔を引きつらせて言う。

名前もお米に似てる。小麦粉よりも若干白くて、お米の匂いのする粉。和菓子屋でのアルバイト経験が、これは米粉だと語りかけている。間違いないと信じたい！

「この粉、元の実はありますか!?」

目が血走っているアヤに、青年はカクカクとぎこちなく頷《うなず》く。

「食料保管庫に行けば、加工前の実があるけど？」

アヤはすぐさま荷物持ち要員のパンダを引っ張って食料保管庫に直行する。が、すぐに場所を知らないことに気付いて戻ることになってしまった。

ややあって、先ほどの青年に場所を聞いたアヤとパンダは、食料保管庫にたどり着く。

「おおおおうぅ……」

目的のものは、だだっ広い食料保管庫の中で、乱雑に積まれていた。

「お米だ……しかも精米済みのもあるじゃないの！」

無人の食料保管庫に、アヤの叫びが響いた。

なんという幸運、そしてなんともったいない！　精米技術があったのに、誰もこれを炊《た》こうと思わなかったのか！

「……思わなかったんだろうなぁ」

現代の日本では炊飯《すいはん》ジャーがあればスイッチひとつで炊ける米であるが、火を使って炊こうとすると、非常に火加減が面倒臭い。なんの予備知識もなしにあのふっくらもっちりしたご飯を生み出すのは、不可能に近いであろう。むしろ、お米を最初にふっくらもっちりに炊き上げた人物は天才だと思う。きっと数々の失敗作を生み出したに違いない。もしかして、この世界の料理人はそんな苦労をしなくても、砕《くだ》いて粉にしてパンにしちゃう方が楽だと考えたのだろうか。

しかし、アヤはお米の国の日本人。鍋でだって炊いてみせましょうとも。日本でだって、炊飯ジャーが壊れて以来ずっと鍋炊きだったから慣れたものである。土鍋がなくてもなんとかなるだろう。

「とりあえずパンダ、これ一袋運んでちょうだい！」

「ガウーン」

重たい精米済みの袋を背中に載せられ、パンダは情けない声を上げた。

そして再び戻って厨房《ちゅうぼう》……の外に、即席で造られたかまどの前。

薪《まき》を使うという原始的な方法で火をおこしたアヤの周囲には、ちょっとした人だかりができている。昼食の準備はどうしたのだと思うが、おそらくアヤの行動を怪しんでのことだろう。

ちなみに、厨房《ちゅうぼう》には、魔法で火加減を調整できるコンロのような魔法具があった。しかし、アヤは魔法具に近寄ると壊してしまう体質のため、使ってはいけないとイクスに言われていた。厨房を荒らせば、お城勤めのみなさまの恨《うら》みを買いそうなので、アヤもそこは素直に頷《うなず》いたのだ。

だから今回鍋を使うことにした。日本のアパートで、ガス代が払えずにガスを止められた期間、近所で拾ったキャンプ用具一式の中にあった簡易かまどを使った経験もある。アパートの裏庭でご飯を炊《た》いて大家さんに怒られたのは、それほど昔の話ではない。貧乏生活も長くなると、こんなスキルが発達するものだ。

「お〜こ〜め〜、た〜け〜ろ〜♪」

そう歌いながら、ニマニマと火を眺めるアヤの背後で、パンダも「ガウッ、ガウッ♪」と歌うように鳴き、身体を揺すっている。

こうして炊き上がりを待っていると、ふいに後方からため息が聞こえた。

「……厨房の裏で儀式めいたことをしていると言われて来てみれば。なにをしているのだ、アヤ」

「儀式じゃなくて調理です」

かまどから目を離さずに答えたアヤに、ため息の主であるイクスがその隣に立った。

「調理？　私は『アヤが奇妙な呪文を唱えながら、聖獣に怪しげな踊りを踊らせて儀式をしている』という報告を受けたのだが」

「は？」

アヤはそこで背後を振り返る。アヤの後ろで、パンダが頭をゆらゆら、お尻をふりふりして踊っていた。確かに、この動きは怪しい。

――そうか、料理人たちが妙に遠巻きにしていると思っていたら、犯人はお前か！

パンダも怪しいが、先ほどからアヤが「お～こ～め～」と繰り返し歌っている方がもっと怪しく見えていたことに、本人は気付いていなかった。

「儀式なんかではなくて、由緒《ゆいしょ》正しきジャパニーズソウルフードを調理している最中なのです。今は、仕上げの火加減を調整しているので目が離せないのです！」

アヤはイクスに早口でまくし立てて、かまどに視線を戻す。邪魔をするなと言わんばかりのアヤの態度に、イクスも「そうか」と短く答えることしかできない。

「炊き上がったらイクスさんにも食べさせてあげますから。しばらく待っていてください」

「……そうか」

イクスが内心で「ゲテモノ料理ではあるまいな」とビビっていたことは、アヤには知る由《よし》もなかった。

その後、炊《た》き上がったコーミィの実のご飯は非常に美味《おい》しかった。

使い慣れない薪《まき》と鍋で炊いたにしては、なかなかのでき具合で、アヤは早速卵かけご飯にして食べた。しょうゆはないので代わりにソースをかけたが、今までの人生で一番美味しい卵かけご飯だった。なにせ、おおよそ一週間に及ぶご飯断ちをしていたのだ。そう感じるのも当然だろう。

アヤが感激の涙を流しつつ、卵かけご飯を一口一口味わっていたところ、料理長がとても食べたそうにしていたので、分けてあげる。と言っても、生卵とソースをご飯の上にかけるだけなのだが。今まで食べたことのない味だと感激した料理長の様子を見て、他の料理人たちも食べたいという要望に答えるため、アヤは夕食でもご飯を炊くことになった。アヤが夕食の席で、ステーキにかけるためのソースをちょっと貰って、なんちゃってハヤシライスを食べていると、それを食べたがった騎士に頼まれて、次の日にもご飯を炊く約束をさせられた。

こうして、アヤがコーミィご飯を炊いてから一週間がすぎた頃には、城に空前のコーミィご飯ブームが巻き起こった。

この日もアヤは外のかまどでご飯を炊いていた。それが炊き上がったらいそいそと食堂に持ち込む。

――今日も元気だ、ご飯が美味しい！

「ん〜おいしい！　混ぜご飯もいけるわね！」

「ガッフ！」

昨日こっそり仕込んでおいた濃いめに煮付けた刻《きざ》み野菜を使って、混ぜご飯を作ったのだ。

ご飯と一口に言っても、その食べ方には様々なバリエーションがある。炊き込みご飯にチャーハン、混ぜご飯、おかゆ、リゾットなど。繰り返し食べても飽《あ》きがこないのがご飯である。

「美味しい美味しい」、とアヤがご飯を食べられる幸せにひたっていると――

「今日もまた、うまそうなものを食べているな。当然、俺の分はあるのだろうな！」

いつの間にやら背後に立っていた男が、アヤの混ぜご飯を覗《のぞ》き込んだ。

「……出た」

背後から突然声をかけられても、アヤは振り返ることもなく、がっくりと肩を落とす。パンダは皿から顔を上げて男を見るが、「なんだお前か」とばかりに、また皿に視線を戻した。

「このゴハンとやらは最高だな、パンよりも腹持ちがいい！」

厨房《ちゅうぼう》に置いてあった混ぜご飯を持って勝手にアヤの正面の席に座った男は、本人曰《いわ》く騎士団長らしい。赤っぽい茶色の髪に青い目の、分厚い筋肉をまとったムキムキマッチョである。ちなみに、アヤがご飯を初めて炊《た》いた日に、なんちゃってハヤシライスを食べたがった騎士とは、この男である。

毎日毎日、アヤが昼食を食べていると絡《から》んでくるこの男が騎士団長だという話は、本当だろうか。正直、アヤとしては疑わずにはいられない。それとも、騎士団長って実はものすごく暇な仕事なのだろうか。

「聞いたぞ。今朝もアランのやつから怒鳴られたそうじゃないか」

混ぜご飯を口いっぱいに頬張りながら、今朝の事件を口にする自称、騎士団長。

その話題を振られて、アヤはまた怒りがぶり返した。

「あれは絶対に私は悪くない！　寝ぼけたイクスさんが悪いんだ！」

実は、粉かけ令嬢の襲撃《しゅうげき》から一週間以上すぎたというのに、未だアヤは自分の部屋を貰えていなかった。

あの後、宰相閣下の私室まで部外者が入ってこられるとは問題だ、という意見が出たらしい。もっともなのだが、そのせいで宰相閣下は私室の引越しをすることとなったのだ。それに伴《ともな》い、アヤが使う予定だった使用人部屋の手入れは中断。引越し先の準備が整うまで、アヤはイクスの寝室に間借りすることになった。つまり、今まで通りなのだ。

いくらパンダという天然毛布があるとはいえ、夜が寒い日もある。そんな時は、無意味にバカでかいイクスのベッドの隅《すみ》っこに、パンダと共に忍び込むしかなかった。断っておくが、夜這《よば》いなどではない。布団の隅っこをちょっと使わせてもらうだけだ。なにせベッドの隅っこにアヤがパンダと忍び込んでも、爆睡中のイクスが全く気付かないくらいにでかいベッドなのだ。

それでも、寝ている間に無意識にぬくもりを求めるのか、アヤはいつの間にやらイクスの近くにまで移動している。あったかいといえばパンダなのだが、寝相が悪いのかパンダはいつも朝にはベッドから落ちているので、必然的にイクスに暖を求めてしまうらしい。

朝起きてそんな状況になっている時は、黙ってまた隅っこに移動するだけなのだが、今朝はたまたま、イクスが起きてしまった。起きたといっても半分はまだ夢の中であったようだが、とにかく目を半開きにしたイクスは、なにを思ったのが、アヤの胸を鷲掴《わしづか》みにしたのだ。そう、ただ今鋭意成長中であるアヤの胸を。

夜明けの城に、アヤの悲鳴が響き渡ったのは言うまでもない。

「いやぁ、宰相閣下の私室から、女の悲鳴が聞こえる日がこようとは。この城も平和になったなぁ」

しみじみと言う男に、アヤは怒りをぶつける。

「絶対にイクスさんが悪いのに！　どうして私が怒られるの!?　納得いかない！」

「グルグル」

拳《こぶし》を振り回すアヤに、パンダが「まあまあ」と宥《なだ》めるように軽く頭突きする。

「そりゃ、あれだ。人徳の差だな」

「私はとってもよい子です！」

勤労学生に対して人徳のどの辺りが足りないというのか、誰か教えてほしい。そうふて腐れるアヤに、男は冷静に言い返す。

「今日もなにやら調理魔法具を壊したと聞いたが？」

「……ちょっと、うっかりしてたのよ」

いつも薪《まき》で調理をせざるをえないアヤが、「便利そうだな」と羨《うらや》ましく思って、ほんの少しだけ、魔法コンロに近付いてみただけなのだ。確かに、じっと見つめるくらいはしていたかもしれない。しかし、たったそれだけで煙を噴くコンロがおかしいのだ。

それに、この件についてはすでにイクスから叱《しか》られ済みである。

こんな感じで、今日も概《おおむ》ね平和だった。

宰相閣下の小間使いとして騒がしくも楽しく暮らしていると、いつの間にやら日々はあっという間にすぎてゆく。アヤはなんだかんだで、城での生活になじみつつあった。

そして、アヤがこの世界に来てからもうじき一ヶ月になろうとしている。

今日も元気に小間使い仕事に精を出していたが、やりすぎて、午前の掃除中に箒《ほうき》を折ってしまった。正確に言うならば、邪魔なパンダを追い立てるべく箒でぺしぺしやっている途中で、箒が限界を超えたのだ。軟弱《なんじゃく》な箒め。それともパンダが頑丈《がんじょう》なのか。

とにかく、箒をゴミ捨て場に捨てたアヤは、新しい箒を持ってこようとパンダをお供に倉庫に向かった。廊下を歩いていると、途中でアンネに会った。

「おはようアンネ。なにそのバケツ」

「ガウン」

アンネは両手にバケツを持っている。

「おはようアヤ。これ？　先輩に倉庫へ戻してくるように言われたの」

どうやら先輩侍女に言いつけられた仕事らしい。

「ふーん、あ、だったら私ついでに戻してこようか？　箒《ほうき》を壊しちゃったから、代わりの箒を取りに行くところなの」

二人で倉庫までお喋《しゃべ》りしながら歩くのも楽しそうだが、アンネはいろいろ仕事があるかもしれない。宰相閣下のたった一人の小間使いであるアヤの方が忙しそうなものだが、もともとそんなに仕事がないし、一人でやっているのでマイペースで作業ができる。

「えー、でも」

「ついでよ、ついで。それに、早く戻らないと嫌味言われるんでしょ？」

アヤは遠慮するアンネに、後半を囁《ささや》き声で言う。

王子付きの侍女の中で一番下っ端のアンネには、ちょっとしたことで文句を言ってくる先輩がいるらしい。先日、昼食時の会話でアンネがそう零《こぼ》していた。

「私は気楽な一人作業だからね、いいってことよ」

アンネは今のところ、アヤの唯一の友達にして貴重な癒《いや》しである。そんな相手を労《いた》わるのは当然のことだ。アヤが半《なか》ば強引にバケツを受け取ると、アンネはやっとお願いする気になったらしい。

「それじゃあ、よろしくね。今度お礼をするわ」

「そんなのいいって。またお昼にお喋りしてよ」

それが一番！　とアヤが笑うと、アンネもにっこり微笑《ほほえ》んだ。

「ええ、じゃあお昼に」

そうやってにこやかに別れた後、アヤは倉庫へ向かった。

「ええっと箒は……」

倉庫に明かりはなく、天井辺りにある換気口《かんきこう》や入り口から差し込む光を頼りにするも探しづらい。夕暮れ時などには、来たくないと思うほど周囲に人気《ひとけ》がなく、不気味な雰囲気になるだろう。城内の肝試《きもだめ》しスポットになっているに違いない。

「あ、一番奥だ」

「ガフン」

倉庫内は埃《ほこり》っぽいので、パンダは少々鼻声気味である。アヤとしても、取る物を取ったらさっさとこんな場所からはおさらばしたい。

そんなことを考えながらアヤが倉庫の奥に向かった時――

ガタン！

倉庫内が急に暗くなった。理由は簡単なことで、入り口が閉まったのである。

「風で閉まったのかな」

特につっかえ棒などをしていなかったのでありえる話だ。アヤは薄暗くなった倉庫内でものを引っかけないように、気を付けながら入り口まで歩く。そしてドアを押した。

……開かない。

引くのかもしれないと思い直して引いてみるも、やっぱり開かない。それともスライド式だったっけ？　とチャレンジするも結局、開かない。

「なんなの、もう！」

「お前が悪いんだ！」

返事など期待していなかったただの愚痴《ぐち》に、返答があった。

「お前が、調子に乗るからこうなるんだ！」

もとい、ドアの向こうにいる誰かが喋《しゃべ》っているらしい。低く太い声なので男性だろう。

「お前がいなくなれば、全部うまくいくんだ！」

男の台詞《せりふ》から得られた少ない情報から推理するに、アヤが宰相閣下の小間使いにおさまっているのが気に喰《く》わないのだろう。素性の知れない一般人が、急にお偉いさんの側仕えになったのだ。反発があるのは理解できる。それでも、三食住居付きのお得な仕事は譲《ゆず》ってやれない。

「変ないたずらはやめて、開《あ》けてください」

男を刺激しないように、できるだけ静かな口調で説得を試《こころ》みる。だが、男は言い返されて頭に血が上ったのか、大声でわめき散らした。

「お前があいつを差し置いて、王子のお気に入りになんてなるから！　お前のような下《げ》賤《せん》な者が王子付きなんて立場になること自体、許されないのだ！」

今、変なことを聞いた気がする。

「あの、もう少し詳しく説明してくれます？」

「貴様、この私をバカにしているのか！」

「いや、そうじゃなくて」

この男は、私が宰相閣下の小間使いだから絡《から》んできたのではないのか？　王子付きっていうと、エディのお付きの侍女さんのことか？　アヤは、エディの侍女はアンネしか知らない。事情を察するに、自分はアンネと間違われているということなのだろうか。

「あの、ちょっと私は……」

「運よく誰かが来るといいな！　立ち入り禁止の立て札を立てているけどな！」

そう言い捨てると、男はバタバタと走り去っていった。

「なに、どゆこと？」

「ガウ？」

一人と一匹で首を傾《かし》げる。

どうやら、倉庫に閉じ込められたみたいだ。しかも人違いで。

「ちょっとー!! 開けなさいよー!!」

「ガウンガウン!!」

「詳しい説明を要求するー!!」

アヤとパンダはしばらく暴《あば》れたが、誰も扉を開けに来てはくれなかった。

誰かしら人の気配がしたら全力でドアを叩こうと構えて待っていたが、人が通りかかった気配はなかった。もともと人が来ない場所なのかもしれない。

叫んで暴れたら体力を消耗《しょうもう》してしまう。疲れたアヤはパンダを枕に寝ることにした。こうなっては、寝る以外にやることがない。

そうして寝ているうちにすっかり熟睡してしまったらしく、アヤは少し寒気を覚えて目を覚ました。

倉庫の中はさらに暗くなっている。換気口《かんきこう》から差し込む光は、夕暮れが終わろうとしている色だった。

そう、肝試《きもだめ》しにぴったりの時間である。

「嫌だ、一人肝試しなんてなんにも楽しくない」

「ガフーン」

日が落ちてきているからか、倉庫内がより寒くなっている気がする。

「はぁ、誰でもいいから来ないかなぁ」

アンネが気付いてくれるかもしれないが、今日はたまたま仕事中に会っただけで、普段は昼食の時しか会わないのだ。一回、食堂に来ないだけだと「今日は忙しいのかも」と納得されても不思議はない。それに――

「……友達だって思っているのは、私だけかもしれないし」

アヤとアンネは、昼食を一緒に食べるだけの関係だ。アンネには他にも友達がいることだろう。最近ちょっと話すくらいの相手のことなんて、それほど心配しないかもしれない。しかもアヤは、急に現れた素性の知れない女だ。

そんな風に悪い方向に考え始めると、際限なく思考が落ち込んでいく気がする。きっと昼食を食べ損《そこ》ねたせいだ。おなかが空《す》いていると、どうしても考えが暗くなるものである。特に、最近は食事情が満ち足りていたため、ちょっとの空腹でもとても辛い。幸せとは、なんと慣れるのが早いことであろうか。ほんのちょっと前までは常に腹減りだったというのに。

暗いことばかり考えているうちに、倉庫内も真っ暗になってしまった。さらに冷えてきたので、暖を取るため、隣でふて寝をしているパンダにもたれかかった。いつもは目に痛いショッキングピンクのパンダだったが、こんな状況では癒《いや》される。

「晩ご飯の準備、できないなぁ」

イクスはアヤがいないことに、いつ気付くだろう。もしかしたら、厄介者《やっかい》がいなくなって清々《せいせい》するかもしれない。ただでさえ、いつも魔法具を壊して怒られているのだ。気付いても探さない可能性がある。

誰にも気付かれずに、このままここで干からびるのか……

「いや、それは絶対に嫌だ」

思考がどん底まで沈《しず》んだところで、アヤは思い出した。あの時の決意はどうした自分。宰相閣下の寝室で男性の裸体を拝んだ時のあの決意は。いや、宰相閣下の裸体は全力でスルーの方向で。あれは覚えていていいものではない。むしろ忘れようと日々努力していても、毎日更新される悪夢である。いい加減パジャマを着用してもらいたい。

それはともかく、自分はここで青春を謳歌《おうか》するのではなかったか。女友達とお喋《しゃべ》りできたくらいで青春か？　否《いな》！　青春とはもっと奥深く、色鮮やかなもののはずだ。それを実行できていないうちに、ここで干からびるのか？

――そんな人生は嫌だ！

「誰かここを開けろー！」

アヤは立ち上がり、猛烈《もうれつ》な勢いでドアを叩き出した。そして、何度も体当たりする。

腹が減っているのがなんだ。ここから出て温かいご飯を食べれば万事オーケーだ！

アヤの雄《お》たけびに釣られたのか、パンダもドアに体当たりを始める。

「いいから開け、この！」

「ガウ！」

アヤとパンダの一人と一匹がかりで、何度目かの体当たりをしようとした時――

ギギー……

突然、なんの前触れもなくドアが開いた。勢い余ったアヤは地面にスライディングすることになり、パンダは三回ほど転がって止まった。スライディングのせいで身体のあちこちが痛むアヤの頭上から、声が降ってくる。

「ふむ、元気が有り余っているようだな」

アヤが見上げた先、ランプを持ってドアの陰から姿を現したのは、麗《うるわ》しの宰相閣下だった。

「アヤぁ！　気付くのが遅くなってごめんねぇ！」

その後ろに、大泣きしているアンネがいた。

「イクスさん、どうして？」

アヤはまさか、イクス自身がここに現れるとは思わなかった。護衛の騎士に探してもらえるといいな、くらいに考えていたのに。

「夕刻の少し前に、アヤの姿が見えないと騎士の報告があったのだ。それから探させていたが、アンネの証言を得てここだと特定するまでに時間を要した」

いつまでも地べたに張り付いているアヤの腕を取ったイクスが、引っ張り上げて立たせてくれた。

「閉じ込められただけでケガはないようだな、安心した」

ほんの少し目元を和《なご》ませたイクスの言葉に、アヤの鼻の奥がつんとする。

「ひょっとして、心配、してくれたり、したんですか？」

アヤは暗がりの中でぐるぐると考えていたことが脳裏《のうり》を過《よぎ》った。

その問いかけに、イクスは眉を寄せる。

「見知った者が姿を消せば、心配するに決まっているだろう。それともなにか、アヤは知り合いの姿が見えなくとも心配せずに探しもしないのか？」

声にならず、アヤはただ、ぶんぶんと首を横に振った。

——恥ずかしい。

一人で勝手に暗くなって、周りを薄情者にして、悲劇のヒロイン気分に浸《ひた》っていたなんて。どれだけ自分勝手で自己中心的なんだろうか。穴があったら入りたいというのは、まさにこの状況を言うのだ。猛烈《もうれつ》に恥ずかしい、大声で叫びながら走り回りたい！

己《おのれ》の中で衝動と戦っているアヤの腕を掴み、イクスが歩きだした。

「イクスさん？」

「今からなら、夕食の準備に間に合う」

「……っはい！」

腕を引かれるまま、アヤはイクスの後をついて行く。パンダはアンネが助け起こしてくれていた。

ふと、アヤは二人にまだ言えていなかった言葉を思い出した。

「イクスさん、アンネも、ありがとうございます！」

二人とも、笑って頷《うなず》く。

アヤは嬉しくて、ちょっぴり涙目になってしまったのだった。

そして次の日の早朝、アヤはイクスに起こされた。

身体を揺すられて目を開《あ》けると、ガウンを肩に引っかけただけの、半裸の宰相閣下が立っていた。朝イチで乙女の純情が削られた気がする。どうしてパジャマを着ないのだろう。裸族なのか、そうなのか。むしろ下着をはいているだけマシだと思えということなのか。ちなみにアヤは、途中寒くなったので、ちゃっかりイクスのベッドを間借りした。

それにしても、どうしてアヤはイクスにこんな早朝に起こされているのだろうか。

「どうした、具合でも悪いのか？　汗がひどいが」

しかめっ面で、そんなことを聞いてくるイクス。具合が悪いとは誰のことだろう。アヤが起き上がって尋ねようとしたところ、世界がぐるんぐるんと回った。そのせいで、すぐに布団に逆もどりだ。

「……非常事態、天井がぐるぐるしています。早く回転を止めてくれないと酔います」

「天井が回っているのではなく、アヤがめまいを起こしているのではないか？」

めまい――どうして自分がそんなものを起こすのだろう。イクスの言葉に、アヤが疑問で頭を一杯にしていると、イクスが手を伸ばしてきた。ぴたりと額《ひたい》にくっついたイクスの手は、冷たくて気持ちがいい。

「イクスさん、手が冷たいですね。冷え性ですか？」

「私は正常だ、馬鹿者。アヤが熱いのだ」

自分が熱いとは、どういうことだろうか。新たな疑問に首を傾《かし》げるアヤに、イクスは呆れて言う。

「つまり熱が出ている状態だ。昨日、倉庫に半日いたせいで、身体が冷えて風邪《かぜ》をひいたのだろう」

風邪をひいた、自分が。いやいや、嘘を言ってはいけない。風邪をひかないことが自慢のアヤである。これまで風邪をひいたのは、幼児の頃に一度きりだ。

「風邪のはずがありません。私は健康です」

「健康な者はめまいを起こさない。今のお前は熱が出ている立派な病人だ」

「ガウーン……」

イクスの隣にはパンダがいて、彼に同意するみたいに鳴いた。

——パンダめ、イクスさんの味方をするのか！

「ヴァーニャが私を起こしたのだ。熱でずいぶんうなされていた様子だからな。今日は一日寝ているように」

自分は熱なんてないし、風邪もひいていない。

そう主張したものの、そんなアヤの意見は聞き入れられることはなかった。

それからすぐに、イクスは着替えてどこかに出て行った。アヤも起きようとしたのだが、イクスによってベッドに押し戻され、パンダが重しよろしくアヤにのっかっている。重い、むしろパンダのせいで具合が悪い。

しばらくパンダの下でウンウンうなされていると、イクスが医者らしい人を連れて戻ってきた。その人にいろいろと診察され、診断結果を聞かされる。

「風邪ですな」

「違います、これは私の平熱です」

アヤは即座に反論した。すると、隣で一緒に診断結果を聞いていたイクスがため息をついた。

「アヤ、どうして意地を張るのだ」

「だって、そうしないと……」

いつも元気でいないと、仕事をクビになってしまう。ただでさえ借金持ちで嫌がられるのに、すぐに甘える面倒な女なんて最悪だ。それに隙を見せたら借金取りたちに捕まってしまう。

無言でウンウン唸《うな》るアヤを見て、イクスはため息をついた。

「今はもうよい、後でまた診察を頼む」

「承知しました」

イクスは診察を終えた医者を下がらせると、ベッドに腰かける。

「ガウー……」

へたれた鳴き声をあげるパンダを、イクスが軽く撫《な》でた。

「なにを意地になっているのか知らんが、風邪《かぜ》をひいた病人は寝ているのが仕事だ」

「……ちゃんと働けますもん……」

――だから追い出さないで、いらないって言わないで。

不安で涙をにじませるアヤを、イクスは布団の上からポンポンと軽く叩いた。

「お前は私の唯一の小間使いだ。早く風邪を治して、元気になって仕事に復帰してもらわなくては困る。だから、熱が下がるまでおとなしく寝ていること。これは命令だ」

命令だそうな。命令だから、布団で寝ていなければならない。これが仕事だと宰相閣下は言う。変な仕事だ。

アヤとて、病人は風邪をひいたら、薬を呑んで寝るものだということは知っていた。けれど、泣き言を言ったらバイトをクビになるという強迫観念に近いものが、この時のアヤを支配していた。

イクスはそんなアヤの必死さを感じ取ったのだろう。仕事という言葉で、駄々《だだ》をこねるアヤを無理矢理納得させた。

「朝食と薬を置いておく。きちんと食べて、薬も呑むように」

ベッドサイドのテーブルに、お盆に載せられた器《うつわ》があった。ひょっとして、イクスが自分で持ってきたのだろうか。

ベッドから立ち上がって、イクスが寝室を出ようとする。仕事に向かうようだ。

「……いってらっしゃいませ」

朝のお世話ができなかったので、アヤはせめて見送りの挨拶《あいさつ》だけでもする。

イクスはかすかに微笑《ほほえ》むと、寝室から出て行った。

＊　＊　＊

アヤを説得した後、イクスファードは彼の執務室《しつむしつ》で騎士団長と昨日の件について話し合っていた。

アヤが倉庫に閉じ込められたという事件のことである。

調べたところ、アヤを閉じ込めたのは白騎士隊の者だと判明した。ただし、この白騎士の狙いは、アヤではなくアンネであったらしい。

この事件のそもそもの発端《ほったん》は、最近アンネがエクスディアに連れまわされるようになったことにある。エクスディアがアンネを連れまわす理由は簡単に想像が付く。アヤのところに遊びに行くのに、嫌な顔をしたり苦言を呈《てい》したりしない侍女だからだろう。

ただそのため、それまでエクスディアにいつも付いていた侍女が遠ざけられることになった。侍女は嫉妬《しっと》し、己《おのれ》の婚約者である白騎士に、アンネをどうにかして城から追い出すように依頼したらしい。アンネに聞き取りを行ったところ、最近仕事中に、この白騎士がやたらと絡《から》んできていたとのことだった。

「アンネも、アヤとは別の意味で特殊な身の上ですからね。我々も気を配ってはいたのですが、不幸な偶然と悪意が重なったようです」

報告に現れた騎士団長も、ため息をついている。

あの事件の朝、先輩侍女はアンネに倉庫にバケツを戻せと言いつけた。待ち構えていた白騎士がアンネを倉庫に閉じ込め、先輩侍女はアンネを仕事を放棄《ほうき》した無責任侍女として侍女頭に報告し、即解雇《かいこ》されるようにするつもりだったとか。根回しのためだろう、先輩侍女は普段からアンネの悪口を侍女頭に吹き込んでいたそうだ。そのあまりの口さがなさに、侍女頭も正直、対応に困っていたらしい。イクスファードが認識する限り、エクスディアの侍女頭は誠実な仕事をする人物なので、それでアンネが不当な評価を受けることはなかったと思うが。

だが、その先輩侍女にとって計算違いのことが起きた。偶然アヤが現れて、バケツの片付けを代わりに請け負ったのだ。ところが白騎士は自分の正体がバレないようにすることで頭が一杯で、やって来たのがアンネではないことに気付かなかったらしい。間抜けにも程がある。ヴァーニャなどという目立つ生き物を連れていたというのに。

事件の全貌は単純だが、愚《おろ》かで許しがたいものであった。

「きっかけはその侍女の嫉妬だったようですが、大元の原因は白騎士と赤騎士の不仲ですからねぇ」

騎士団長が肩をすくめてみせる。

高位貴族出身者が多い白騎士に対して、赤騎士は末端の貴族や庶民出身者が多い。白騎士の中には赤騎士を、下賤《げせん》の身で城に出入りするナマイキな連中として目の敵《かたき》にしている者が多数存在する。アンネは赤騎士の身内であるため、普段から白騎士とその関係者に嫌がらせをされていたらしい。

「城の雇用に何故庶民を採用するに至ったのか、その理由を理解できない愚か者が多いようだな」

イクスファードの冷たい声に、騎士団長が再びため息を吐いた。

「白騎士の一部の者は特に。サラディンも頭を痛めています」

今回の事件の犯人である白騎士の処分は騎士団長に任せることになるが、決して軽い処分にはならないだろう。白騎士隊長であるサラディンは、これで隊の引き締めを強化する口実ができたと言っていた。どうやら隊内の大掃除をするつもりのようだ。

それはいいのだが、問題はアヤの処遇《しょぐう》である。

今回、アヤが行方《ゆくえ》不明だという事実に気付くのが遅れた理由は、アヤと接する人間が極端に少ないことにあった。

アヤの持つ魔法拒絶の性質を知られないようにするため、彼女の行動範囲を制限している。そのせいで、アヤが一日に会う人物はイクスファードとその護衛の騎士、アンネなどの食堂で会う者たちだけなのだ。ただでさえ、アヤが生活する奥宮は、出入りできる人間が限られている。ゆえに、アヤがいなくなったとしても、それに気が付ける人間自体が少ないというのが現状だった。

「やはり、表宮の執務室《しつむしつ》まで連れてくるのがいいか」

人目にさらされる機会が増えることになっても、イクスファードの目が届く場所にいさせる方が安全であろう。

「それが可能ならば、そうすることが最善かと」

騎士団長も頷《うなず》く。

イクスファードは最初、アヤの人となりがわからないため、奥宮勤務で様子を見ていた。何故なら、奥宮であれば問題が起こっても、権力で揉《も》み消せるからだ。だが、アヤは奥宮で特に問題行動をするわけでもなく、他の人間に普通に応対し、情報収集など怪しい動きを見せることもしなかった。イクスファードとしては、むしろアヤの無謀さにヒヤヒヤする。

初めて会った時は、年頃の娘にしてはいやに痩《や》せていたアヤ。本人の話によると、ここに来る前は毎日の食事代にも事欠く生活であったらしい。初対面の際、土まみれで汚れていたため、イクスファードはアヤをどこかのスラム出身者かと思い込んでいた。しかし、話してみれば教養が感じられる受け答えをする。食事を満足に取るようになり、身体つきがふっくらとしてくると、動きにも品が見られるようになった。アヤは様々な仕事に携《たずさ》わってきたとのことで、その訓練の賜物《たまもの》なのだそうだ。

「では、もうしばらくアヤの様子を見て、問題ないようであれば表宮でも勤務させることにする」

「了解しました」

こうして、騎士団長との話し合いは終わった。

それからイクスファードは昼食をとった後、一旦私室に戻ることにした。

昨日、倉庫に閉じ込められたせいで風邪《かぜ》をひいたアヤを、寝室に押し込めてきたのだ。

その様子を見なくてはならない。何故そんなことになったかといえば、熱がある状態でアヤが働こうとしたからである。このくらいは平熱だと言い張るアヤを寝台に貼り付けるのには骨が折れた。

イクスファードが朝の騒動を思い出してため息をついていると、背後から声をかけられた。

「イクスファード様」

イクスファードが後ろを振り返ると、そこにいたのは供を従えたアルカス公爵家の令嬢、ナタリアであった。彼女は以前、イクスファードの私室で騒動を起こした令嬢の姉である。

「お父様に随伴《ずいはん》して参ったのですが、お会いできて嬉しゅうございます」

深々と膝を折り、貴族式の挨拶《あいさつ》をするナタリア。

「先日はわたくしの妹がご迷惑をおかけしたと聞きました。アルカス家の者として謝罪したく思います。イクスファード様のお手を煩《わずら》わせてしまい、申し訳ございません」

ナタリアは憂《うれ》い顔でイクスファードに頭を下げる。

「……もう済んだことだ」

イクスファードは無表情で返事をした。ナタリアは、イクスファードの言葉を許しと受け取ったらしく、表情を明るくする。

「謝罪の意味も込めて、イクスファード様をお茶にお誘いするようにお父様から言い付かっているのです。お時間をいただけませんか？」

「気持ちだけで結構だ」

さらに短く断れば、ナタリアは困ったように微笑《ほほえ》んだ。そして、なにかに気付いたように首を傾《かし》げる。

「そういえば、イクスファード様には最近、専属侍女ができたとか。その方の姿が見えませんが、どうなさったのですか？」

専属侍女とは、エクスディアがアンネを連れまわしているように、本来であれば常に従えておく存在である。ナタリアの疑問はもっともだが、アヤは少々事情が違う。しかし、それをここで教える必要はない。

「今、熱を出して寝込んでいるところだ。用事があるので、これで失礼する」

答えてすぐ、イクスファードは振り返らずに去っていく。そのため、ナタリアがどのような顔をしていたのかは知らない。

イクスファードの背中を見送るナタリアは、厳しい表情で両手をぎゅっと握り締め、立ち尽くしていた。

＊＊＊

アヤが熱を出してしまってから数日後。

風邪《かぜ》がすっかり治り、またいつものように小間使い仕事に精を出すアヤには、最近気になって仕方がないことがある。

——宰相閣下の引越しは、まだなのだろうか。

確かに、引越しというのは至極面倒なものである。引越し先を探すことから始まり、電気、ガス、その他もろもろの契約手続き、引越し業者の吟味《ぎんみ》、そしてなにより、借金取りの目をくらますという難事が待ち構えている。

しかし、ここはアヤが生まれ育った場所ではなく、異世界だ。それに引越しとはいえ、同じ敷地内の別部屋を利用するだけである。同じ家の中で部屋替えをするのに、さほど手間がかかるとは思えない。いや、お城を一戸建てと比べてはいけないというのはわかっているのだが。

とにかく、いつまでもイクスの寝室で一緒に寝るのは、非常に困るのだ。なにしろ、最近は朝、イクスの寝顔や半裸を見てもなにも思わなくなっている。

いろいろ思うところはあるものの、イクスが美形であることは、まぎれもない真実。そんな美形と一つの寝具で過ごすことに慣れては、世の大半の男性に対してときめかなくなってしまいそうではないか。恋に恋する乙女としては、これは大問題である。

そうイクスに訴《うった》えたところ、麗《うるわ》しの宰相閣下の返事は、

「そうか」

の一言だった。

——乙女の大問題を、もっと真剣に考えやがれ！

そんな現状が続いていたアヤ。しかしある日の昼食の時間、いつも通りアンネとお喋《しゃべ》りをしつつ食事をしていたところ、おかしな話を聞いた。

「離宮の整備はもうしばらくで終わるという話よ。お庭がとてもすばらしいそうなの」

「へー……」

アンネから唐突に話題を振られ、とりあえず相槌《あいづち》は打つものの、なんの話かわからないアヤ。隣で食事中のパンダも、首を傾《かし》げている。

一方、アンネはアヤの反応が薄いので同じく首を傾《かし》げる。

「嬉しくないの？　引越しはまだかって騒いでいたじゃないの」

「え、今の私の引越しの話だったの？」

アヤはそこでようやく話題を理解する。

引越し先の準備が整いそうなのはめでたいことである。しかし、一つ理解できないことがある。

「何故に離宮？」

離宮って、離れた宮で合っているよね？　え、城の中で一戸建て？

そもそも、どうしてイクスはお城に住まなければならないのだろうか。他の大臣とか要人の方々は、みんな城の外に住んでいるそうではないか。

頭の中が「？」でいっぱいのアヤと、そんなアヤが不思議でならないアンネは、お互いに首を傾げるばかりである。

アヤは昼食を終えてその日の仕事をこなしつつ、じりじりと時が経つのを待った。

そしてイクスが私室に戻ってくるなり、真っ先に問いかけた。パンダまでアヤの横でお座りをして拝聴《はいちょう》モードだ。

「なにゆえ離宮なのでしょうか」

「なにか不満でもあるのか？」

イクスが無表情に問い返す。

「不満ではなく疑問です。どうして引越しの話が、いきなり離宮ということになるんですか。っていうか、城の外ではダメなんですか」

イクス付きの小間使いになってから、アヤは一度も城の外に出ていない。この世界での生活拠点を確保したので、ちょっと街中散策などをしてみたいと思うのだが、外に遊びに行く暇がないのだ。なにせ、アヤは一人っきりのイクスの専属小間使いである。だから、いっそのこと外に住めば暇を見つけて街中散策ができるかもしれない、とちょっぴり期待していた。

「警備上、城外の住居は却下《きゃっか》されるだろうな。今まで奥宮に住むことに問題はなかったが、最近煩《わずら》わしくなったので、もともと持っていた離宮に手を入れた。古いものだが造りは頑丈《がんじょう》だ」

さらっと言われたが、今、聞き流せない台詞《せりふ》があった気がする。

「なんで離宮なんか持ってるんですか？」

「貰ったからに決まっているだろう」

決まっているだろうって、離宮って貰えるものだったか？　それともアヤが考えている離宮と、この世界の離宮って、違ったりするのだろうか。

そんな疑問を脳内で渦巻《うずま》かせながら、アヤはさらに質問をぶつける。

「貰ったって誰に？」

「兄上だ」

イクスには兄がいたらしい、初耳だ。そもそも、イクスの家族の話を聞くのもこれが初めてなのだが。

ここにきて、イクスはなにかが変だと思ったらしい。

「アヤ、お前は私を誰だと思っているのだ」

「宰相閣下だと思っていますが」

アヤが胸を張って事実を述べると、イクスに懐疑的《かいぎてき》な顔をされた。

「それだけか？」

「……？」

アヤとしては、イクスがどうしてこんなことを聞くのか、意味がわからない。

「まさか知らないとは思わなかったが、確かに、あえて話題にする機会もなかったな」

ため息交じりに呟《つぶや》かれるとバカにされているように思えるので、やめてほしい。

「私の兄上は、この国の国王だ」

「は？」

アヤは一瞬、イクスの頭がおかしくなったのかと思った。

「その弟である私は、つまりは王弟だ」

「はぁ？」

——ごめんなさい、もう一回言ってください。

こうして、同じ問答を繰り返すことしばし。

——結論、宰相閣下は、王弟殿下でいらっしゃいました。

あえて説明するまでもなく、国民ならみんな知っている事実なので、誰もアヤにこのことを教える人間はいなかった。そしてアヤ自身、宰相閣下の身の上に興味がなく、誰にも尋ねなかった。完全に、アヤのコミュニケーション不足が原因であろう。上司の情報くらいは集めておこうという教訓かもしれない。

——でも、これって私が悪いのか!?　誰か一言くらい教えてくれる人がいてもいいと思うんだけど!!

どうにも納得がいかないアヤであった。

そんなこんなで日々はすぎていき、イクスが王族だという事実が発覚してから約一週間後、アヤは無事に離宮への引越しを完了した。まがりなりにも離宮なので、当然敷地は広い。「掃除が大変そうだなぁ」とアヤが呟《つぶや》くと、「感想はそれだけか？」とイクスに呆れられた。ちなみに、掃除のための人員はちゃんといるらしい。

寝室問題が解決したことの他に、離宮に移って嬉しいことがもう一つある。なんと、アヤでも使えるかまどがあるのだ。

そもそも魔法具のコンロが普及したのは最近の話だ。これを使用しているのは一部の金持ちだけであり、一般庶民は普通に火をおこして調理している。離宮は設備が古いため、かまどが残っており、それを使えるように手入れしたらしい。これで外での料理タイムから解放されるというものだ。火の始末に失敗してボヤ騒ぎを起こし、隊長から怒られる日々とはおさらばである。

アヤが離宮での生活に慣れた頃、早速エディが遊びにきた。

「へー、離宮のお庭ってきれいだねぇ」

感心したエディは、庭に出てパンダと戯《たわむ》れていた。

離宮はしばらく使われていなかったので、手入れが行き届いているとは言い難い。けれども庭は自然に近いように造られており、この離宮を建てた人はきっと趣味人だったのだろうと思わせるような品のよさだ。

そんな美しい庭だが、アヤとしては、このようなだだっ広い場所を見ると、野菜を植《う》えたくなる。家庭菜園にすれば、低コストで野菜が手に入るのだ。そういえば、アパートの裏庭にこっそり植えていたネギとほうれん草はどうなっただろうか。大家さんが見つけて、美味《おい》しく食べてくれていることを祈ろう。

「ところでおねえさん、旅行のお土産《みやげ》忘れないでよね。僕、湯の花が欲しいなぁ」

エディがパンダの背にまたがり、にぱっと笑う。とても可愛らしいのだが、アヤは今、聞き捨てならないことを聞いた。

「誰が、どこに旅行に行くと言うのですか？」

アヤは率直にエディに尋ねた。

「えー、おじさま、明日からカルディアに行くんでしょ？　有名な温泉地だから、お土産はやっぱり湯の花だよね」

そう、イクスが国王様の弟ということは、王子であるエディのおじさんになるのだ。今までイクスがエディに敬語なしだったのも納得がいく。イクスがおじさんというのは、正しい呼び方なんだろうけれども、違和感が残る。

それにしても、この世界にも温泉文化があったらしい。大発見だ。いや、それよりも。

「明日から、宰相閣下は旅行に行くんですか？」

唯一の小間使いのはずなのに、アヤにはその話は初耳である。

「だから、お土産《みやげ》ね」

「ガル？」

エディのお願いに、パンダも首を傾《かし》げてアヤと顔を見合わせる。イクスが旅行に行くのに、何故アヤにお土産を頼むのだ。伝言をお願いされているのか？

その夜。アヤが宰相閣下に伺《うかが》ったところ。

「ああ、明日から一週間ほどカルディアに視察に行くぞ。アヤも一緒だ」

——こういう大事な用件は、もっと早く言え！

第三章　温泉へ行こう！

話は、アヤたちの旅行の数日前に遡《さかのぼ》る。

その日、イクスファードは兄である国王に執務室《しつむしつ》まで呼び出された。

「お気に入りとの愛の巣はどうだ、兄弟」

呼びつけられた上に意味不明なことを言われるとは、なんの嫌がらせだろうか。

「何事ですか陛下。こちらも忙しい身の上ですので、用事であれば朝議の際に一度に済ませてほしいのですが」

ドアを閉めるなり抗議してくるイクスファードに、国王は聞いていない様子でニヤニヤしている。人払いまでしてなんの悪巧《わるだく》みをしているのか知らないが、余計なことに時間を割《さ》かずに仕事しろ、と言いたいイクスファードであった。

「陛下、その笑いは気持ち悪いのでやめてください」

兄弟ゆえの率直な物言いにも、国王はニヤニヤ笑いをやめない。

「いやぁ、離宮への引越しが終わったんだろう？　お気に入りの侍女との愛の巣の居心地はどうかと思ってな？」

なにやら理解不能なことを聞いた気がした。

「確かに、離宮への引越し作業は完了しました。お気に入りの侍女というのは、ひょっとしてあの小間使いのことですか。愛の巣という表現は意味不明ですが、古いなりに手入れの行き届いた、よい離宮であるかと」

イクスファードは国王の台詞《せりふ》に一つ一つ反論しつつ、国王におかしな話を聞かせたやつは誰だ、と心の中で悪態をついた。

仮にもご先祖様が建てた離宮に苦情を言うほど、空気が読めない人間ではないつもりである。それに、あの離宮に備え付けられていた古いかまどを、アヤがことのほか喜んでいた。

「仕事人間で自分のことに無頓着《むとんちゃく》なお前が、朝食と夕食を決まった時間にとるようになったと、料理長が喜んでいたぞ。確かに、最近お前、顔色がよくなったよな。それに騎士たちからも、あのアヤとかいう娘のことは聞くぞ。食堂で見かけた際にちょっと誘《ゆう》惑《わく》しようとすると、ヴァーニャに威嚇《いかく》されるんだってな」

どうやら話の出所は、奥宮の食堂に出入りする人間のようだ。そして誘惑ってなんだ。そんな話は聞いていない。イクスファードは眉間《みけん》に皺《しわ》を寄せる。

「娘の方も、下心を持った野郎を笑顔で切り替えして撃退するそうだ。長年勤めているうちの侍女も、あの技術をべた褒《ぼ》めしていたぞ」

なにやら思わぬところで噂《うわさ》になっているようである。アヤが巻き起こす魔法具破壊事件ばかりに注意を向けていたので、対人関係に関してはあまり気を配っていなかった。何故なら、アヤは基本的な礼儀作法というものを身に付けているからだ。城で通用する作法を自然に行えるため、人とトラブルを起こすことはそうないかと思われた。おそらくは、故郷で高度な教育を受けていたのだろう。

こうした理由から、アヤの奥宮での行動を特には制限していなかった。だが、これからはその日にあった出来事を、もう少し詳しく尋ねる必要がありそうだ。

「まあ、もちろん、いい話ばかりではないようだがな。年頃の娘を持つ貴族たちから、あのようなどこの馬の骨とも知れぬ娘を奥宮に入れるなどけしからん、という苦情も集まっている」

まだそんなことを言っている輩《やから》がいるという事実に、イクスファードはため息をつく。

「色仕掛けと噂話しか能がない娘を奥宮に入れるつもりはさらさらないということを、連中は全く理解していないようですね」

今まで女の側仕えを置かなかったイクスファードがアヤを小間使いにしたことによっ

て、もしかして自分の娘も、と期待をしているのかもしれない。しかし、アヤとて好きで小間使いにしたわけではなく、あくまで突発的事態によるものだ。ゆえにこれ以上、小間使いを増やす予定はない。

渋い顔をするイクスファードに、国王は笑いかける。

「まあ私としては、お前が遅ればせながらも遅い青春を謳歌《おうか》する気になったことは、非常に喜ばしいと思っているとも」

「陛下、ですから」

「父上たちのことは、王家として反省し、繰り返すことのないよう戒《いまし》めねばならない。しかし、それとお前が人としての幸せを捨てることとは話が別だ」

「……兄上」

自分を心配する言葉に、イクスファードは思わず昔の呼び方をしてしまった。

「それに、エディの侍女から聞いたぞ。娘を大事に隠すあまりに、城の外に一度も出してないそうではないか。城仕えの者には週に一度の公休があることを、知らせていないらしいな」

「それは……」

痛いところをつかれた。アヤが休みについて尋ねてこないのをいいことに、公休についてまだ説明をしていないのだ。公休の日は、申請をしておけば外出を許されるし、アヤは最近、城の外に興味を持っていた。けれども、アヤを一人で外出させるわけにはいかず、言わないまま今に至るのだ。

イクスファードが沈黙していると、国王は咳払《せきばら》いを一つした。

「ということでお前は、使用人の待遇を改善し、なおかつ今まで溜《た》めていた公休を消化するために、温泉にでも行ってこい」

「は？」

「もちろん、お前は仕事だ。しっかり視察してこい。その間、娘はうちの別邸でのんびり休暇を満喫《まんきつ》するといい」

こうして、イクスファードの温泉地視察旅行が決まったのだった。

＊　＊　＊

王都を出た馬車は、のどかな田園風景の中を一路カルディアまで進んでいる。

アヤがこの世界で知っている風景といえば、この世界に来た初日にさまよった夜の森と、街の市場と広場の噴水《ふんすい》、あとは城のごく一部のみだ。我ながら、なんと狭《せま》い世間であろうか。

　そのため、田園風景が延々続く景色であろうと、アヤにとっては珍しかった。自然とテンションも上がろうというもので、実際、馬車の窓から身を乗り出して大はしゃぎをして、うっかり落ちそうになったところを護衛の騎士さんに救助されつつ叱《しか》られた。

　――小学生みたいなことをしてゴメンナサイ。

　ちなみに、今回護衛をしてくれているのは騎士団長直属の黒騎士さんたち。城内では赤白黒で持ち回りで護衛をしているけれど、王族が外に出る時の護衛は黒騎士さんたちと決まっているのだそうな。

　それはおいておくとして。

　どうして小間使いのアヤと、宰相閣下であるイクスとが、同じ馬車に乗っているのだろうか。

　宰相閣下の視察旅行であるから、当然、執務官《しつむかん》などのお役人もついてきているし、護衛の騎士の人もいる。護衛の騎士は馬車の周りを守るように騎馬で移動していて、お役人は別の馬車に乗っていた。アヤはこんな、偉い人専用のふっかふかクッション付きの馬車でなく、お役人用の馬車に乗りたかった。なにせ、イクスと二人っきりの空間の中で、ちっとも会話が弾《はず》まない。そうすると、景色を楽しむしかやることがなくなる。

「イクスさん、いい天気ですね」

「ああ」

「きれいな鳥が飛んでますよ」

「そうか」

「……」

もう少し会話を膨《ふく》らませる努力をしてほしいものである。会話はキャッチボールなのだから。

イクスの馬車にはティーセットまで用意されていたので、沈黙に耐えかねてお茶を飲むことにした。その結果、飲みすぎてトイレに行きたくなって馬車を止めてもらい、気まずい思いをするという悪循環。はしゃいでも叱られ、おとなしく座っても居心地が悪い。これは一種の拷問《ごうもん》かとすら思う。

そんな中、パンダはどうしているかというと、馬車の入り口を身体が通らなかったせいで、馬車を断念して荷車に乗っている。でも、あちらの方が騎士の皆さんに構ってもらえて楽しそうだった。

こうして、ちっとも楽しくない丸一日の馬車の旅を終えて、アヤたちは温泉地カルディアに到着した。

「あ〜、やっとついた〜」

「これしきの移動で愚痴《ぐち》を言うな、軟弱者《なんじゃくもの》」

馬車から降り立って、うーんと伸びをするアヤに、説教をたれてくるイクス。

――誰のせいで疲れていると思ってる。

アヤはぐっと握り締めた拳《こぶし》を、背中に隠す。腐っても宰相閣下、暴力はいけない。

乗り慣れない馬車のせいで、身体中がギシギシいっている。クッションがふかふかの高級馬車でもこうなのだから、お役人たちが乗っていた普通馬車はもっと揺れたのだろう。それを思うと、馬車内での居心地の悪さを差し引き、プラスマイナスゼロかもしれない。

「そういえばパンダは？」

荷車に乗っていたはずのパンダを探すも、降ろされた荷物の山の中にパンダの姿は見えない。

「ヴァーニャなら、あそこで湯に浸《つ》かっているぞ」

「へ？」

イクスに言われた方を見てみれば、石で囲まれた浅い露天風呂に、パンダが入り込んでいた。浅くて身体全部が浸かれないせいか、ぐるぐる回転しながら。

――なにをしているのアンタは？

風呂の周囲に低いベンチが置いてあるのを見るに、たぶんそこは足湯だ。足湯に全身浸かるやつがあるか。

「パンダ、他のお客さんの迷惑でしょうが。あがりなさい」

「ガル〜」

飼い主としての躾《しつけ》を疑われたくないので、パンダを少々きつく叱《しか》る。パンダは旅の汚れを落とせて満足したのか、ずぶ濡《ぬ》れのままあがってきた。水を飛ばすのは遠くでやってくれ。

パンダがあがった後、夫婦らしい二人組が早速ベンチに座って足を浸《ひた》している。やっぱり足湯だったらしい。

「にしても、なんて和風な……」

温泉地と聞いても、アヤは雰囲気的にもっと西洋風なものを想像していたのだ。たとえば、よくテレビで見るスパリゾートのような。

それなのに、カルディアの街の風景を眺めると、あちらこちらから温泉の湯気《ゆげ》が立ち上り、道行く人は甚平《じんべい》に似た形のパジャマっぽいものを着ている。今パンダが入っていた足湯といい、完璧に日本の温泉の雰囲気である。

今までの人生で、アヤは温泉地という場所に行ったことがなかった。なので、実はこれが温泉初体験なのだ。異世界で温泉初体験をするとは、人生わからないものである。

「うぉー、なんかやる気出てきた！　さあ、イクスさん早く宿に行きましょう！　温泉入りたいです！　しっぽりしたいです！　ね！　ね!?」

がぜん張り切ったアヤが前のめりになってお願いすると、イクスは身体を後ろに反《そ》らす。

「……わかったから少し落ち着け。周りに誤解される」

興奮気味なアヤがイクスにたしなめられて周囲を見れば、騎士や役人の皆さんにドン引きされていた。

――なんで？

カルディアに到着して早々騒ぎを起こしたアヤは、イクスに引きずられるように宿へ移動した。そして到着して早速、宿の温泉を確かめに行った。

すると、温泉はなんと露天風呂だった。

しかも、一度に何人も入浴できそうな立派な大浴場なのである。

そもそも、今アヤがいるのは王族が使う別荘のようなものらしい。イクスの護衛の騎士数人以外は、他の宿をとっているとのことだ。その他に、普段この別荘の客のお世話係をしている中年の夫婦しかおらず、女性客は小間使いのアヤのみ。ということは、現在大浴場はアヤ一人のものなのだ。

――ビバ温泉！　宰相閣下バンザイ！

ちなみに、パンダはイクスと部屋で留守番をしている。女風呂にオス厳禁だ。

異世界での温泉マナーは知らないが、一人っきりなので、よっぽどでなければ他人に迷惑がかかることはないはず。アヤは脱衣所で景気よく服を脱ぐと、備え付けのタオルを掴んで大浴場へ入る。

――女らしく身体を隠すとかは気にしない、だって誰もいないんだし！

まず、銭湯なんかよりもずっと広い湯船に感激し、次に湯船から見える庭園に見惚《みと》れた。そして意味もなく「ふはははは！」と高笑いもしてみる。そんなこんなで、温泉から出たり入ったりを繰り返すうちに、アヤは結構、長湯をしていた。

その結果、湯当たりしてのぼせたアヤは、部屋でイクスに介抱されるはめに陥《おちい》った。

「ふみ～……」

「水分をろくにとらずに長湯するからだ、馬鹿者」

「ガルガル」

しかめっ面のイクスと、心配そうにベッドへ頭を載せたパンダがアヤを覗《のぞ》き込んでいる。

温泉で茹《ゆ》だって真っ赤になった身体をベッドの上に横たえて、アヤはイクスに団扇《うちわ》っぽいもので扇《あお》がれつつ、説教されていた。宰相閣下直々《じきじき》に介抱していただき、心底すみませんと謝らなければならない場面である。

温泉初体験で少々はしゃぎすぎたことは認めよう。しかしアヤは、反省するどころではなかった。

――素っ裸を見られた……!!

喜び勇《いさ》んで温泉に行ったアヤの戻りが遅いことに不安になったイクスが大浴場を覗《のぞ》いてみると、湯当たりを起こしたアヤが湯船に浮かんでいたらしい。イクスはそんなアヤを回収し、また風邪《かぜ》をひいてはいけないとまるっとタオルで拭《ふ》いたあと、パンツと甚平《じんべい》パジャマを着せて部屋まで運んでくれたのだ。

ちなみに、何故イクスが自分で様子を見に来たかというと、世話係の夫婦は夕食の準備で忙しいので、声をかけるのを遠慮したかららしい。忙しい中お騒がせして申し訳ない。

助けてもらったのは有難い。とはいえ、乙女としてどうなんだ、この状況は。相手は花も恥らう十七歳の乙女なのだ。もうちょっと気をつかってくれてもいいじゃないか。

超美形な宰相閣下に身体の隅々《すみずみ》まで見られるとか、なにその拷問《ごうもん》。こんな乙女ゲーム的お約束展開は、全く望んでいないのである。

かといって、その場に騎士を呼ばれてもすごく嫌なのだけれども。この己《おのれ》の羞恥心《しゅうちしん》をどこに持っていけばいいのだろう。せめて、濡《ぬ》れたままでいいから脱衣所の床にでも放置してほしかった。

――その親切大きなお世話だ！

その後、湯当たりから回復したアヤは、歓迎の夕食の席で世話係の婦人に給仕をしてもらいつつ、イクスと食事をした。

本来なら、アヤこそイクスに甲斐甲斐《かいがい》しく給仕する立場なのだが、「お前も座れ」とイクスに言われたので一緒に食事の席に着いた。すっかりそれが当たり前になってしまっていたが、王弟と同じ席で小間使いが食事するというのは、本当はアウトな行為なのではないだろうか。

気になったものの今更だし、もう慣れてしまったので、深く考えない方向でいくことにする。いつもと違うことは、壁際に警備のための騎士が立っていることくらいだ。

そして今日もパンダのご飯は無駄に豪華《ごうか》だ。なんでも街の者から「ぜひヴァーニャ様に！」と差し入れられたらしい。パンダのくせに。

「アヤさん、温泉はいかがでしたか？」

世話係の婦人にニコニコ笑顔で尋ねられた。

ここに到着した時からアヤが温泉を連呼していたためであろう、そんな婦人の気遣いが今のアヤにはとっても痛い。

アヤは微笑《ほほえ》んでみせた。

「そうですね、宰相閣下に結構な初体験を授《さず》けていただきました」

そのとたん、動揺したイクスが咳《せ》き込む。

アヤの誤解を与える発言に、婦人は「まぁまぁ……」と目を丸くした。騎士は無表情を維持しようとしているが、頬が赤らみ口の端がピクピクしている。おそらく彼は、お子様禁止な誤解をしてしまったのだろう。もちろんわざとだけれども。

——これくらいの仕返しは許されるはずだ。乙女の柔肌《やわはだ》をなんだと心得る！

しかし、敵も然《さ》る者。

「そうだな、こちらも結構な体験をさせてもらった。ありがとうアヤ」

すぐに立ち直った宰相閣下はさわやかな笑顔で言い返してきた。

なんだか負けた気分だ。

＊＊＊

アヤたちが旅行に出かけた日の朝。城では、平穏《へいおん》を噛《か》みしめる男がいた。

「平和だ……」

赤騎士隊長アランは淹《い》れたての紅茶を味わいながら、平和な時の流れに身をゆだねていた。

朝の静かなすがすがしいひと時。そうだ、朝とはこうあるべきなのだ。朝から離宮に呼ばれないことが、これほど心を豊かにすると改めて思い知った。

「でも、離宮が静かだと不気味ですね」

同じく紅茶に口を付けながら、白騎士隊長サラディンが離宮の方角に視線をやる。

最近の奥宮の朝は、離宮の騒ぎから始まると言っても過言ではない。イクスファードが離宮へ移ったことで、朝の騒ぎは収まるかと思いきや、何故か今まで通りであった。アヤ曰《いわ》く、イクスファードの生活スタイルの問題であるらしい。どうしてあの二人は静かな朝を過ごせないのだろうか、といつも疑問に思うアランである。

「まー、宰相閣下も昔はそれなりに遊んでいたクチだからな。女を前にすれば、閣下も男になるってこったな」

騎士団長兼黒騎士隊長のカイルが、下世話なことを言ってうんうんと訳知り顔で頷《うなず》く。しかし、あのてんでお子様なアヤが女の部類に入るとは到底考えられない。アランは、カイルに胡乱《うろん》げな視線を向ける。

三人は、朝の定例報告のために団長室に集まっていた。いつもの騒動がないおかげで、時間に余裕ができたので、のんびり紅茶を飲んでいる。

「しかし、宰相閣下が不在だと知れたとたんに、貴族がうるさいな」

アランの言葉に、サラディンが鼻で笑う。

「宰相閣下がいない間に、悪巧《わるだく》みを成功させるつもりなんでしょう。そんなことはお見通しだとわからない愚《おろ》か者ですね」

この国は今はそれなりに平和だが、ほんの十数年前には、王家のお家騒動で荒れていた。王家の威信が揺らぎ、盗賊が跋扈《ばっこ》し、辺境では民が飢《う》えて死んだ。

誰もが王家に絶望していた時、お家騒動を収めて国を立て直したのが、当時の王太子で現国王のアルファードと、第二王子であったイクスファードである。彼らは実権を握ってすぐ汚職や賄賂《わいろ》にまみれた貴族たちを粛清《しゅくせい》し、身分を問わず実力ある者を役職に登用したのだ。

また、先王の華美な生活のために圧迫されていた財政を立て直すために、城の半分を閉鎖した。王家の者は、本来ならば後宮と呼ばれる場所で生活するのだが、その運営にかかる大量の人件費を削減するため、それも閉鎖して城の一角を奥宮として生活の場にした。これらの改革は他国からも評価され、衰退《すいたい》しつつある国と見なされ侵略される事態を免《まぬが》れたのだ。

この人事改革のおかげで騎士団入りすることになったのが、現在赤騎士隊長にまでなった、平民出身のアランである。現王への政権交代以前は、騎士には貴族しかなることができなかったのだ。だからアランは国王陛下と宰相閣下を尊敬しているし、感謝してもいる。しかし、宰相閣下への尊敬の念は、ここ一ヶ月ほどで薄らいできている気はするが。

「ま、所詮《しょせん》、先王の頃にも大胆な悪事を働けなかった小悪党どもだ。せいぜい小金稼《かせ》ぎ程度しかできんだろうよ」

団長の言葉に、アランとサラディンはそれぞれ頷く。

現王に代替わりしてすぐに行われた粛清は大がかりなものであったが、それ以降はそこまで厳しい締め付けを行ってはいない。ほどほどにしておかないといらぬ敵を作るから、という宰相閣下の考えであった。ゆえに目に余る行為でなければ、取り締まることはしない。

なので、王都は概ね《おおむ》平和である。

「それにしても問題は、昼食の楽しみが減ったことだな」

アヤに昼食をたかりに行くことをここ最近の楽しみにしていた団長が、ため息をついた。

「団長、エクスディア王子みたいなことを言わないでください」

サラディンが団長に呆れた視線を向ける。

王子は宰相閣下が、というよりもヴァーニャがいなくなってぐずっているらしい。特注のヴァーニャのぬいぐるみを抱きしめて「つまんなーい！」と叫んでいるとか。

＊＊＊

カルディアに到着した次の日。

アヤは、温泉でパンダを相手に叫んでいた。

「パンダー！　あんた、なに獣風呂にしてんのよ！」

本日も温泉を満喫《まんきつ》しようと思っていたところ、いつの間にかパンダが先客として湯にどっぷりと浸《つ》かっていたのだ。

「ガルー♪」

パンダは怒られているのを気にも留めず、ご満悦で鼻歌を歌っている。

アヤが風呂場でパンダと格闘していると、騒ぎを聞きつけたイクスが様子を見にきた。

そこで繰り広げられていた光景は、タオルを手に握っている裸のアヤと、そもそもが裸のパンダの小競《こぜ》り合いである。

「……湯を入れ替えねば」

イクスは、それだけ呟《つぶや》いて去っていった。

誰もいなくても、とりあえず風呂場では、タオルを身体に巻いておこうと決めたアヤだった。

こんな感じでカルディアでも騒がしい時間を過ごしつつ、アヤは温泉を満喫していた。

いろいろと事故はあったものの、アヤは連れてきてくれたイクスに感謝している。

だが、温泉地カルディアに到着して三日目の朝。アヤはイクスに疑問をぶつけた。

「私は、どうして働いてはいけないのでしょうか？」

この三日間、いつものようにイクスの身の回りのことをしようとすれば「自分でできる」と断られ、では宿の人を手伝うかと思い立てば、「手は足りております」と追いやられる。パンダは食っちゃ寝生活のせいで太るし。これではなんのためにイクスの視察についてきているのかわからない。

真剣な表情で尋ねるアヤを、イクスは無表情に見つめることしばし。

「休暇は働かないものだろう」

「……は？」

言われたことの意味がわからず、アヤは眉間《みけん》に皺《しわ》を寄せる。しかし、イクスはそんなアヤの様子にも動じない。

「アヤは今、休暇中だ。だから仕事を命じることはできんだろう」

「いやいやいや、できんだろう、って言われても」

自分が休暇中だったことなど、今初めて聞いたんですけど。

「いつ、私の休みが決まったんですか？」

「旅行の少し前に。このカルディア旅行は、お前の休暇のためだ」

さらっと告《つ》げるイクス。

休暇旅行ってことは、ひょっとして、王都から馬車に乗った時点で自分は自由時間を過ごしてよかったということか⁉

「ゆっくりするには温泉に限るらしい。……言わなかったか？」

「全く、これっぽっちも聞いていませんが」

　こういうことは、出発前に教えてほしかった。そうすれば、いろいろと、もっと有意義な過ごし方を計画できたのに。そう、たとえば内職に取り組むとか。この世界の内職にはなにがあるのだろうか。

　だがそう考えた直後、アヤは唐突に気が付いた。

「そうか、もう内職とかに励《はげ》まなくてもいいんだ」

　今も、アヤが借金持ちであることには変わりはない。しかし、イクスはアコギな借金取りというわけではなかった。そもそも、初日以来借金のことが話題に上ったことすらない。むしろこの世界の銀行にアヤの口座を作り、そこに給料を振り込んでくれているそうだ。その口座から、アヤが壊した魔法具の修理代金が引かれているらしい。素性が怪しいアヤが自《みずか》ら口座を作ることができるわけがなく、口座の管理をしているのはイクスである。

　最近まで口座の存在すら知らなかったアヤだが、城から出ないので現金を使う場などなく、それゆえ今までお金に困ったことがないので問題は発生していない。お金に困っていないという言葉が使えるなんて、人生初かもしれなかった。

　日本ではアルバイトの給料は現金で貰っていたため、自分の口座というのも人生初である。異世界で銀行口座を持つことになろうとは、人間わからないものである。いつか銀行に行って、自分の口座の残高を確認したい。

イクスと出会ってから、アヤにはのんびりと生活する余裕ができた。だったら、人生で初めて得たと言ってもよい、この「休暇」を休暇として楽しむ余裕だってあってもいいのではなかろうか。

思えばアヤは、物心ついた時から、休暇というものを経験したことがなかった。小学校の頃は土日祝日は家事や内職に追われ、中学校に上がってからはアルバイトに明け暮れ、どうしたら少しでも収入を増やせるかばかりを考えてきた。思い出すだけで、心がしょっぱいもので一杯になる。どこまで枯れ果てた青春だったんだ。

だからお城で働いていても、休みなどを考えたこともなかった。むしろ三食ちゃんと食べられて、夜も内職に励《はげ》む必要なくゆっくり眠れるとは、なんて恵まれた生活環境だろうかと感激していたくらいだ。その上、休暇の日は丸一日自由に遊べるとは、とてつもなく贅沢《ぜいたく》である。

しかしいかんせん、人生初のイベントである。休暇に、なにをして過ごせばいいのかわからない。とりあえず、目の前のイクスに聞いてみた。

「お休みの日は、なにをして過ごせばいいのでしょうか?」

「小間使いの休暇の日に命令をするほど、私は嫌な雇用主ではないぞ」

イクスに不機嫌そうに言い返された。どうやら聞き方を間違えたらしい。

「実は私、物心ついてから今まで、休暇というものを満足にとったことがないのです。なので、世間一般の人は休暇をどのように過ごすのかを参考までに聞いてみたいな、と思いまして」

ただでさえ不機嫌そうだったイクスの表情が、不機嫌そのものになった。今イクスの頭の中では、アヤの不幸エピソードが量産されているに違いない。こういった反応には慣れている。その上、相手が想像したエピソードが八割方合っているという事実が、さらにしょっぱい。

「イクスさんは、休暇はなにをして過ごしますか？」

「ああそうだな、本を読んだり、瞑想《めいそう》したり、魔法の研究をしたりする」

リサーチ失敗。本人的には有意義な過ごし方なのであろうが、これが一般人に当てはまらないということくらい、アヤにだってわかる。

なので、室内で警備している騎士にも聞いてみた。

「あなたは休暇になにをしますか？」

「私でありますか？」

彼は自分に尋ねられて驚いたようだったが、真面目に考えてくれた。

「街でぶらぶら買い物をしたり、ただ部屋でボーっとしたりが多いですね。あまり有意義な過ごし方とは言えませんね」

騎士は申し訳なさそうにしていた。しかし、貴重な一般人の意見である。

部屋でボーっとする、というのは時間を無駄に使うという、この上なく贅沢《ぜいたく》な休暇の過ごし方のように思えた。今までやったことがないので憧《あこが》れるが、温泉に来てまですることではないかもしれない。残る選択肢は街でぶらぶら。この街は温泉地だけあり、たくさん入浴施設があるらしい。きっと土産《みやげ》物屋もあるだろう。なにもせずとも、見て歩くだけでも楽しそうだ。

「よし、街でぶらぶらしてみよう！」

幸いなことにお金はある。これはアヤの手元にあるお金だ。

アヤがこの世界に来た時、何故か持っていた財布の中身が、異世界仕様の金貨と銀貨に勝手に変更されていた。後で確認すると、通学バッグに入れていた給料袋の中身も同様に変わっていた。イクスに確認したところ、それらはすべて現在この国で使われている貨幣《かへい》であるらしい。金額としては庶民のひと月分の平均給料とほぼ同額。

そのお金の中から、少しだけ財布に入れて持ってきている。ちょっとした小物を買ったり、買い食いしたりするくらいはできるだろう。

「そうと決まれば、パンダはどこ⁉」

温泉に浸《つ》かっているか日向《ひなた》ぼっこをしているであろうパンダを荷物持ちにするため、アヤはパンダを探しに行こうとした。

それにしても、聖獣というのは温泉が好きな生き物なのだろうか。パンダが一日三度以上は浸かるため、湯船を毛だらけの獣風呂にしないように専用湯船まで臨時で用意してもらった。

ともかく、こうしてやる気になっているアヤだったが……

「外出は今日の午後まで待て」

イクスの待ったがかかった。

「ええ～……」

全力で不満顔をしてみせるアヤ。今まで時間を無駄にした分だけ、残りは一分一秒たりとも無駄にしたくはないというのに。

「午後になれば、私も時間ができる」

「だからって、どうして待たなきゃいけないんですかぁ？」

意味不明なイクスの言葉に、アヤがなおも文句をたれる。

「お前を一人で街へ放り出すのは、不安だ」

それに対して、真顔で返された。

「……」

騒ぎを起こしている自覚があるだけに、こういう言い方をされると反論しづらい。

かくして、宰相閣下の都合により、異世界で、いや人生で初めてぶらぶら買い物をするというイベントは午後からになった。

イクスを待つ間、なにか用事があるわけでもないので、ボーっとしていた。こうやって時間を過ごすということを、アヤは思いがけなくも体験した。

朝から温泉に入ってホカホカなパンダは、ベランダで涼《すず》しい風に吹かれている。そのパンダを背もたれに、アヤは城から持ってきた絵本を読んだ。絵本はエディに借りたものので、字の勉強をするのにとてもよいそうである。

アヤはこの世界の言葉は理解できても、字の読み書きができない。

以前、それをこっそりイクスに白状したところ、エディになにか本を見繕《みつくろ》ってもらうようにアドバイスされたのだ。その時に聞いたのだが、この世界では識字率《しきじりつ》はそれほど高くないとのことだった。

だから、庶民で読み書きができないことは恥ずかしくないらしい。緊張して損した気分である。

そうしてボーっとしたり、本を読んだりしながら午前中を過ごしていると、イクスが帰ってきた。そのまま外出するために、アヤは玄関までパンダと一緒に出迎えに向かう。しかし、そこでいきなり問題が発生した。

「服はどうした」

顔を合わせるなり渋面《じゅうめん》で言われても、何故そんな顔をされているのか、アヤにはとんとわからない。なので、素直に聞いてみることにした。

「服がなんでしょう?」

尋ねられて、イクスがさらに渋面になる。

「どうして、それを着ているのだ」

今、アヤが着ているのは、小間使いとしての仕事着である、深緑色のメイド服。アヤが持っている服は、これと誰かのお古らしき寝間着にしているワンピース、元の世界から着てきたセーラー服しかない。そして、ここに持ってきている服はこのメイド服のみ。

「これしかないもので」

そう答えるとイクスはため息をつき、後ろの護衛の騎士は目を丸くしていた。持っていないものは仕方ないではないか。

「外出していないからには、服が増えるはずもないか」

イクスが呟《つぶや》く。

アヤ自身としては、今まで服のことを考えなかったという方が正しい。元の世界でも、着ていた服は制服かパジャマがほとんどで、私服はオールシーズン使えるジーンズ一本と、上着をワンシーズンごとに二着しか持っていなかった。制服だって新品を買えるはずもなく、学校に頼んで卒業生のお古を無料で譲《ゆず》ってもらった。そのくらい、アヤは衣服に対して神経を使ってこなかったのだ。

そんなアヤを、イクスは頭からつま先までじっくりと眺め、

「仕方がない、そのまま行くぞ。まずは服屋からだ」

とのたまった。

「え、さすがに、服を買うにはお金が足りないかも」

買い食い用の小遣い程度しかお金を持ってこなかったアヤは焦《あせ》った。だが、イクスはアヤの言葉に眉根を寄せ、あっさりと言う。

「私の財布の中身の心配は無用だ」

――え、買ってくれるんですか？

そんなわけで、アヤはイクスと護衛の騎士二名を伴《ともな》って、カルディアの街の中心を通る大通りに来ていた。このあたりには、服屋や雑貨屋などの店が立ち並んでいる。

当初の予定では、まず昼食をどこかの店でとる予定であったが、アヤを着替えさせる方が優先になった。アヤとしてはそれほど急ぎの用件だとは思わないのだが、イクスにとってはそうではないらしい。服装も仕事とプライベートは分けて考えろということなのか、とアヤなりに推測するも、真実は不明だ。

服を売っている店の中でも、特に高級そうな外観の店にイクスに引っ張っていかれて、アヤは尻込みした。こんな店には今まで縁がないし、世界が違いすぎる。

売り物に毛がついたら大変なので、パンダを入り口に待機させて店に入る。

「いらっしゃいませ」

店長らしき男性がにこやかに進み出てきた。

「これに合う服を、とりあえず五着見繕《みつくろ》え」

アヤの意見を聞かずに、イクスが勝手に注文する。

「えぇ〜、五着もいらないと思う……」

アヤの台詞《せりふ》の後半は、イクスの無言の視線に負けて尻すぼみになってしまった。

世の中のお嬢さんがそれ以上の枚数を持っているということは、アヤだって知っているのだ。しかし、あんまりたくさん持っていると、その日に着るものを選ぶ手間が発生する。五着も買ったら、着替えの際にいちいち、なにを着るのか迷わねばならなくなる。

そんな理由を並べてアヤは一応抵抗してみたものの、こんな女子にあるまじき意見は聞き入れられず、イクスの独断と偏見による服選びが始まった。

「そうだな、華美な装飾は不要だ。色も、あまり派手なものはこれには似合わん。身体の線が強調される形も好ましくない。あとは……」

などと、イクスは延々とデザインについて注文を付ける。それらをすべてメモした店長さんが奥に引っ込んで、数点の服を持ってきた。

イクスはこの時点になって、ようやくアヤの方を振り向く。

「ああ、聞き忘れたが、なにか注文はあるか」

いまさらな質問である。聞き忘れるな。むしろ一番最初に聞いてくれ。

「……動きやすいもので」

でも、聞かれたからといって、ファッションにこだわりがあるわけではないアヤは、これくらいしか言えなかった。

ファッションショーのごとくとっかえひっかえ試着をして、ようやく五着選んだのは一時間後のことだった。アヤはその五着の中の、薄い水色のワンピースに着替える。買い物でこんなに疲れたのは初めてだ。

とりあえず、すごくおなかが空《す》いた。

ヘロヘロになったアヤは、イクスと一緒にかなり遅めの昼食をとることになった。何故そこまで遅くなったかというと、結局あの服屋に二時間ほどいたからだ。五着の服を買ったら終わりかと思いきや、イクスがその服に合う靴やカバンなどの小物類なども選び始めたのである。その間、アヤはひたすらボーっとしているだけだった。もういろいろなことが容量オーバーで、なにも考えられなかったのだ。

こうして、頭からつま先までイクスにコーディネートされたアヤ。どこぞのお金持ちのお嬢さんに見えなくもない。どうやらイクスは、アヤよりもよほどセンスがあるようだ。この状況に、アヤは女子としてなにか負けた気分になっていた。

――今まで見てくれなんてどうでもいいと思ってたけど、これからはちょっとは気を使おう。全部イクスさんに選ばれるとか、さすがに恥ずかしすぎる……！

実は化粧品も今まで使ったことがないと申告したところ、「ではそれも買いに行こう」とイクスに言われた。しかし、アヤの空腹のほうが限界だったので、昼食をとることになったのだ。

こうしてぐったりとしたアヤが店の外に出ると、パンダは待ちくたびれて寝ていたのだった。

そんなこんなで、いささかグロッキーなアヤが連れて行かれたのは、カルディアの郷土料理を出す店だった。

店に入ったとたんに美味《おい》しそうな匂いが漂《ただよ》ってきた。アヤの胃が刺激される。

「なんだかスパイシーな匂いがする」

「ガル」

パンダも鼻をくんくんさせている。スパイシーで、どこか懐かしい匂いだ。

匂いに反応するアヤとパンダを見て、イクスが少し口の端を上げる。

「すぱいしーとやらがなんなのかは知らんが、珍しい料理であることは確かだ」

「へー」

アヤはイクスと一緒にテーブルにつき、しばらく待った。パンダもアヤの隣でスタンバイしている。どうやら聖獣は特別扱いで、料理屋でも追い出されたりしないらしい。

やがて出てきた料理は、アヤがよく知っているものだった。

それは、茶色いドロッとしたスープのようなものと、ちょっと珍しい形の、薄いパンのようなもの。スパイシーな匂いといい、これは間違いない。

「……まさかのインド系⁉」

こんな和風の温泉地で、料理はインドカレーか⁉　予想外の料理に、アヤのテンションは急上昇だ。

「こちらはカルディア名物、カーリーでございます」

店員さんが丁寧に説明してくれる。

「こちらのパンを手で食べやすい大きさにちぎって、スープに浸《ひた》してください」

アヤは早速言われた通りにパンをちぎってスープに浸し、食べてみる。パンはもっちりとした食感で、食べたことはないが、インドのナンというのはこんな感じなのかもしれないと思えた。

「うん、カレーだ!!」

スープの味もまさしくカレーだった。辛さはちょっとピリッとくる程度で食べやすい。

「この辛さって、もしかして調節できるんですか？」

「ええ、辛さには五段階ございます」

アヤの質問に、店員さんがにこやかに答えてくれる。

「この料理を食べたことがあるのか？」

アヤの反応が予想外だったのか、驚いた顔でイクスが聞いてきた。

「これじゃないけど、似た食べ物が地元にあったの」

アヤの言葉に店員さんは目を丸くしたが、ちょっと考えてから笑顔で口を開く。

「この料理はずっと昔に、はるか遠くからこの街を訪れた旅人が伝えたのが発祥《はっしょう》とされております。ですので、そういうこともあるかもしれませんね」

「へぇ？　じゃあここが香辛料の産地だからだとかじゃないんですか？」

「カーリーが伝わる以前は、香辛料の栽培《さいばい》は行っていなかったそうです。ですが今は、より安価で料理を提供するために、香辛料の栽培にも力を入れておりますよ」

「遠くから来た旅人が伝えた料理かぁ」

この世界のどこかにインドに似た文化の国があるのか、はたまたアヤのような異世界からの旅人がいたのか。なにやら感慨《かんがい》深いものがある。しかし、アヤとしては懐かしいカレーが食べられたというだけで満足なので、あとは食べることに集中した。

もうちょっと辛くてもいいかなと思うが、今日はこの辛さで食べることにする。まだしばらくこの街にいるのだから、また来ればいいのだ。

「おいしーい！」

「ガルガル」

パンダには、あらかじめ食べやすくちぎったパンをスープに浸《ひた》した状態で出されていた。こちらもご満悦の様子だ。

「今まで食べたご飯で、一番嬉しいかも。ありがとうイクスさん!!」

「ガオーン！」

アヤは満面の笑みでカーリーを頬張り、イクスにお礼を言った。パンダの毛皮は、カーリーの汁で黄色く染まっている。宿に戻ったら風呂に直行しなくては。

「……お前が喜んだのなら、それでいい」

イクスは無表情でそう言った。その言葉にアヤはうんうんと頷《うなず》く。

「嬉しいですし、おいしいです！」

「ガル！」

「そうか」

ようやく、イクスもカーリーに手をつける。同じ料理を同じように食べていても、イクスはアヤよりずっと上品に見えるから不思議だ。これが育ちの違いというものだろうか。

このように、二人と一匹がほのぼのと食事をしていた時――

「んまぁ、イクスファード様！　このような場所でお会いすることができるとは、わたくし、運命を感じますわぁ！」

そんな耳につくキンキンとした女性の声が、店内に響いた。

アヤが思わず顔をしかめる正面で、イクスもわずかに眉根を寄せる。そんな二人の様子などお構いなしに、声の主はアヤたちのテーブルに近寄ってきた。

「イクスファード様がカルディアにご視察に出かけられたと伺《うかが》ったので、もしお会いできるならばと思いましたの！」

そう言って満面の笑みを浮かべるのは、アヤの記憶に強烈に残っている顔だった。

アヤは「あっ」と声を上げ、イスを倒さんばかりの勢いで立ちあがり、女性を指差す。

「あの時の粉かけ女！」

アヤは自分で言っておきながら、なんだか似たような名前の妖怪がいたなと考える。

黒髪を豪奢《ごうしゃ》に巻き毛にしたいつぞやの粉かけ女――アヤにネズミ駆除の粉薬をかけた美女は、今日もお供の方々を引き連れていた。彼女はイクスに向かってしなをつくりつつ、艶《あで》やかに微笑《ほほえ》む。しかし、その格好はカルディアの街でおなじみの甚平《じんべい》パジャマである。どうやらひとっ風呂浴びた帰りらしい。

このシチュエーションとしては、ドレスを着ていてほしかったとアヤは思った。甚平パジャマでは、なんだか場がしまらない。ひょっとして、ワンピースなんて着ている自分がおかしいのかと考えたが、美女のお供の方々は侍女服を着ている。おそらくカルディアでの伝統文化を尊重して彼女なりにこだわっているのであろう。たぶん。きっと。

アヤがじっくり相手を観察していると、美女はアヤの存在にようやく気付いたらしく、不機嫌そうな視線を向けた。

「じろじろと無礼ですわね、誰ですの？」

あれだけ派手に喧嘩《けんか》を売っておいて、覚えていないらしい。確かに自己紹介をした覚えはない。ここで名乗ったところで、美女はアヤの名前など知りはしないだろう。

なので、わかりやすく説明してみた。

「先日あなたに粉をかけられた、宰相閣下の小間使いです」

ただでさえ不機嫌そうな美女は、さらに眉間《みけん》の皺《しわ》の本数を増やした。

「んまぁ！　あの時のネズミ！　しぶといですわね、まだ存在していましたの⁉」

「すみませんねぇ、まだいたんです」

ヘラッと笑うアヤ。自分を含む大多数の日本人の得意技、「とりあえず笑っておく」である。これでたいていの場面はうまく乗り越えられるが、場合によっては喧嘩を売っていると思われるので、諸刃《もろは》の剣である。

そんなアヤをよそに、美女はだんだんヒートアップしていく。

「お可哀相なイクスファード様！　このような下賤《げせん》の者に付き纏《まと》われて……わたくしにご相談くだされば、いつでもお力になりましたのに！」

「セシリア様！」

「ああ、なんと健気《けなげ》なセシリア様！」

よよよ、と崩れ落ちそうになる美女を、後ろのお供の方々がすかさず支えた。彼らは異様な盛り上がりを見せている。

なんだろう、この小芝居は。おひねりでも貰おうと言うのだろうか。アヤが圧倒されている横で、パンダは興味津々《きょうみしんしん》で鑑賞モードである。

イクスも、知らないフリをしたくても、目の前で繰り広げられてはそうもいかない様子だ。

「……アルカス家の御令嬢、このような公共の場で騒いでは、皆の迷惑だ」

常識的な注意だが、このように盛り上がっている集団を落ち着かせるには、インパクトが足りないのではないだろうか。

だが美女は、とたんにぱっと顔を上げる。

「申し訳ございません。イクスファード様が耐え忍んでおられるのに、わたくしったらダメですわ。こうしてはいられないわ。待っていてくださいな、きっと近いうちにイクスファード様を救い出して見せますわ!!」

そう宣言すると、彼女はお供を引き連れ、颯爽《さっそう》と店を出て行った。

「……なにあれ?」

まさしく嵐が去ったような雰囲気である。呆然と呟《つぶや》くアヤに、イクスが困り顔で申し

訳なさそうに言う。

「……なんというか、思い込みの激しい人物なのだ。決して悪人ではないのだが」

アヤにとって、イクスはいつだって動じない印象があるので、今みたいな表情は珍しい。

「ふーん。悪人ではない、ねぇ？」

悪人かどうかは定かではないが、いろいろな意味で愉快な人物であるのは確かであった。

「だが、アヤに嫌な思いをさせてしまったことは事実だ。アルカス家の娘に代わって謝罪しよう、すまなかった」

頭を下げるイクス。でも、アヤだってイクスに頭を下げられても困る。

「いや、イクスさんに謝られても。それに、あれっくらいの嫌がらせは可愛いもんですよ？」

先ほどの粉かけ令嬢のように正面から大声で罵倒《ばとう》する人間は、あくまで本人がいるところでしか行動しない。なので対応もしやすい。本当に面倒なのは、人前ではにこにことフレンドリーにしていて、影でこそこそ嫌がらせをするタイプだ。

アヤがそんな意見を述べてみると、イクスも物知り顔で頷《うなず》いた。

「うむ、そうだな。厄介《やっかい》な人種というのはどこにでもいるものだ」

「そんなものですよ」

アヤとイクスは小さく笑い合った。イクスのこんな顔も珍しい。今日は珍しい顔のオンパレードである。

それにしても、いらぬ闖入者《ちんにゅうしゃ》のせいで食事が中断してしまった。

「とりあえず、カーリーおかわり！」

「ガル！」

昼食の仕切りなおしを求めるアヤとパンダであった。

イクスと出かけた翌日。アヤはパンダをお供に昼から再びカルディアの街に繰り出していた。昨日買ってもらったワンピースの内の一着を着込み、ウィンドウショッピングを楽しむ。

――ああ、これが世の若者が過ごしている休日！　今、私は青春している！

ガラスに映る自分の姿を見て、アヤはにまにまと幸せを噛《か》み締めていた。

「お昼はやっぱりカーリーよね！」

「ガル！」

アヤはこの休暇の間、思う存分カーリーを食べまくるつもりである。

「おねぇさん美人だねぇ、いま一人ぃ？」

アヤがぶらぶら歩いていると、そんな声が聞こえた。どうやら美人さんが一人歩きをしているらしい。観光地とはいえ、物騒《ぶっそう》かもしれない。だれかお供を探してやれ。アヤはすっかり他人事で、パンダとウィンドウショッピングを続けている。

「うわぁ、あれなんだろう、変な色の果物」

「ガウーン」

「奇遇だね、僕も一人なんだよ。一人ぼっち同士でお茶でもどうかなぁ」

どうやらアヤの傍《そば》にいるらしく、男の声が近い。

「あれ、おもしろーい」

「ガル」

「ねえ、おねぇさん……」

「うるっさいわね、さっきから！　今、人生満喫《まんきつ》しているんだから、どっか行きなさいよ！」

とうとうアヤはそちらを向いて怒鳴った。せっかくの楽しい気分に水を差されるなど許し難い。

「お、やっとこっち向いた。一緒にお茶でもしようよぉ」

金髪に茶色の瞳の、そこそこ顔がいい男が、笑顔でアヤに話しかけてきた。

「なにアンタ。さっきまで美人さんとやらを追っかけてたじゃないの。そのまま追い続けなさいよ。そしてここからいなくなってちょうだい」

「ガウ！」

パンダが勢いよく男に頭突きをしている。しかし、男はそれにもめげずにアヤに声をかけてくる。

「だから美人なおねぇさん、お茶しよう」

「……ひょっとして、さっきから私に声をかけてたの？」

「そう、だからお茶しよう」

さっきから、お茶お茶うるさい男である。

アヤはナルシストでもないし、無駄に自分を卑下《ひげ》したりもしない。自分の外見について、特に美人ではないが不細工でもない、平均程度の容姿だと認識している。足りない部分は愛嬌《あいきょう》で勝負だ。なので、いくら美人と呼びかけられても自分のことだと思わなかったし、面と向かって美人と言われれば、「なにこいつムカつく」と考える。あからさまなお世辞なんて、ちっとも嬉しくない。

「お茶はしません、さようなら」

「そう言わずにさぁ」

面倒臭い男である。夜の街の客引きホスト並にしつこいかもしれない。

楽しい気分が台無しにされたので、一旦帰って出直そうかとアヤが思っていた時――

「おいテメェ！　あ、お前は……！」

「うわ！」

突然、遠くから聞こえた大声に、男は焦《あせ》った様子を見せた。アヤが声がした方を見ると、人相の悪い男がこちらに向かってきている。

なにかトラブルが発生したようだが、これでこの男とおさらばできる。アヤがそう楽観していると、ナンパ男はアヤの腕をがっしり掴んだ。

「え、ちょっと⁉」

アヤはナンパ男に腕を掴まれたまま、引きずられるように走り出す。

「待ちやがれ！」

「逃げるぞ！」

「えぇ⁉　勝手に逃げなさいよ、私は関係ないでしょ！」

立ち止まってナンパ男の腕を振り払おうにも、男の方が力が強く、止まったら引きずられてしまいそうだ。パンダが後を追ってくるけれど、なかなか追いつけない。

「ちょっと、離して！」

アヤの腕は男に掴まれた部分からだんだん痺《しび》れてくる。

「ガウッ！　ガウッ！」

人混みを縫《ぬ》うように走る男に、パンダが引き離されていく。

――なんでこうなるんだ！

ナンパ男がようやく止まったのは、表通りからずいぶん離れた路地裏であった。

強制的に走らされたアヤは、呼吸を乱してゼーゼーと肩で息をしていた。

その横で、男は涼《すず》しい顔をして辺りを窺《うかが》っている。

「ようやく撒《ま》いたか、しつこいねぇ」

「わたしは、関係ない、ってか、誰あれ」

「ん？　街の自警団」

なんと、人相が悪かったのでてっきりゴロツキなどの悪者かと思っていたが、どうやら正義の味方だったようだ。大声で助けを叫べばよかったと後悔する。

「なんで自警団に追いかけられるのよ」

「いいだろ、そんなこと。どうせアンタだって捕まれば困るくせに」

いや、全く困らないのだが。

この男はアヤをなんだと思っているのだろうか。それに、さっきまでとは言葉遣いが変わって、フレンドリーな雰囲気が抜けていた。

「どうでもいいけど離して。私は帰るから」

「そうはいかない。アンタをつれて行けば借金をチャラにしてくれるっていうからな」

「は⁉」

いつの間に、アヤはこの男の借金のカタになったというのだろうか。

どこまでもアヤに付きまとう借金の二文字だが、この見ず知らずの男の借金をチャラにしてやる義理はない。

「それ、騙《だま》されてると思う。きっと」

「そんなはずはない！　宰相と一緒にいる女を欲しがっている貴族がいるんだ！」

「なにそれ……」

カルディアにイクスと一緒に来たメンバーのうち、女性は小間使いのアヤ一人である。したがって、宰相と一緒にいる女というのは、アヤに間違いない。

意味がわからない。なんだろうか、この状況は。

「どうせアンタだって、うまいこと宰相に擦《す》り寄ったんだろ？　宰相は独身だもんな。

若い女を捌《は》け口にするとはお盛んだな」

「……は？」

アヤは眉をぎゅっと寄せて、しかめっ面をする。

「よほど具合がいいのかね、貧相な身体のくせによぉ」

男のにやけ面《づら》に、アヤは思いっきりビンタしたい衝動を堪《こら》えた。こんな男、ビンタして自分の手のひらを痛めるほどの価値もない。この暴言への報復は、後できっちりと考えることにする。

アヤとて、このような下品な物言いに免疫《めんえき》がないわけではない。

だが、イクスがそういう下品な話のネタにされるというのは腹が立つ。損害賠償《そんがいばいしょう》のためとはいえ、アヤを三食住居付きの仕事に雇ってくれた恩がある。寝室でトラブルが発生したり、乙女の沽券《こけん》に関わる大事件もあったりしたが、イクスは少なくともこの男に見下されるような人ではない。立派なアヤの雇い主だ。

アヤが無言で睨《にら》みつけるも、男はニヤニヤ笑うだけである。

「約束の時間まで少しある、こっちへ来い」

「痛いってば、引っ張らないで！」

男がめちゃくちゃに走ったせいで、アヤにはここがどこだかわからない。そもそも、昨日一日ブラブラしただけで、土地勘などゼロである。男がここに逃げ込んだということは、ここは彼のテリトリーである可能性が高い。助けを呼んだところで、事態は好転しなさそうである。

どうしたものだろう。これは結構なピンチだ。

それから、男はアヤの腕を引っ張って酒場に連れ込んだ。

まだ明るい時間なせいか客は他におらず、男とアヤの二人だけだ。酒を飲む男の前でアヤは大人しく座りつつも考え込む。

はぐれたパンダはどうしただろうか。野良《のら》よろしく街をブラブラしているか、別荘に戻っているか。前者のような気がしてならない。珍しい生き物なので、珍獣として誰かに捕まったりしていないだろうか。多少の情が湧いているので、無事ならいいと思う。

「アンタも飲むか？」

男が手に持つグラスをアヤに差し出した。

「いりません」

アヤが努めて無表情に言い返すと、男は不機嫌そうに鼻を鳴らす。

「そうやってお高くとまっていられるのも今の内だ」

しばらく会話もなく、男はグビグビと酒を飲んでいた。だが、ふいに男は顔をニヤニヤと歪《ゆが》める。

「約束の時間まで大人しくしている理由もない。楽しんだっていいよな」

「は？」

男の様子からして、表通りで買い物をして楽しんできていい、という話ではないようだ。激しく嫌な予感がする。

「帰ります、さようなら」

アヤはすばやく立ち上がり、外へ逃亡しようとしたが、テーブルなどの障害物が多かったせいで、大股《おおまた》で追ってきた男にあっさりと捕まってしまった。そのまま後ろ手に拘束《こうそく》されて、身動きが取れなくなる。

「離しなさいよ！」

「純情ぶってるんじゃねぇよ、アンタだって楽しめるんだから」

男の手がワンピースのスカートに伸びる。

「全くもって楽しくない！　嫌だ、離せ！」

イクスがいろいろと吟味《ぎんみ》して、買ってくれたワンピースだ。おろしたてのぴかぴかの新品を、酒臭い手で触らないでほしい。

「離して！」

アヤが力の限り暴《あば》れて、逃れようとしたその時――

ドガァン！

すさまじい音の直後、まばゆい光が男に降り注《そそ》いだ。その光は傍《そば》にいたアヤまで巻き込もうとしたが、アヤに触れそうになったとたん、掻《か》き消える。

隣を見ると、男は立ったまま白目をむいていた。

「ガフー‼」

光が収まると同時に、雄《お》たけびをあげてパンダが突進してきた。テーブルやイスにぶつかりながら、パンダは男を押し倒す。

「ガウッ、ガウッ！」

パンダは男に噛《か》み付くも、すぐに「ぺっ！」と吐き出す。どうやら不味《まず》かったらしい。

それからゲシゲシと蹴りつけ、あっという間に男をぼろ雑巾《ぞうきん》のようにしてしまった。

「その辺にしないと、後の聴取に差し支える」

聞きなれた声に従って、黒い人がパンダを引っ張って男から離す。

「イクスさん……」

酒場の入り口に、イクスが護衛の黒騎士を従えて立っていた。パンダを宥《なだ》めているのも黒騎士だ。

「どうやら災難にあったようだな」

イクスがアヤに歩み寄りながら、そんな声をかけた。

助かった。そう思ったとたん、アヤは全身の力が抜け、床に座り込んでしまう。

「ヴァーニャが騒ぐので何事かと思ったが、探しに来て正解だった」

「パンダが」

アヤとはぐれた後、パンダはどうやったのか知らないが、助けを呼ぶことに成功したようである。今頃、野良《のら》になっているかもしれない、などと失礼なことを考えた件について、アヤは心底謝りたい。

「えらいパンダ!!」

「ガウーン!」

パンダがアヤに頭をこすりつけてくるので、その頭をぐりぐりと撫《な》でてやった。

「何事もないか?」

イクスがアヤの無事を確かめてきた。幸いにも危《あや》ういところで間に合ったので、ほぼ無傷である。その旨《むね》をきちんと報告した。

が、心理的にはとても不快な思いをさせられたし、傷ついた。

「すみませんが、その男をそこに仰向《あおむ》けに転がしてくれませんかね」

気絶したままの男を拘束《こうそく》している黒騎士に、アヤはそんなお願いをした。黒騎士がイクスに目線で確認すると、イクスは無言で頷《うなず》く。

「これでよろしいですか？」

「はい、ありがとうございます」

いい感じに床に転がされた男に、アヤはつかつかと近付く。

男の真横に立って深呼吸。両足にしっかり力を入れて、片足を振り上げる。そして——

「死にさらせ、ド腐れ男ぉ!!」

力の限り、男の股間《こかん》を踏みつけた。気絶していた男は声なき悲鳴を上げてカッと目を見開くと、口から泡を吹いて再び気絶した。

アヤはすがすがしい笑みを浮かべて、黒騎士に向き直る。

「傷害罪は謹《つつし》んでお受けします」

黒騎士は顔を引きつらせて沈黙している。イクスを見ると、首を横に振ってため息をつかれた。

「気が済んだなら、とっとと帰るぞ」

「はぁい」

アヤはそこで、お昼を食べ損《そこ》ねていたことを思い出した。

＊　＊　＊

アヤと一緒に出かけたはずのヴァーニャが、カルディアの街の自警団員に連れられて戻ってきた。イクスファードが護衛からそんな報告を受けたのは、昼の休憩《きゅうけい》のために別荘に戻った時だった。

「自警団の男が言うには、アヤ嬢は男にしつこく声をかけられていたらしいです」

それを注意しようと向かって行ったところ、その相手はこの地の領主から捕縛《ほばく》命令が出ていた男であったとか。そして男は何故か、アヤを連れて逃走したらしい。自警団員は男を見失ってしまったが、代わりにアヤとはぐれたヴァーニャを保護し、別荘に戻しにきたそうだ。

護衛は心配そうな顔で報告を続けた。

「一緒にいる男は、素行があまりよくない者のようです。今、自警団で捜索《そうさく》しています」

「ヴァーニャはどうしている？」

「外にいます」

イクスファードが様子を見に行けば、ヴァーニャは興奮したように唸《うな》り声を上げ、庭中をうろうろしていた。

「アヤ嬢に懐《なつ》いていましたからね、心配なのかもしれません」

護衛の言葉に気付いたヴァーニャが、近寄ってきてイクスファードの服に噛《か》み付き、ぐいぐいと引っ張る。

「……どうした？」

イクスファードを別荘の外の方へと引っ張ろうとするヴァーニャ。

「こら！　今離させます」

「よい。私も少々心配だ、アヤを探しに行こう」

イクスファードの言葉に、護衛が驚いたように目を見開く。

「捜索《そうさく》は我々で行います。閣下自《みずか》ら出られなくとも……」

「アヤをカルディアに連れてきたのは私だ。よって私には、アヤに対して監督責任がある。それに万一なにかあってみろ、エクスディアがうるさい」

イクスファードが護衛を説き伏せ、午後の予定を変更するように手配していると、ヴァーニャは服に噛み付くのをやめた。

以前、城で行方《ゆくえ》知れずになった時もそうだったのだが、アヤは魔法拒絶の体質のため、居場所を突き止める探査魔法が効かないのだ。ゆえに、地道に聞き込みで探さなくてはならない。

だが、調べるにつれてアヤを連れて行った男の素性がわかり、男に対して探査魔法を行ったところ、居所が知れた。大体の場所を自警団員に告《つ》げたところ、その辺りは観光客には入り込まないように注意を促している区域だとか。そのような場所に、アヤが自ら入り込んだとは考えにくい。常識外れの部分もあるが、アヤは聡《さと》い娘だ。

自警団員に案内させたところ、一行がたどりついたのは古びた酒場であった。

その横に立ってすぐ、イクスファードは窓越しにアヤの姿を確認できた。アヤは逃げようとしていたのか、男に後ろ手で拘束《こうそく》されてなにやら揉《も》めている。

イクスファードが片手を上げると、空中に光る文様が浮かぶ。

「雷《いかずち》よ来たれ」

アヤが危《あや》うい体勢に見えたので、初級の雷の魔法を男に放つ。本来ならばアヤを巻き込んでしまう位置だが、雷はアヤに触れることもできすに消えた。今までの検証により、初級の魔法はアヤに当たる前に消えてしまうことが判明していたがゆえの行動である。

しかし、それを知らない自警団員はぎょっとした顔をしていた。

「ガフー!!」

イクスファードが魔法を放った直後、ヴァーニャが酒場に突進していく。そして雷の魔法で気絶している男を、前足後ろ足で何度も蹴りつけていた。

その後、アヤはヴァーニャとの再会を喜び、連れまわされただけでなにもされていないと証言した。事実、アヤには殴られたような痕《あと》も、痛そうにしている様子もない。その点だけでもよかったとイクスファードはホッとした。

男の身柄は自警団に任せ、イクスファードはアヤとヴァーニャを連れて別荘に戻ることにした。アヤが昼を食べ損《そこ》ねたと嘆《なげ》いたからだ。

アヤを連れまわした男は、カルディアの領主の息子だということがわかった。男は自分が領主の息子であることを笠に着て、あちらこちらで問題を起こし、多額の借金までする始末。

激怒した領主は男を勘当《かんどう》したのだが、それでも男の態度は改まらなかった。街の者も、勘当を受けたとはいえ、領主の息子とあっては強く言えない。それで領主は、息子を捕らえて反省するまで牢《ろう》に入れようとしたとのこと。カルディアの領主は人間ができた人であったが、その人となりは息子に遺伝しなかったらしい。

問題は、そのバカ息子が、「宰相と一緒にいる女を欲しがっている貴族がいる」と周囲に零《こぼ》していたことである。

どういった理由で貴族がアヤを欲しがっているのか、その言葉だけでは推測は難しかった。危ないのでアヤを王都に帰すべきかとも考えたが、先日の、アヤの休暇を持てたことへの喜びようを見ていると、「休暇は終わりだ」とは言いづらい。それに休暇をとらせるのであれば、王都よりも、カルディアの方がまだ安全だろう。王都は広く、目が行き届かない場所が多くあるのだ。

悩ましいところであるが、イクスファードはとりあえず城へ調査を要請する手紙を出すことにした。

そして、バカ息子を捕らえた日の夜遅く。アヤを部屋に下がらせた後に、領主がイクスファードを訪ねてきた。

領主は平身低頭《へいしんていとう》で息子の所行を謝罪したものの、息子の減刑は望まなかった。本人よりも、よほど事の重大さがわかっているのだろう。

「宰相閣下の――王族の専属侍女をかどわかすなど、なんと愚《おろ》かなことを……」

領主は疲れたように言う。事実、今まで後処理に追われていたのだろうが。

「王族の使用人に手を出したのだ。身柄を王都へ移し、厳しく罪に問うことになる」

イクスファードの言葉に、領主は神妙に頷《うなず》いた。

「結構でございます。とっくの昔に勘当したやつです。当家からはなにも申しません」

領主はアヤに対しても謝罪したいと言っていたが、イクスファードから必要ないと断った。

幸いにも被害がなかったようであるし、早く忘れさせてやりたかったのである。

こうして、アヤ誘拐事件は無事に収まったのだった。

＊　＊　＊

とんだトラブルに見舞われたものの、アヤはその後の数日間、休暇を存分に楽しんだ。

イクスは護衛として、自警団の団員をつけてくれた。例の人相の悪い男だ。話してみると気さくな人なのだが、この人相の悪さでいろいろ損をしているらしい。

後半はそんな彼を連れてのカルディア滞在中、アヤはカーリーばかりを食べていた。

この料理はここでしか食べられないと聞いて、他の料理を食べるのが惜しくなったのだ。

今、アヤは身体の半分どころか、八割くらいがカーリーでできている自信がある。同じくカーリーばかり食べているパンダは、そのうち毛皮が黄色くなるかもしれない。

それでも人間同じものばかり食べていては飽《あ》きるもの。なので、アヤが店の厨房《ちゅうぼう》にお邪魔して、なんちゃってカレーパンを作ってみたところ、料理人にとても美味《おい》しいと喜ばれた。その反応を見て、ここで日本のカレー文化を詰め込んでいけば、後々、この世界中に広まるのではないかと思い至る。アヤは日本のいろいろなカレー料理を料理人に吹き込んでみることにした。

アヤの情報の中で、料理人が最も興味を示したのは、カレールゥである。

保存ができて持ち運び便利、なおかつ誰でも簡単に美味しいカレーが調理できるようになるというカレールゥは、土産物《みやげ》にぴったりではないかと感心していた。カルディアの土産と言えば、エディにも頼まれた湯の花などの温泉関連商品がほとんどで、郷土料理カーリーに関する土産物は、これといったものが存在しなかった。たまに、料理人がスパイスを購入していくくらいらしい。

「カーリーを固めるという発想はなかったよ」

アヤの話を聞いて、料理人はひたすら驚いていた。

「複雑な調理がいらないから、キャンプ、っていうか、野宿での食事に重宝します」

そう、カレーといえばキャンプの定番料理である。

「早速、試作してみるか」

料理人は張り切って、アヤが家庭科の調理実習で一度だけ作った固形カレールゥのあやふやな知識をもとに、なんとか形を整えた。さすがプロである。当時、変な授業だと思っていたが、まさか異世界で役立つことになるとは。

この茶色い塊《かたまり》だけを見れば、知らない人間はとても食材には思えないことだろう。でもアヤにとって、懐かしき見紛《みまご》うことなきカレールゥである。

作成した固形カーリーを使って、早速調理してみる。肉と野菜を鍋で炒《いた》めて、そこに水を投入。よく煮込んだら固形カーリーを割り入れる。

「なるほど、これなら屋外料理にぴったりだな」

「でしょ？　これは料理が苦手な人でも失敗にしくい料理なんです。これでも失敗する人は、台所に立たせては危険です」

そんな雑談をしている間にできた即席カーリーは、見た目は合格であった。でもスパイスの効きがイマイチであったので、スパイスのバランスを改良していくとのこと。

「完成品ができたら、お嬢ちゃんに送ってやるよ」

「わーい！　カレーライスができる日も近い！」

そんなこんなで、アヤはカルディアでの滞在中、とても充実した毎日を送ることができた。

そして、明日には帰るという日の昼になって、アヤはエディからお土産《みやげ》を頼まれていた。

たことを思い出す。思い出したのが次の日だったならば、間に合わないところであった。危ない。

買い物に出る前に、アヤは部屋で誰になにを買うべきか、リストを作成することにした。

「エディは湯の花って言ってたよね。アンネにはなにがいいかなぁ。あ、一応お世話になっている隊長さんにもお土産買った方がいいのかなぁ」

料理長には、スパイスと試作の固形カーリーをお土産にすればいいだろう。最近よく話す騎士たちにも、なにか買うべきであろうか。

こうして考えていると、イクスが帰ってきた。そしてどこまで土産を買うべきかを相談すると、騎士には必要ないとのこと。確かに、一部の騎士にだけ土産を買っては、不公平と言われるかもしれない。それなら誰にも買わない方がいいだろう。

しかし土産について考えていて自覚したのだが、アヤは交友関係が非常に狭《せま》い。なにしろ、女の子の友達がアンネしかいない。これは由々《ゆゆ》しき事態である。

そんな風にアヤが自分の交友関係について悩んでいると、イクスは土産物選別で悩んでいると思ったらしい。

「土産選びなら付き合おう」

など、親切に声をかけてくれた。

アヤには物価や定番土産《みやげ》などがわからないので、有難く同行してもらうことにし、日が暮れる前に護衛の騎士を伴《ともな》って一緒に街へ出た。今回は、パンダは昼寝中につき留守番である。

エディにはリクエスト通り湯の花を買い、アンネには柑橘系《かんきつけい》の香りのする温泉成分入りの香油を買った。その香油の香りが気に入って、アヤは自分用にも同じものを買った。隊長には、香りがよくて肌に優しい石鹸《せっけん》セットである。

「いいものが買えたわ」

手ごろな土産が買えてほくほく顔のアヤに、イクスがなにやら手のひらくらいの小さな包みを渡してきた。

「なにこれ？」

アヤがきょとんとして尋ねると、

「開ければわかる」

と無表情に返される。

ならばと、アヤがその場で包みを開けてみたところ、中に入っていたのは、銀色の髪飾りであった。

「……わぁ」

「いつも仕事中に髪を邪魔そうにしていたから、丁度よいだろう」

アヤの髪はこちらに来てから一度も切っていない。今は肩を少しすぎたくらいの長さだ。掃除の時に何度も邪魔そうにしていたのを見ていたらしい。

アヤは嬉しさのあまり、「きゃー！」と大声を出してしまった。おかげで周囲の人目を集めて、イクスに叱《しか》られた。申し訳ない。

しかしアヤは興奮冷《さ》めやらず、キラキラした目でイクスを見上げる。

「つけてみていい⁉」

「……貸せ、つけてやる」

イクスがアヤの手から髪飾りを取り、器用にアヤの髪を纏《まと》めた。

「黒髪に銀が映《は》えるな」

目を細めてイクスが髪飾りを見つめている。

「わー、すっきり！　ありがとうイクスさん！　さぁさ、早く宿に帰ろうよ。鏡を見てみたい！」

「……そうだな」

アヤが急《せ》かすように言うと、イクスがゆったりと歩き出す。そんな二人の姿を、真っ赤な夕日が照らしていた。

カルディアでの最後の夕暮れは、アヤにとって思い出深いものとなった。

＊　＊　＊

アヤとイクスが土産《みやげ》を買った次の日の昼。

カルディアでの滞在を終え、イクスファードはアヤとともに王都へ戻る馬車の中にいた。

アヤの黒髪には、イクスファードが昨日贈った銀の髪飾りが輝《かがや》いている。それが視界に入り、イクスファードは目を細めた。視察の途中で通りかかった雑貨店に並んでいた銀の髪飾り。「アヤにきっと似合うだろうな」と思って、つい購入していた。今でも己《おのれ》の行動に驚いている。

自分が女性に物を贈ったのはこれが初めてであることに気付いたのは、その日の夜であった。

もし、そんなことを兄に知られでもしたら、「女性に贈り物をするなどという可愛らしい心がお前にあったとは」と涙ながらに喜ばれそうである。アヤには秘密にさせるべきだろうか。

しかし、「誰にも言うな」とわざわざ念押しするのもおかしい気がする。まるで、やましい贈り物のようではないか。そのようなことは決してない。これはそう、あれだ。日ごろの感謝の気持ちなのだ。

贈り物については置いておくにしても、アヤの休暇はイクスファードにとっても楽しいものだった。

予想外のトラブルはあったものの、アヤは休暇の過ごし方を覚えてからは、連日街へと出かけていた。初めに連れて行ったカーリー料理の店が気に入ったらしく、ヴァーニャを連れて毎日通っていたほどだ。たまにアヤが考案したという珍しいカーリー料理を持ち帰ってきて、イクスファードも一緒に夕食で食べた。

アヤは休暇でも、イクスファードは仕事がある。なので、一緒に外出するような機会はあまりなかった。だが、その日あったことを夕食の時に嬉しそうに話すアヤを眺めるだけで充分面白かった。イクスファードにとっておだやかで心地よい時間だったのだ。

今日、王都へと戻る馬車の中でも、アヤは楽しそうにお喋《しゃべ》りをしている。今は、保存のきく固形カーリー作成秘話を熱く語っていた。

アヤは通いつめるうちに仲良くなったらしい料理人から、スパイスや作成した固形カーリーなどいろいろと土産《みやげ》をもらっている。きっと城の料理長が喜ぶことだろう。

「いやぁ、学校で習った時は『こんなの絶対役に立たない』と思ったことでも、いつどこで役立つかわからないもんですね。家庭科の先生ゴメンナサイ」

アヤがどこかへ向かって手を合わせるしぐさをする。これはアヤの故郷での「感謝の礼」を表わすらしい。

「学校で料理を習うとは……アヤは料理人の学校に通っていたのか」

固形カーリーは学校で教わったものだと聞き、イクスファードはそう尋ねた。

しかし、アヤの答えは予想外のものであった。

「違います。いろんな授業の中に料理や裁縫《さいほう》があるんです。あとは国語、算数、理科、社会、英語……外国語のことです」

アヤが指折り数えていく内容に、イクスファードは目を見張った。

アヤに自慢している様子はない。至って普通のことを話しているかのようである。しかし、その内容はイクスファードに少なからず衝撃を与えた。

「……それは学者を育てる学校か？」

「いいえ？　六歳から十五歳になるまでは義務教育です。卒業後の進路はいろいろですよ」

アヤは、イクスファードが何故驚くのかわかっていないらしい。

カルディアへの道中でも旅慣れていない様子だったので、あまり生まれ故郷から出たことがなかったのだろう。だから、約十年もそれだけの教育を受けられることがどれだけすごいのか、わかっていないのだ。

その後も説明を聞いてみたところによると、アヤが生まれた国では、子供はすべからく学校へ行き、教育を受けなければならないのだとか。その費用は国が負担するのだそうだ。

確かに初期投資は大きいだろうが、そうすれば将来の雇用や、子供の犯罪対策に充てる費用が減る。犯罪が減れば街の治安がよくなり、経済が活性化する。これは一考の価値があった。

「アヤが特別な人間なのかと思っていたが、違うのだな」

少なくともイクスファードは、周辺国でこのような教育制度をとっている国を聞いたことがない。

「いいえ～、どっちかっていうと、私の成績は中の下くらいでしたよ」

アヤはそう言ってにっこり笑っている。

それほど高度な教育を施《ほどこ》す国というものに興味が湧く。しかし、相変わらずアヤは己《おのれ》の故郷に関しては曖昧《あいまい》にごまかそうとする。故郷を思い出したくない理由があるのかもしれないと考え、それ以上の追及はやめておくことにした。

＊　＊　＊

アヤが馬車の中でイクスと明るく会話していた頃。

楽しそうな笑い声が聞こえてくる車内の様子に、馬車の外の護衛の騎士たちも安心していた。往路でのアヤの死人のような様子を、彼らはひそかに心配していたのだ。

そんな和やかな馬車の旅を、昼前頃に異変が襲《おそ》った。

——ガタン。

大きな音を立てて、馬車が急に止まった。馬車を引いていた馬が激しく暴《あば》れている音が聞こえる。なんで止まったのか、アヤは馬車の中でキョロキョロした。

「何事だ？」

イクスが馬車についている小さな小窓を開けて、外の騎士に問う。

「閣下、賊《ぞく》が向かってきます」

「賊だと？」

イクスが不可解だと言いたげな表情をする。

「賊って……大丈夫なんですか？」

聞き慣れない言葉に、アヤは不安になってイクスに尋ねた。それに対してイクスはいつもの無表情になって答える。

「大丈夫だ、じっとしていればすぐ終わる」

イクスは考え込んでいるが、焦《あせ》っている様子は見られない。アヤはその大丈夫だという言葉を信じることにした。外には頼もしい護衛の騎士たちもいる、と自分に言い聞かせる。

複数の男の雄たけびがだんだんと近付いてくる。それに冷静に対処する騎士たちの声が近くで聞こえた。やがて剣が交わされる音がして、アヤは膝の上でぎゅっと両手を握り締める。大丈夫だと言われても、アヤは平和な日本生まれの日本育ち。間近で刃物を振り回されるなんて経験は全くないので、怖いものは怖いのだ。

「賊程度に後《おく》れを取るような者たちではない、心配は無用だ」

アヤの様子に気付いたイクスが、もう一度安心させるように声をかけてくれる。

アヤはその言葉に頷《うなず》いたものの、ふと外にいる存在を思い出した。

「パンダは平気かしら？」

パンダは復路でも馬車に乗れず、ずっと荷馬車にいた。外から丸見えな上、あれだけ目立つ生き物である。標的にされたらどうしよう。

「ヴァーニャなら心配あるまい。殺すよりも、さらって売り飛ばす方が金になる」

イクスの冷静な言葉に、アヤはなるほどと納得した。とりあえず殺される心配はあまりないらしいし、あんなでかい図体の生き物を、ドサクサにまぎれてさらうのも大変そうだ。しかし、一応パンダの無事を確かめるべく、アヤはイクスが先ほど開けた小窓からそっと外を覗《のぞ》いた。

パンダは荷馬車の上で身体を丸めて蹲《うずくま》っている。怯《おび》えてはいるものの、ケガはしていないようでほっとした。外を見たついでに、見える範囲で周囲の状況を確認しようと視線を動かす。すると、馬車から離れた場所にいる、見慣れない格好の男が目についた。男も馬車の方を見ていて、なにやら筒状のものをこちらに向けている。

「なんだろ、こっち見てるんだけど」

「どうした？　危険だからあまり外を見るな」

アヤがなにかに気をとられているのを、イクスが注意した時——

ボフッ！

男が持っている筒状のものが、突然煙を噴いた。いきなりのことに男は慌てている。

だが、アヤは、この反応に見覚えがあった。

「どうしようイクスさん、なんか相手の魔法具を壊しちゃったみたいなんだけど!?」

最近のアヤはパワーアップしたのか、魔法具を見るだけで煙を噴かせてしまうのだ。

焦《あせ》るアヤの腕を、イクスがぐっと引っ張った。アヤがその勢いでイクスの膝の上に倒れ込む。

そして、イクスは小窓から外を見て、近くの騎士に何事か伝えている。

イクスはポンポンとアヤの頭を撫《な》でると、そのまま馬車のイスに寝かせ、素早く馬車の外へ出て扉を閉めた。

それからすぐに、外は静かになった。

＊　＊　＊

――魔法具だと？

ヴァーニャの無事を確認していたアヤが突然、青い顔で振り返って賊《ぞく》の魔法具を壊したと申告した。それを聞き、イクスファードは顔色を変えて身を乗り出す。

イクスはアヤの腕を掴んでを己《おのれ》の方に引っ張り、荷馬車の方向を確認する。確かに、男が煙を噴く筒状の魔法具を持っていた。

最近のアヤは、何故か魔法具に近付くだけでなく、視線を向けるだけで壊してしまう。なにか特殊な波動が出ているのだろうか。今度じっくり検証したい。

それはともかく、あの魔法具は筒から攻撃魔法が打ち出される類《たぐい》のものであろう。アヤはいまいちわかっていないようであるが、魔法具とは非常に高価な代物である。小さな魔力灯ですら、庶民がおいそれと買えるものではない。あのような攻撃型の魔法具であれば、賊《ぞく》などに手が出せる金額ではないはずだ。ますます疑念が深まり、イクスファードは自《みずか》ら確かめることに決めた。

「私が出る」

馬車の外の騎士に伝えると、騎士は驚きつつ慌てて止めてきた。

「閣下に出ていただかなくとも、じきに制圧します」

騎士の言い分はもっともだが、もう決めたことだ。

イクスファードは不安そうなアヤの頭を軽く撫《な》で、危険がないように頭を低くしてイスに寝そべる体勢を取らせる。

そしてするりと馬車の外に出ると、騎士たちがこちらに視線を向けた。賊《ぞく》はほぼ騎士に取り押さえられており、なにか仕掛けられることはないであろう。それでも、一応魔法を行使する。

イクスファードが片手を上げると、地面にびっしりと緻密《ちみつ》な光る文様が浮かび上がった。

「ひれ伏せ」

たった一言で、賊は見えないなにかに押さえつけられているかのように地面に這《は》いつくばる。そのさまは、まるでつぶれた蛙《かえる》のようだった。

反撃の余地を封じたところで、イクスファードはゆっくりと周囲を見回る。

賊の人数は全部で八人、皆バラバラな服装をしていた。おそらく街のゴロツキといったところであろう。もし本職の盗賊ならば、このような見晴らしのよい場所など襲撃《しゅうげき》の場として選ばない。見通しの悪い場所での不意打ちが定石《じょうせき》である。襲《おそ》ってくる姿が遠くから護衛に視認《しにん》されている時点で失敗なのだ。

そこまで確認すると、イクスファードは煙を噴いている魔法具を持っている男の方へ歩いていく。

「ずいぶんと立派な魔法具を持っているな」

「ひっ！　ま、まさかアンタ、そんな……」

男はイクスファードの姿を見て、自分が襲った馬車が誰のものであったのか理解したようである。

「やはり知らなかったか。知っていたなら、こんな少人数の素人《しろうと》で襲《おそ》う真似《まね》はしないだろうからな」

「ち、ちがうんだ。アンタを襲うつもりじゃなかった！　俺は女を襲えって頼まれて！」

「ほぉう？」

イクスファードは口元だけ笑みを浮かべる。しかし目が全く笑っていないおかげで、雰囲気を和ませることはない。恐怖に駆られた男は、イクスファードが尋ねる前にぺらぺらと喋《しゃべ》り出した。言いよどんだら己《おのれ》の身が危険だと感じたのかもしれない。

「酒場で飲んでたら、小綺麗な女がきて、今日このくらいの時間に、ここを通る馬車に乗っている女をどうにかしろって、本当だ！」

「どうにかとは？」

「王都に入れないようにしろって、だから、ちょいと脅《おど》してどっかに行かせようと……」

「お前の持つ魔法具は、その女が渡したのか」

「そうだ！　ちょっと頑丈《がんじょう》な馬車かも知れないからって」

「……」

拘束《こうそく》した男たちを荷馬車に押し込み、一行は再出発の準備をする。

「不可解ですね。アヤ嬢が狙いだったとしても、このようなお粗末な計画では脅《おど》しにもならないでしょうに」

そう零《こぼ》した護衛隊長である男は、呆れた表情であった。

「全く、はた迷惑なことだ」

冷静に呟《つぶや》くイクスファードの視線の先には、無事を喜んで抱き合うアヤとヴァーニャの姿があった。

第四章　城下街の孤児院

道中、盗賊に襲《おそ》われるというトラブルがあったものの、特に被害が出たわけでもなく、アヤたちは予定よりも少々遅れて王都へ戻ってきた。

「へえ〜、こうしてみると、ここの門って立派なのね」

アヤは馬車の窓に顔を押し付けて王都の正門を眺める。先ほどまで身を乗り出してがっつり観察していたのだが、護衛の騎士さんたちに叱《しか》られたのだ。

最初に王都に来た時はじっくり観察するような心理的余裕がなかったのだが、改めて眺めると、よく突撃できたなと思う。今ならば門が立派すぎて気後《きおく》れしそうである。なにしろ、テレビで見た外国の観光名所の門を三割り増し立派にした風格なので、やけに威圧感があるのだ。思えば、あの時はおなかが空《す》いていたので下ばかり見ていた気がする。人間、おなかが空くと視線が下を向くのだ。

アヤたちを乗せた馬車は正門をくぐり、王都の大通りを進んでいく。広場の横を通ったので見てみたところ、アヤが壊した噴水《ふんすい》はちゃんと修復されていた。あまり見ているとまた壊れそうなので、アヤは窓から顔を離す。

そういえば温泉旅行の最中に判明したのだが、アヤにはどうやら週に一度の公休があるらしい。今まで三食寝床付きの環境に満足して、自分の身の上についてあまり深く考えなかったせいで、ちっとも気が付かなかったのだ。

城勤めの人間は、街へ出るのに上司への申請が必要らしい。その際、勤務中のことを城外で口外しないと誓約書《せいやく》を書かされるとか。つまりは、アヤはイクスに言えば、休みの日に街へ遊びに行けるのだ。週に一度遊べる日がある。なんとすばらしいことであろうか！

「今度、アンネを誘って街へ出てもいいですよね？」

遊びに行きたい欲望を抑えきれず、ついお願いではなく確認の口調になってしまうアヤ。アンネの名を出したのは、慣れない土地で一人歩きすることが危険だと考えたからだ。日本でだって、若い女性がふらふらしていると、いろいろな悪い誘惑《ゆうわく》が寄ってくるもの。ましてやカルディアで危険な目に遭《あ》ったばかりなので、用心するに越したことはない。

「お前一人だと不安だが、アンネと一緒ならばいいだろう。あれには土地勘がある」

イクスの許可を得たので、アヤはアンネと会って休みの日を合わせることに決めた。

今からとても楽しみである。

城下街を通り抜け、お城の門を入ったところで、アヤたちは馬車から降りた。

「やっぱり地面はいいわね！」

「ガル～」

荷馬車から降りたパンダも、早速伸びをしている。カルディアでのグルメ三昧《ざんまい》で太ったらしいパンダは、帰りの荷馬車で少々窮屈《きゅうくつ》そうだった。これからダイエットをさせる必要がありそうだ。聖獣を太らせたと周囲から文句を言われたくはない。

荷物がおろされ、アヤの土産《みやげ》物が小山を作っているのを見て、城の面々の顔が思い浮かんだ。

「荷物を整理したら、お土産を配りに行こう！」

アヤの宣言に、イクスも頷《うなず》く。

「料理長にスパイスを買ってくると約束していたのであろう。きっと待っているぞ」

パンダにアヤの分の荷物を背負わせ、お土産を確認していると――

「イクスファード様！　お帰りなさいませ！」

耳につくキンキン声が辺りに響いた。

「道中、何事もなかったようでなによりですわ！」

「……そうか」

現れたのは、黒髪巻き毛の例の美女だ。今日もお供を引き連れている。

「お出迎えしたくて、ずっと待っていましたの！　お疲れでございましょう、疲れを癒《いや》すためにもお茶などご一緒いたしませんこと？」

「よい考えでございますわ！」

「さすがでございますわ！」

「……」

美女のお供たちも一緒になって騒ぐのを聞きつつ、イクスが疲れたようにため息をついた。

カルディアでの様子といい、イクスはこの美女に対してどうも弱気になってしまうようだ。理由が気になるところだが、それよりもアヤとしては早く退却してもらってお土産を配りに行きたい。イクスが見てないで助けろ、と言わんばかりに見ているし、助け舟を出すことにしよう。

「疲れている人は、そっとしておいてあげるのが優しさだと思います」

アヤが声をかけると、美女はそこでようやくその存在に気付いたようにアヤを見た。ひょっとしたら、本当にイクスのことしか見えていなかったのかもしれないが。

「んまぁ、あの時のネズミ！　まだ存在していましたのね」

「粉かけ女さんもお元気そうでなによりです」

にっこりと笑顔で言い返すアヤ。確かこの美女の名前を聞いた気もするが、全く覚えていないのであった。

「粉っ！　失礼なネズミですわ！　ああ、お可哀相なイクスファード様！　日々政務でお疲れですのに、このような下品なネズミに付き纏《まと》われるなんて！」

「セシリア様！」

「お気をしっかり！」

「そうよね、一番辛いのはイクスファード様ですもの。わたくしが支えなければなりませんわね！」

「そうですわ！」

「さすがセシリア様！」

よよよ、と崩れ落ちるようにしゃがみ込んで嘆《なげ》く美女を励《はげ》ますお供の方々。そうそう、彼女の名前はセシリアだった。

それにしても、この人たちは会話のたびにいちいち小芝居じみたことをしなければならない決まりでもあるのか。だとしたら、きっと友達はできにくいだろう。

「ねえ、ほっといて帰ったらダメですかね？」

小声でボソッとイクスに尋ねると、イクスは渋い顔をした。

「そういうわけにもいくまい」

仕方なくこの場の収拾をどうつけようかと悩んでいると、そこにおっとりとした声がかけられた。

「セシリア、城の敷地で大きな声を出すなんて。品性が疑われますわよ」

さほど大きくはない声だったが、ぴたりとセシリアたちの小芝居を中断させた。

セシリアは姿勢をぴんと伸ばし、お供の方々は深々と頭を下げる。突然態度を豹変《ひょうへん》させたセシリアたちに、「なんだどうしたんだ?」とアヤが首を傾《かし》げて声の方を見ると、たおやかな一人の女性がそこに立っていた。

「……ナタリアお姉様」

セシリアに呼ばれた女性は、艶《つや》やかで真っ直ぐな黒髪を肩の辺りで切り揃《そろ》え、青い目を細めて温和そうに微笑《ほほえ》んでいた。

「元気なのはあなたのよいところであるけれど、場所を弁《わきま》えなければなりませんわ」

優しい口調だが、明らかにセシリアを窘《たしな》める内容だ。セシリアは顔を歪《ゆが》める。

「ごめんなさいね、そちらの方。アルカス公爵家の者として、不快な思いをさせたことを謝りますわ」

「……はぁ」

アヤは気の利いたことが言えず、間抜けな返事をしてしまう。

「イクスファード様も、ご無事のお帰り、なによりでございます」

「ああ」

イクスの方も、アヤとどっこいどっこいの反応である。

「では、ごきげんよう。セシリアも参りますわよ」

セシリアになにも言わせず、ナタリアは妹とそのお供を連れて行った。

こうして、嵐は去った。

「ああいうタイプって、生徒会長っぽくて、なんだか苦手だわ」

「グルル」

「……疲れる」

そう呟《つぶや》くイクスとしばらく脱力していたが、アヤはこの後、ちゃんと料理長にお土産《みやげ》のスパイスと試作固形カーリーを渡し、たいそう喜ばれたのであった。

＊　＊　＊

カルディアからの帰還から数日後。

イクスファードは国王の執務室《しつむしつ》にて、カルディア視察の報告を行っていた。その場には、イクスファードと国王、そして国王の護衛の騎士団長がいる。

その中で、アヤが貴族の何者かに狙われたことを改めて報告すると、国王はため息をついた。

「こちらでも調べているが、どの貴族かはわかっていない」

「アヤの、魔法拒絶の体質の情報が漏《も》れたのでしょうか」

眉を寄せるイクスファードに、国王は少々考えてから困ったような顔をした。

「それよりもだな、あれだ。娘の愛人疑惑が原因なのではないか？」

「……は？」

意味がわからない、という様子のイクスファードに構わず、国王は話を続ける。

「お前は未だに娘を表宮に出していないだろう。そのせいで、娘を囲っているという噂《うわさ》が広まっている。最初は私もそう思った」

自分が愛人を囲っているという噂が流れていることは、イクスファード本人も知っていた。しかし、もの珍しさが薄れれば消える程度の噂だとたかをくっていた。

ところが、ことのほか愛人説が蔓延《まんえん》しているらしい。国王の隣で、騎士団長が肩を震わせて笑いを堪《こら》えている。気持ちはわかる。アヤほど愛人という言葉が似合わない者はいない。

「昔から、お前に求婚する女は過激な者が多い。私が恋愛結婚をしてしまったので、その皺《しわ》寄せがお前に行っていると思うと、心苦しいが」

「陛下、それは……」

国王が早々に恋愛結婚してしまったことと、貴族が下心まみれの娘をよこしてくるのは、また別の問題である。そう言いかけたイクスファードに首を横に振ると、国王はきっぱりと言い切った。

「とにかく、早急に娘の立場を確かなものにしてやるのだな。存在を明らかにせずにごまかすから、後ろ暗いことがあると思われるのだ」

「……承知しました」

アヤを表宮に出すことは以前から考えていたことだ。しかしそのためには、いろいろと下準備が必要である。最低でも、イクスファードの執務室《しつむしつ》から重要な魔法具を撤去《てっきょ》せねばならない。アヤの魔法拒絶の体質について、照明などの簡単な魔法具は手に持たなければ壊れないが、複雑な魔法具になると見つめたり近寄ったりするだけで壊れるという法則が判明しているのだ。

「それで、今日は娘はどうしている」

国王の質問に、イクスファードが答える。

「侍女仲間と共に、城下街へ行っています」

＊　＊　＊

本日はアヤの公休日である。

アヤはアンネと休みを合わせ、計画通り城下街探索を行うことにした。

『いいか、くれぐれも、決して、街で魔法具を壊すな』

出発前、イクスには何度もこのように念を押された。返事だけはいい子で返したが、壊さないという自信はない。何故なら、どれが魔法具なのかという見分けが、アヤにはつかないからだ。

この国の一般庶民から見れば物珍しい便利グッズでも、家電製品を見慣れているアヤには珍しくないものがあるため、それが魔法具だと気付かないことが多々ある。もし壊してしまったら素直に謝ろうと心に決め、いつも通りにパンダをお供にアンネと街へ繰り出した。

アヤが感心していると、アンネは笑って解説をしてくれる。

「おー、賑《にぎ》やかだね」

「ここは商業区だから。王都で一番活気がある場所よ」

城門から出て坂を下ると、人で賑わう大通りがあった。

城下街は大まかに、商人が店を出す商業区、一般人が暮らす住宅区、貴族が屋敷を構える貴族区の三つに分けられているらしい。城を出てすぐの大通りが商業区にあたるそうだ。その向こう側が一般区、そして城を挟んで反対側が貴族区だとか。

「貴族区なんか興味ないから、どうでもいいわ。とりあえずなにかつまみたい」

「ガル！」

パンダの賛同も得たところで、二人と一匹は広場近くの屋台で飲み物と食べ物を買うことにした。屋台からいい匂いが漂《ただよ》ってきて、胃袋が刺激されたのだ。ちなみにアヤはもともと買い食いするつもりだったので、朝ご飯は軽めに済ませてきている。

二人と一匹は、アヤが初めて王都へ入った日に買った、ホットドッグとブドウ味のジュースを購入した。あの時は途方に暮れながら、噴水《ふんすい》がある広場で食べたっけと思い出したら、なんだかしょっぱい味に感じる。ちなみに今は、また噴水を壊してはいけないので、屋台の近くのベンチに座っている。

「こういうのを食べると、ああ帰ってきたなぁという気がするわ」

そう口にしたアンネは、城下街育ちの一般庶民だとか。城勤めの侍女はほとんどが貴族なのだが、数人ほどアンネのような庶民の出身の者がいるらしい。だからイクスはアンネと一緒ならと許したのか、と今更ながら納得するアヤであった。アヤもそう何人もの侍女と会ったわけではないが、貴族出身の侍女たちはアヤへの当たりがきつい。

「お城での食事は確かに美味《おい》しいけれど、たまにこういう味が恋しくなるのよ」

「ああ、わかるよ、その気持ち」

深く頷《うなず》くアヤ。美味しいのと口に合うのとは違うのだ。

「アンネはいつからお城で働いているの？」

アヤは今までアンネ個人の話をあまり聞いたことがない。なんとなく聞きそびれたせいもあるが、逆にアヤ自身のことを聞かれても困るという理由もある。

だが、カルディアでのんびりとした休暇を過ごし、アヤにも心の余裕というものができていた。今まで全然人付き合いをしていなかったが、人と深く関わるのも悪くはなさそうである。あくまでも借金の二文字がこれまでのアヤの人間関係を希薄《きはく》にしていただけであり、アヤ自身が孤独を好むというわけではない。

アンネは異世界で、いや人生で初と言っても過言ではない友達である。友達のことをもっと知りたいと思うのは自然な話ではないか。

何気ない風を装《よそお》ってはいたが、アヤにとっては結構な勇気を振り絞《しぼ》ってした質問であった。

「そうねぇ、もうそろそろ三年になるかしらね」

アンネは、気負わずにあっさりと教えてくれた。

「アヤと違って、最初は掃除の仕事だったのよ」

いきなりイクスの小間使いに収まったアヤは、あくまで特殊な例だとか。本来は掃除や洗濯などの仕事から始め、仕事の手際や人柄を審査《しんさ》され、だんだんと出世していくものであるらしい。この辺りは、日本でも異世界でも変わらないシステムである。

「殿下にいつも付くようになったのは、アヤと出会ったくらいからなのよ」

「へー、そうなんだ」

運もあったのだろうが、アンネはきっと真面目に仕事に取り組んでいたのだろう。

「いつかお金を貯《た》めて、お世話になった方に恩返しをしたいの」

それが今の目標だと、アンネはまぶしい笑顔で語る。

「すごいね、アンネは」

アヤはといえば、流されるままに小間使いをしているだけであり、将来の目標や夢など、人に語れるものは持っていない。

……いや、今に始まったことではない。思えば日本にいた時からずっと、アヤは流されるままに生きてきた。仕方なく飲んだくれる父親と暮らし、仕方なく父親の残した借金を負い――そんな日々の中で、アヤが将来について考えたことが一度でもあっただろうか。いや、なかった。借金の終わりが見えない毎日に、将来の希望や夢など生まれるはずもないのだから。

アヤがちょっと気分が沈《しず》んでいることに、アンネは気付いたらしい。彼女は明るい声で励《はげ》ましてくれた。

「アヤだってすごいじゃない。なんたって、あの宰相閣下の専属侍女ですもの」

「……そうかな」

しかしこの肩書きだって、アヤが自分で手に入れたものではない。借金返済のため、イクスが用意してくれたものだ。

ああ、いけない、せっかくのアンネとのお出かけであるのに、アヤが雰囲気を暗くしてどうするのだ。

将来の夢と希望がないというのならば、これから持てばいいのである。せっかく夜逃げして国どころか世界単位で脱出してしまった身なのだ。

――初志貫徹《しょしかんてつ》、とり戻せ青春だ！

「私の将来かぁ、どうなるかな」

アヤの当面の目標は、ずばりこの世界での借金完済である。

けれど、それが終わったら？

その先に、今まで見たことのない、新しい景色が見えたりするのだろうか。

「アヤは、素敵なだんな様が欲しい、とか？」

アンネがからかうような口調で尋ねてくる。アヤもそれに合わせるように、明るい口調で答えた。

「そうね、条件としては怒りっぽくなくて、説教しなくて、優しい人かな」

そう口にしていて、何故だか、イクスの姿が脳裏《のうり》に浮かぶ。

――いやいや、あの人はちっとも条件に合わないだろう、自分。

アヤは内心で自分自身に突っ込みを入れた。けれども、「優しい」だけは、イクスも条件に合っているかもしれない。なんだかんだで、いつもアヤを心配してくれるのだから。

それからしばらく、二人はお城での恋の噂《うわさ》で盛り上がった。

その後ベンチから移動し、アンネの案内で大通りから少々奥へ入ると、そこはいかにも下町といった風情《ふぜい》であった。

「大通りのお店はね、どちらかというと貴族向けのお店が多いわ。この通りは一般区の人が買い物をするお店が並んでいるの」

アンネの説明通り、周囲にはパン屋や八百屋《やおや》、果物屋など、生活の匂いがする店が並んでいた。

「うんうん、なんかこっちの方が落ち着くわ」

「ガルゥ」

アヤが日本で生活していた場所と似た雰囲気に、思わず顔を綻《ほころ》ばせる。よく行く店のおじさんおばさんに、おまけしてもらったことを思い出す。

――おじさんとおばさんは、心配してるかもなぁ。

今まであまり浮かばなかった、郷愁《きょうしゅう》のようなものがこみ上げる。

「どうかした？」

黙り込んでしまったアヤに、不思議に思ったらしいアンネが声をかけてきた。

己《おのれ》に似合わぬことをして、アンネに心配をかけてしまった様子である。思い出に浸《ひた》ってもおなかはちっとも膨《ふく》れないし、お金にもならないのだ。もう過去を振り返って暗くなるのはやめよう。せっかく、今は夢にまで見た平凡な人生を送っているのだ。

「なんでもないよ。こういう場所は、どこでもおんなじ雰囲気だなと思って」

にっこり笑って答えると、アンネはホッとしたようだった。

「そうかもね。私はここから離れたことないから、他はわからないけど」

二人がそんな会話をしていると――

「こらー!!」

突然、男の怒鳴り声がした。

アヤは声がした方に視線を向ける。すると、十歳くらいの少年が一人、こちらに向かって猛ダッシュしていた。少年は後ろを気にしすぎるあまり前を見ていないようで、まっすぐ向かってくる。

「え？　え？」

これは一体どういう状況だろうか。怒鳴る男と逃げる少年というだけでは、どちらが悪者なのか判断に困る。アヤがどうすればいいのかわからずに立ち尽くしていると、パンダがアヤの前に立ちふさがった。

――バフン！

パンダに正面衝突《しょうとつ》した少年は、パンダの身体に弾《はじ》かれて地面に転がる。意外と弾力あるな、パンダ。

その衝撃で、少年の服の中からなにかが零《こぼ》れ落ちた。

「……パン？」

「今日こそは捕まえたぞ!!」

追いかけてきた男が少年の襟首《えりくび》を引っ掴み、地面に転がっているところを無理やり立たせる。

「うわっ！　はなせはなせはーなーせー！！」

「どうしたの？　パン屋のおじさん」

アンネは男を知っているらしく、目を丸くして尋ねた。

「おう、アンネちゃん久しぶりだな。どうもこうもない、泥棒《どろぼう》だよ！」

「泥棒!?」

「はーなーせー!!」

「ガル？」

外出したばかりなのに、早速事件発生である。

悪者はどうやら少年の方だったようだ。少年はパン屋に入った泥棒らしい。

「どうしよう、警備兵呼ぼうか？」

アンネがパン屋のおじさんに尋ねる。街中にも警備の詰め所があり、そこには一般兵が交代で勤務しているそうだ。

ちなみに警備兵は街のおまわりさん、城勤めの騎士は本庁勤めの刑事さん、といった違いだとアヤは認識している。

余談であるが、アヤが王都に侵入《しんにゅう》した当初は、この詰め所に連れていかれる予定だったらしい。それが急に魔法省から城に連れて来いとの命令が下《くだ》ったのだとか。詰め所に連れて行かれた場合、たいした悪さでなければ軽い説教で帰されるのだそうだ。噴水《ふんすい》を壊したことがたいした悪さであるのかは微妙だし、そうやって帰された場合、無事に衣食住を手に入れることができたかどうかも謎だ。人生とはめぐり合わせであるとつくづく思う。

「うーん、それはちょっとなぁ」

アンネの提案に、被害を受けた側であるおじさんが渋る。

「ひょっとして、知ってる子なの？」

おじさんの反応にピンときたアヤが問うと、「まぁなぁ」とおじさんは頷《うなず》いた。

「こいつは教会の孤児院の子なんだよ」

「そうなの？」

アンネは孤児院と聞いて驚いている。

「孤児院の子が盗みなんて、ひょっとしてご飯を貰えないとか？」

アヤは思い付いたことを口にしてみた。

「まさか！　あの教会のシスターは心優しい方よ！」

アンネはずいっと顔をアヤに近付けて否定する。その真剣な表情に、アヤはものすごい勢いで何度も頷いて、アンネから一歩下がった。

「優しくったって、金が貰えなけりゃダメなんだよ！」

黙っていた少年が叫び、アンネをきつく睨《にら》んでいる。どうして少年が今まで静かだったのかというと、少年が倒れている上にパンダが重《おも》しよろしく乗っかっているからだ。少年はパンダを撥《は》ね除《の》けようとがんばっているようだが、いかんせん重量が違う。諦《あきら》めろ少年。

「孤児院はな、去年シスターが代わったんだよ」

もがく少年を横目に、おじさんが説明してくれた。孤児院は教会が経営していて、以前のシスターは高齢だったこともあり、昨年、孤児院から去った。代わりに若いシスターがやって来たそうだが、そのシスターも穏《おだ》やかな優しい気質で、街の者からも慕《した》われているのだとか。

「だったらなんの問題があるの？」

「シスターというか、孤児院に問題がなぁ」

どうやら最近になって、教会から孤児院に与えられている補助金が減額されたらしい。それで経営が苦しい状態だそうなのだ。

「ふーん……」

可哀相ではあるが、アヤにとっては所詮《しょせん》他人事である。軽い相槌《あいづち》くらいしか打てない。

一方、アンネは真っ青な顔をしていた。

「そんなことになっていたなんて」

正反対な反応の二人に、顔を真っ赤にした少年が、噛《か》み付くように叫ぶ。

「金がないから飯《めし》が食えないんだ。だったらどっかから持ってこないと、チビたちが飢《う》え死にしちまわぁ！」

やれやれ、といった様子でおじさんが肩をすくめる。確かにこれでは、兵士に突き出すのを躊躇《ためら》う気持ちもわかる。

パンダにのしかかられっぱなしだというのに、まだ刃向かう元気のある少年に、アヤはしゃがんで視線を合わせた。

「とりあえず、少年に言っておくわ」

「なんだよ」

少年は説教なんか聞きたくないという表情である。

「ご飯をもらえるのを待つんじゃなくて、自力で確保しにいこうとしたその心意気は褒《ほ》めてやってもいいわ」

「……は？」

「ちょっと、アヤ？」

泥棒《どろぼう》行為を褒めたアヤにアンネが待ったをかけようとするも、アヤは構わず続きを喋《しゃべ》りだす。

「でも、やり方がまずいわね。あのね、泥棒ってのは結構重大な犯罪なの。犯罪なんてのはね、やったっていいことなんか一つもないのよ。犯罪者っていう扱いになって、普通の人からは遠巻きにされるでしょ？　そうすると寂《さび》しいなら仲良くしようって、悪い人が擦《す》り寄ってくるの。それからずるずると悪いことに手を染めていったら、抜け出すなんて、まー無理ね。一生逃げ回る生活に追いやられて、どっかで野たれ死ぬのがオチよ。アンタ、そんな生活に憧《あこが》れる？　だったら止めないけど」

なんともシビアな話をし始めたアヤに、アンネとおじさんはドン引きしている。

「……お前、詳しいな」

「そう？　一般常識の範囲内よ」

犯罪者の末路について語られた少年は、ちょっと大人しくなった。自分に当てはめて想像してしまったのかもしれない。

「だったら、どうすればよかったんだよ、俺は」

「頼めばよかったんじゃない？　なんでもするからパンをくれませんかって」

警備兵に突き出すことをしなかったおじさんだ。きっと少年の身の上に同情していたのだろう。頼めば売れ残ったパンを譲《ゆず》るくらいのことはしてくれたと思うのだ。

おじさんはまさしくそれを考えていたらしく、目を丸くしながらも、大きく頷《うなず》いていた。

「そんな考え方、知らなかった」

「労働を対価にお駄賃《だちん》を要求するのが子供でしょう？」

きょとん、とした後、少年の目にうるうると涙がたまる。やがて、盛大にわんわんと泣き出した。

「だれもっ、そんなこと、おしえてくれなか、ったっ。みんなとおく、からみるだけ、だしっ」

泣きながらもそう語る少年。名前を聞くとチャックと名乗った。シスターはあてにならないし、チャックが孤児院の子供たちの中で一番年上だから、相談する相手がいなかったらしい。

パンダはチャックがもう暴《あば》れないと判断したのか、その上から移動する。それでもチャックは地面に伏して泣いている。張り詰めていた気持ちが一気に緩《ゆる》んだのかもしれない。

アヤはそれを見て、うんと一つ頷くとおじさんに向き直った。

「パン屋のおじさん。パンを買うわ、とりあえず子供の集団が満足できる量で」

チャックの涙に貰い泣きしているおじさんに、アヤが注文する。

「あ！　私も、パンを買います！」

アヤの言葉を聞いたアンネも、アヤにならった。

「おお、ちょっと待ってくれ」

おじさんは大量のパンを麻袋に詰めるため、慌てて店に走って戻った。

アヤは泣きじゃくるチャックを引っ張って立たせて、にっこり笑う。

「とりあえず、手土産《みやげ》を持って行ってみようじゃない、孤児院に」

泣きながらも顔をくしゃくしゃにして笑ったチャックの笑顔は、子供らしいものだった。

こうしてチャックの先導のもと、アヤとアンネはパンを入れた麻袋を背負ったパンダを連れて孤児院へ向かった。

「あそこだよ」

チャックが指し示したのは、古い石造りの建物だった。

外に出ていた子供たちが、チャックに気付いて駆けてくる。

「にーちゃーん！」

「おかえり！」

「ご飯もらえた？」

どうやら彼らは、食事が届くのを待ちわびていたようである。そんな子供たちを、チャックは満面の笑みで抱きしめた。

「ああ！　今日はな、たくさんパンが貰えたんだぞ！　さあ早く皆を食堂に集めな」

「わーい！」

子供たちは歓声を上げて建物に入っていく。彼らの様子を、アヤは微笑《ほほえ》ましく思いながら眺めていた。背負っている大きな麻袋といい、気分は季節はずれのサンタクロースだ。トナカイの代わりにパンダがお供だが。

いつもであれば、人の目を釘付《くぎづ》けにするパンダであるが、おなかを空《す》かせた子供たちはそれどころではなかったようである。

子供たちが建物に入ってから、チャックはばつが悪そうに言ってきた。

「……あのさ。盗んだことはチビたちには――」

「言わないわよ。パン屋のおじさんだって、もういいって言ってたし」

アヤはチャックに最後まで言わせなかった。

子供たちには、毎日親切な人から貰ったとでも言い訳していたのだろう。盗まれた本人が水に流すと申し出たのだ。それなのにあえて真実を言って傷つける必要はない。

「それより早く行きましょ。皆待ってるわ」

うつむいてしまったチャックに、アンネが励《はげ》ますように声をかける。

「ほら、行くわよ」

「ガル！」

アヤがチャックの肩を叩き、パンダがチャックを押していく。

子供たちは食堂に集まっていた。チャックより少し年下の子から、ようやく一人で歩ける程度の子まで、子供たちの年齢はバラバラだった。全員席に着いたのを見計らって、アヤとアンネは背負っていた麻袋をテーブルの上に置く。

ちなみに、パンダは食堂のドアが狭《せま》くて通れなかったので、外で留守番である。

「いっぱいあるからね」

「ほら、配って配って」

子供たちが賑《にぎ》やかな声を上げて、パンを皆にまわしていく。一人が一つのパンを食べられることは、久しぶりなのだとか。よくよく観察してみれば、子供たちは皆ガリガリに痩《や》せていた。このままでは栄養失調などの心配が出てくるだろう。

「今回はパンだけだけど、スープもいるわね」

アンネも同じことを考えたようで、心配そうに子供たちを見ている。後で考える必要がありそうだ。

「それじゃあ食べていいぞ」

「「「「わーい！」」」」

チャックの合図で、子供たちがパンにかぶりついた。パンと水だけだが、子供たちにとっては久しぶりのちゃんとした食事なのだろう。チャックも、他の子たちと同じように、夢中でパンを食べていた。

そこに、ふいに顔を出した人物がいた。

「まあ、賑やかね」

おっとりとした態度で食堂に入ってきたのは、シスターの格好をした若い女性だった。小さな子供たちは構わずパンを食べ続けたが、大きな子供たちは女性を見て、微妙に嫌な顔をした。

「久しぶりのちゃんとした食事なんで、チビたちが喜んでいるんだ」

硬い声で言うチャックに、女性はにっこり微笑《ほほえ》んだ。

「まあ、それはきっと神の贈りものですね」

「ちがう、このねーちゃんたちが買ってくれたんだ！」

「そうね、それが神の思《おぼ》し召《め》しなのよ。皆、後で神に感謝の祈りをささげましょう」

「だから……！」

「やめなよチャックにい。その人に怒ってもおなかが空くだけだし」

チャックの隣にいた女の子が、小さな声でチャックを止めた。

いつの間にか子供たちの声もなくなり、みんな静かにパンを食べている。アヤはアンネと顔を見合わせた。

なんだか話が通じない女性である。それからすぐに、女性はアヤたちに礼を言いもせず食堂を出て行った。

その後、子供たちをパンダと一緒に外で遊ばせている間、アヤとアンネはチャックから話を聞いた。

「あいつが新しいシスターだ」

嫌そうに顔をしかめて、チャックは語り出す。

シスターが交代したばかりの頃は問題なかったらしい。以前から食事の準備や小さな子たちの世話などは大きい子たちがやっていて、それは新しいシスターが来ても変わりなく行っていた。だが、教会からの補助金が大きく減らされて、毎日の食事代に困るようになってしまった。小さな子たちがおなかを空かしているとシスターに訴《うった》えても、

『これが神のお心であれば、なにかお考えがあるのでしょう』

『きっと神がお救いくださいます』

と繰り返すばかりで、なにもしてくれない。このままではどこからか盗んでくるしかない、と訴えても、

『悪いことをすると、神の罰《ばつ》がくだされますよ』

とにこやかに言われたのだ。

それでやけになったチャックは、神の罰とやらがどうした！　と盗みに走ったのだそうだ。

そのシスターが一日中なにをしているのかといえば、教会に出かけて神に祈っているのだとか。食事も仲間のシスターと一緒に食べてくるので、孤児院で一緒に食べたことはないらしい。シスター曰《いわ》く、「神に仕える身とあなたたちでは、食事の内容が違いま

すから」だそうだ。精進《しょうじん》料理のようなものを食べるらしい。しかし、以前のシスターは一緒に食べていたという。

「そうか〜、神様オタクの人だったか〜」

もちろん、教会にもまともな人はいるのであろうが、ああいう人物も一定数いるのだ。

神様だけで自分の世界が完結している「神様オタク」というやつが。

アヤは貧乏だったせいか、「あなたに救いの手を」とか言って玄関チャイムを鳴らされることがよくあった。彼らは神様の名前を出せば、すべてのことが解決すると信じているのだ。

「話が通じないっていうか、全部を神様のせいで片付けて、ちゃんと考えてくれないんだ」

チャックもアヤと似たような感想をシスターに抱いているらしい。アヤが思うに、あのシスターは孤児院経営などに向いてない人物であるし、それ以上に社会に出てはいけない人だ。誰があの女性をここの責任者に任命したのだろう。

「――なんてことがあったんですよ」

孤児院を訪問したその日の夕食後。

アヤは街への初めてのお出かけの報告をイクスにしていた。

「明らかに教会の任命責任だな。しかし孤児院への補助金の減額などしていないぞ」

イクスは食後のお茶を飲みながら、渋面《じゅうめん》を作っていた。

国内には教会が経営する孤児院がいくつか存在する。その運営が、教会への一般人からの寄付だけで成り立つわけもない。毎年、孤児院への補助として、国庫から教会に支給しているらしい。その補助金を教会が各孤児院へと分配しているのだそうだ。

それが勝手に減額されているということは——

「え、ってことは、横領ってやつ？」

「早急に調査させねばなるまい」

イクスが言うからには、早いうちに孤児院の財政難は解決するだろう。持つべきものは優秀な上司である。

一つ問題が解決しそうなところで、アヤは次の問題の解決に取りかかる。

「ねえイクスさん、明日の夕方に有休とっていい？」

「先に聞くが、なにをするためだ」

アヤのお願いに、イクスが問い返した。これもついこの間知ったことだが、事前に許可を貰えば有休もとれるのだとか。

「孤児院の子たち、ここのところまともに食べてないみたいだったから。栄養たっぷりスープを作ってあげようかと」

小さな頃におなかを空《す》かせていると、ろくなことを考えないものである。過去の経験でアヤはそれをよく知っていた。おなかが空いているから、チャックはあのような短絡的行動に出てしまったのだろう。

「慈善活動ならば仕方あるまい。外出許可を出してやるから行ってこい」

理解ある上司のイクスは、ため息まじりにアヤの外出を認めてくれた。

外出許可に必要なのは、上司の許可である。アヤはイクスとこうして気軽に交渉ができるため、アンネよりもアヤの方が外出許可を取りやすいだろうと、二人で相談していたのだ。

「やった！　持つべきものは理解あるコネだね！」

アヤは嬉しさのあまり、つい心の声が漏《も》れた。

「調子にのるな馬鹿者」

コネ呼ばわりされたイクスに小突かれるアヤなのであった。

翌日、スープの材料をパンダに背負わせたカゴに入れて孤児院に行こうとすると、何故か赤騎士隊長がついてきた。

「なんでついてきたんですか？」

「護衛だ。お嬢ちゃんは宰相閣下の使いで外に出ることになっているからな」

あまりにも突然の申請だったので、建前《たてまえ》というものがいるらしい。

そして孤児院に着くと、子供たちに隊長は大人気だった。騎士とは庶民に人気のヒーローのようなものなのであろう。

食堂のテーブルには、パン屋のおじさんがくれたパンと、アヤが作ったスープと、おかずが一品並んでいた。そのおかずは、チャックがパン屋のおじさんに朝お礼を言いに行った際、お向かいの八百屋《やおや》から荷運びを頼まれ、そのお駄賃《だちん》に貰ったものだそうだ。パン屋のおじさんが昨日のうちに、ご近所さんに事情を話しておいてくれたらしい。人情とは、本当に有難いものである。

「えらい人にここについて話してあるから、きっと近いうちにいいことがあるよ！」

「ホントか？」

アヤの言葉に、疑いの目を向けるチャック。

昨日の今日の話なので半信半疑《はんしんはんぎ》なチャックだったが、隊長からアヤが宰相閣下の専属侍女だと聞いて、その言葉を信じることにしたらしい。チャックは嬉しそうに笑っていた。

すっかり日が暮れた城への帰り道、アヤは考えていた。

「せめて、子供たちが自分で使えるお金があればいいのにね」

その意見に、意外にも隊長から同意があった。

「そうだな。だが運営費は教会の上層部でのやり取りだ。孤児院には現物支給になるから、自由に使える現金というものはないだろうな」

なんとかならないものかと零《こぼ》しつつ、二人で城に帰るのだった。


それから数日経ったある日の早朝。

神殿長を訪ねるため、アヤは神殿へ向かった。ここへ来たのは、パンダの登録証を貰った時以来である。

一般信者の朝のお祈りに紛《まぎ》れ込んですぐ、連れていたパンダが発見されてしまった。そのため、信者の集団の最前列へと追いやられた。そして何故かパンダが壇上に立つ神殿長の隣に座らされる。あんなショッキングピンクの毛玉を壇上に上げて、神様は怒らないのだろうかと心配になる。

つつがなく――とはいかず大騒ぎになった朝のお祈りが終わると、アヤは神殿長に呼ばれた。

「アヤ殿、朝の祈りの時間にヴァーニャ様を連れてきていただけるとは、信者の方々も今日一日、幸福な気持ちに浸《ひた》れることでしょう！」

神殿長にヨイショされて、パンダがドヤ顔をしていた。それがなんとなくムカついたので、後でモフって毛並みをケバケバにしてやろうとアヤは決意する。

「それで、なにか私に用事ですかな？」

自分に用があって来たのだと神殿長は考えたらしい。神殿長へのフリーパス代わりにパンダを連れてきた甲斐《かい》があったというものだ。

「実はですね、神殿長さんに聞きたいことがありまして」

王都にある神殿の神殿長は、この国の教会組織のトップなので、教会のことはこの人に聞け、とイクスに言われたのだ。

「おや、若い娘さんに頼られるとは、嬉しいことです」

神殿長がアヤににっこり微笑《ほほえ》んだ。パンダに夢中になってさえいなければ、ダンディなおじさまである。不覚にも、アヤは少々ドキドキしてしまった。そんなアヤの背中を、パンダが頭突きしてくる。いい気になるなよとか言いたいのか、このやろう。

「えと、あのですね。孤児院のことについて聞きたいのですが」

「孤児院ですか？」

意外な話題だったのか、神殿長が少し驚いた表情をする。

「孤児院って、子供たちが作ったものを売ったりしてお金を稼《かせ》いでもいいんですかね？　寄付金とかだけでやらなきゃいけない、みたいな決まりがあったりするんですか？」

唐突な質問にもかかわらず、神殿長は丁寧に答えてくれた。

「そうですね、孤児院は慈善組織ですので、営利目的の商売はあまり推奨《すいしょう》できません。ですが、子供たちが社会参加の一環として、たとえばクッキーなどをバザーで売ることは認めていますよ」

要は、稼ぎすぎは怒られるけれど、お小遣いを得るくらいはいいよということであろうか。

「だったらですね、孤児院でちょっと作って売ってみたいなぁと考えているものがあるんです。でも、少し珍しいものだから周りの反応がわからなくて。だから、まずは神殿で使っていただいてもいいですか？」

「ガルーン」

お願いをする時は笑顔でゴリ押しするに限る。パンダを神殿長の横に押し付けて、モフモフパワーで機嫌をとりつつ、にこにこ笑うアヤなのだった。

アヤが神殿長にお願いしたい内容とは、筆記用具に関するものである。

まず、この世界における筆記用具というものについて語りたい。

電気の代わりに魔法が栄《さか》え、文明もそれなりに進んでいる世界であるが、一つだけ進んでいない文化がある。それは筆記用具だ。

この世界において、紙とは即《すなわ》ち羊皮紙《ようひし》だし、ペンとは即ち羽根ペンだ。異世界っぽい雰囲気でいいじゃないかと思ったことが、アヤも過去にはあった。

しかし、この羊皮紙と羽根ペンというものは、実に使いづらい。羊皮紙とはつまり皮である。それにインクで字を書くなんて、現代日本人のアヤにとってハードルが高すぎる。それでなくても、この世界の住人たちでさえ、これらは扱いづらい。ちょっとメモしたい時には、木の板に木炭を使って書いているのだ。実際、羊皮紙と羽根ペンを使う公文書とかは、専門の筆記人がいるらしい。

それに、動物の皮と羽から作るこれらの筆記用具は、どちらもそれほど数が取れないだけあって、とても高価だ。庶民の識字率《しきじりつ》が低い原因はここにもあるとアヤは見ている。字が書かれているものは高価であるゆえに、庶民は字を見る機会が少ないのだ。アヤも、国民がみな読み書きできる日本人というのはすごいんだぞ、と社会の授業で習った気がする。

つまりなにが言いたいのかというと。この世界にはアジア人的発想の人間がいなかったということである。アヤの世界で過去に使いやすい紙を発明したのはアジア人であり、この世界では未だその発明がされていない。確か、木の皮や布などに字を書いていた時代に、「この二つを合体させればいいんじゃね？」と考えたのが中国の人だったとか。

そんな国のお隣に住んでいたアヤは考えた。

今ここに、そのアジア人がいるではないか！

それから、数週間後。

「――というわけで、これが私の国で使われている紙なのです！」

アヤは出来上がった試作第一号の紙をイクスに見てもらうため差し出した。

「まだ粗《あら》い出来ですが、もっとなめらかにすることも可能です」

「……ずいぶん軽いな」

「原料が植物ですから。ぶっちゃけ、材料は草むしりした雑草です」

かかったのは手間暇だけで、経費ゼロである。

アヤが作ったのは和紙だ。中学の理科の実験で、こんなものを作ってなんの得になるのさ、と思っていた過去の自分をアヤは殴りに行きたい。人生、なにが役立つのかわからないのだ。

「さらにこの紙のいいところは、再生可能だということです！　使用済みを集めて加工し直せば、新しい紙になります。お得です」

「よし、採用だ」

こうしてアヤは、あっさりイクスからのオーケーを貰った。

この紙、実は孤児院で作ったものである。これをイクスに採用してもらえば、神殿で使っていいと神殿長と約束したのだ。新しい技術は、まずは大きな場所で使って宣伝するのが一番である。

売り値は子供の小遣いで買える程度、製造方法は聞かれれば教えることにした。たくさんの場所で作ってもらえば、それだけ大量に生産されて値段が下がり、なおかつ技術の独占による製作者の危険を回避できる。技術欲しさに孤児院の子供を誘拐《ゆうかい》されるとかいう、シャレにならない事態を避《さ》けるための方法だ。

ペンも、羽根ペンの代わりの木製ペンを作ってみた。ペンは羽根ペンだという思い込みでもあったのか、木でペンを作るという概念《がいねん》がなかったようだ。字を書けるのが特権階級だけだったため、安価な筆記用具を作るという発想が生まれなかったのかもしれない。

贅沢《ぜいたく》を言うならば、和紙には筆で書きたいところだが、それは追々考えていこう。

そして、神殿から広まった紙が簡単に作れることがわかると、教会や大手の商店でも独自に作り出した。

孤児院で作る紙は、子供たちの筆記用具や、近所に売る紙袋になった。紙袋はパン屋のおじさんに特に好評だ。今までそのままで渡すか麻袋に入れていたため、衛生面で喜ばれた。

この筆記用具改善計画、実は字がヘタクソだとアヤがイクスにバカにされ、「紙が皮なのが悪いんだ！」と逆ギレしたことが根本の動機である。どうにかイクスをぎゃふんと言わせたいアヤの気持ちが、孤児院を巻き込んで植物性の紙という一大発明を異世界にて再現させたのだ。

――ほとんど自分のためでしたが、なにか？

＊　＊　＊

とある貴族の屋敷の一室で、声をひそめて話し合う人物たちがいた。

「我が物顔で王に侍《はべ》る下賤《げせん》な存在が、身の程知らずにも国のありようを訴《うった》えるとは」

壮年の男が、嘆《なげ》くように手で顔を覆《おお》う。

「奴等に政治のなにがわかるというのだ！」

まだ若い男が、激しい口調でわめく。

「宰相閣下は、庶民に無償《むしょう》で読み書きを教える場所をつくるとか」

「あのような者たちに読み書きを教えた程度で、なにができるわけでもあるまいに、予算の無駄だ」

「しかし、それを宰相閣下に吹き込んだのは、例の小間使いの娘だという話です」

二人の議論を静かに聞いていた女性が、ぴくりと眉を動かした。

「イクスファード様は、あの素性の知れない娘に唆《そそのか》されているのでしょう」

女性がそう呟《つぶや》くと、男たちもそれに同意した。

「以前もいたな、孤児ごときに読み書きを教えるなど、だいそれたことを言ったシスターが」

「すぐに、その考えの愚《おろ》かさを教会が悔《く》いたようだがな」

男たちは、嫌な笑みを口元に浮かべる。

「あのような者が宰相閣下のお傍《そば》にいることは、よいことではありません」

「さようですとも。国を支えるのは、選ばれし高貴なる者でなくてはなりません。そうでなくては国が傾きます」

二人の言葉に、女性は大きく頷《うなず》く。

「早くなんとかしなくてはなりません。イクスファード様を陥《おとしい》れるあの女を消すのです」

＊　＊　＊

その日は朝から雨だった。

雨の中、アヤはパンダをお供に孤児院へ向かっていた。アヤもパンダも雨ガッパを着用している。パンダは動きづらそうだが、パンダが濡《ぬ》れると、あとの手入れが大変なのだ。

先日、孤児院への補助金の横領疑惑が発覚して以来、イクスがいろいろ調べてくれているが、なにせ国のお金の話である。一晩にして解決、なんてことにはならない。

解決するまで時間がかかるのであれば、せめてその間は孤児院の子供たちに栄養のある食事を食べさせたいと思って、アヤは休日のたびに孤児院に食料を運んでいた。

「なんか、ほっとけないよねー」

「ガル？」

アヤの呟きに、パンダが首を傾《かし》げる。

アヤも幼少の時、お金がないせいでご飯が食べられなくて、誰かが助けてくれないかと願ったことがある。孤児院の子供たちを見ていると、あの頃のことを思い出すのだ。今のアヤよりもずっと弱くて、なにもできなかった頃の自分を。

おなかが空《す》いてアヤが泣いていた時、見て見ぬフリを決め込む人もいれば、少しでもと晩のおかずを分けてくれた人もいた。そんな人の優しさは、何年経っても忘れられないものだ。

あの時アヤ自身が欲しかったものを、今のアヤが人に与えることができる。

「これが、情けは人のためならず、ってことなのかねぇ」

自分は子供たちを助けているつもりで、あの時の自分を助けているのかもしれない。もし、あの頃の自分に会えるならば、おなか一杯ご飯を食べさせてやりたい。それができないから、代わりに孤児院の子供たちをおなか一杯にするのだ。そう、結局は自己満足である。

そんな複雑な心境を、朝食時にイクスに愚痴《ぐち》ったところ、

『自己満足だろうがなんだろうが、食料は食料だ』

と言われた。正論である。

おかげでアヤは開き直れた。

――自己満足でいいじゃないか、それで子供たちがおなか一杯になるならば。

孤児院までの道のりは、いつもであれば露店や買い物客で賑《にぎ》わいを見せているのだが、今日は雨のせいか人出がまばらである。

孤児院近くの商店街を通りかかると、雨の中で荷物を運ぶ小さな人影がいくつか見えた。あちらも雨ガッパを着ているので、顔は見えない。やがて人影の方がこちらに気付いた。一人が顔を上げて、隣に声をかける。するとその人物が大きく手を振った。よくよく見ると、チャックである。どうやら荷物運びのお手伝い中のようだ。アヤは小さく手を振り返した。

「うんうん、お手伝いも順調みたいね〜」

商店街の人たちの人情に、アヤは日本でのバイト生活を思い出す。アヤも昔、がんばったご褒美《ほうび》に給料以外にも食べ物を貰ったものだ。

そうやって少々郷愁《きょうしゅう》に浸《ひた》っていると、チャックが驚いたような顔をしてこちらを指差した。なんだどうした、それほどパンダの雨ガッパ姿がおかしいか、と首を傾《かし》げていると――

急に、パンダがアヤに体当たりをした。雨で足でも滑《すべ》らせたのだろうか、軽く考えていたアヤは、パンダの方を見て表情を凍りつかせた。

パンダの向こうに男が見える。その男の手には、鈍《にぶ》く光るものが握られていた。

――なに？

鈍い光は、まっすぐアヤに向かってくる。

「ねーちゃん！」

チャックの叫び声が、辺りに響いた。

＊　＊　＊

執務《しつむ》中のイクスファードのもとに、城の門番からの急報が届けられた。

孤児院の者だというずぶ濡《ぬ》れの少年が、アヤが何者かに刺されたため、孤児院で手当てをしていると言っているという。孤児院の子供たちに栄養のあるものを食べさせるのだと言って、アヤが朝から出かけたのはイクスファードも知っていた。

「犯人は？」

イクスファードの言葉に、門番の報告を受けた騎士が直立不動で答える。

「すでに警備兵によって捕らえてあります。スラムをうろつくゴロツキだそうです」

イクスファードはきつく目を閉じる。

先日の国王の言葉が頭を過《よぎ》る。早急にアヤの立場を確かなものにしてやれ——そう言われたのを後回しにした結果がこれだ。孤児院への補助金横領の調査を優先させたために、アヤの待遇の変更が後回しになった。横領への貴族の関与が、思いのほか大がかりなものであったのだ。

さらに庶民への教育の推進計画と、安価な筆記用具の開発によって、教育や筆記用具の商《あきな》いに携《たずさ》わる特権階級の者たちから抗議が出ている。これらの改革にアヤが関わっているという話が、どこからか漏《も》れたのかもしれない。補助金横領問題とこの特権階級者たちは繋《つな》がっており、これを切り札に王城の膿《うみ》を大掃除しようというところであったのに——

「孤児院に行く、馬を出せ」

様々な迷いと後悔を噛《か》み締めつつ、イクスファードは執務室《しつむしつ》を足早に出て行った。

城を飛び出して雨の中、護衛と共に馬を走らせると、すぐに孤児院が見えてきた。入り口の門に馬を繋ぐと、馬の足音を聞いたのか、建物の中から少年が出てきた。痩《や》せ細り、顔色は悪い。アヤが朝から出かけた理由である子供の一人を、イクスファードは注視する。

「アヤはどこだ」

「中にいます」

　こちらが問いかけてすぐ、少年が建物の中に案内する。イクスファードは無言でついて行き、広間へ入った。

「あれ、イクスさん？」

　すると、そこにはいつも通りのアヤがいた。

　幾分濡《ぬ》れているようだが、特にケガをした様子はない。

「……刺されたのではないのか」

　とても元気そうに見えるが、無理をしているだけなのかもしれない。そんなイクスファードの懸念《けねん》をよそに、アヤは大きく頷《うなず》く。

「ええ、刺されました。パンダが」

　アヤに視線で促《うなが》されて奥を見ると、包帯でぐるぐる巻きにされているヴァーニャがいた。

　とたんに、イクスファードは大きく息を吐き出す。なにやら一気に脱力してしまった。

「幸い、雨ガッパを着せていたので、それで守られたみたいなんですよ。皮下脂肪が厚かったこともよかったんですかね。血は出ていなかったですけど、念のためにああしてます」

「ガフー……」

アヤの説明に、ヴァーニャがさも重症ですよ、と言わんばかりに弱々しく鳴く。

それに眉をピクリと動かして、イクスファードはつかつかとヴァーニャに近寄る。そして、拳《こぶし》を固めて力を込めてヴァーニャの頭を殴りつけた。

「なにするんですか⁉」

イクスファードの暴挙に、アヤや室内にいた子供たちが驚きの声を上げる。

だが、なにをしているとは、イクスファードがヴァーニャに言ってやりたい台詞《せりふ》である。

「最高位の聖獣が、たかが刃物で傷つくはずがなかろう」

「ガウ、ガウッ！」

ヴァーニャが抗議の雄《お》たけびを上げている。すこぶる元気そうだ。

「ヴァーニャを害したくば、魔剣を用意せねばならんのだ」

イクスファードの言葉に、アヤは目を瞬《しばた》かせた。

「……え、そうなの？」

孤児院の子供たちも知らなかったのか、ヴァーニャを囲んでいた者たちがお互いに顔を見合わせている。

「え、っていうことは、パンダの傷は？」

「無傷だ。衝撃くらいは感じたかもしれんが、ちょっと押された程度であろう」

恐る恐る聞いてくるアヤに、イクスファードはきっぱりと答えてやった。

「なんだ、よかったー!!」

「よかったね、パンダちゃん!!」

子供たちがヴァーニャに抱きついて喜んでいる。

「なんて人騒がせな獣……」

アヤががっくりと肩を落としている。ずいぶんと心配したらしい。だが心配したのはイクスファードとて同じである。どこで情報の伝達を誤《あやま》ったのか、最初からヴァーニャが刺されたのだとわかっていれば、城で帰りを待っていたところである。

その後、詳しく話を聞くと、どうやら暴漢の刃物は確かにアヤに向かっていたらしい。それを、足を滑《すべ》らせたのか、アヤに体当たりしてきたヴァーニャが代わりに刃物を受けたのだとか。

刺されてはいないものの、アヤが襲《おそ》われたことは真実であったのだ。

「こうなると、カルディアでの件との関連を疑うべきだな」

表情を険《けわ》しくするイクスファードに、アヤは困ったような顔をした。

「通り魔、とかじゃなくて？」

「続けて危機に見舞われれば、必然と考えるのが自然だ」

自分が狙われた、という事実を認めるのは気が重いのは理解できるが、楽観視していいことではない。

それにしても、ヴァーニャがアヤを暴漢の刃物から助けたのは偶然だろうか。カルディアでも、ヴァーニャはアヤの危機に思わせぶりな行動をしている。

思えばこの一人と一匹は、いつも一緒にいる。ヴァーニャの生息地は、ここよりももっと北方であるため、イクスファードはアヤがパンダと名付けた、このヴァーニャ以外の個体を見たことがない。そのため比較のしようがないが、不自然なほど人慣れしていると感じる。

「アヤは、このヴァーニャとどこで会ったのだ？」

「最初に言いませんでした？　森で餌付《えづ》けしたら付いてきたんです」

聞いた気がするが、王都周辺はほとんど森である。一言で森と言っても、範囲が広すぎるのだ。

「具体的には、どの辺りだ」

「えーと、あ、お城の門がある辺り……あ」

言葉の途中で、アヤが言いよどむ。

城の門がある辺り、その条件に合うのは「王の森」しかない。しかし、王の森には結界があり、許可がないと入れないはずだ。いや、ひょっとしたらアヤには結界も通じないのかもしれない。

「誰と一緒に入ったのだ」

「えーと、誰とっていうか……」

アヤは言葉を濁《にご》す。

もしかしたら、後ろ暗い連中に唆《そそのか》されて入ったのだろうか。王の森には貴重な薬草が生えているため、不法侵入《しんにゅう》を試《こころ》みる者はある程度いる。

だがこの時、ふとイクスファードの脳裏《のうり》を過《よぎ》る記憶があった。

――「王の森」にて怪しい魔力反応があるも、原因不明。

この報告がもたらされたのは、アヤが現れた前日ではなかったか。

イクスファード自身が調べた時、すでにそれらしき魔力の痕跡《こんせき》は消えていた。なので、軽い魔法事故だろうということで納得したのだ。

今となっては、アヤが悪い人間であったり人を唆したりする性格ではないことは理解している。人の本性を読み取るのに聡《さと》いエクスディアも、アヤには大変懐《なつ》いている。

しかし、アヤの素性は未だわかっていない。遠くから流れてきた旅人であろうと予想しているだけだ。

アヤは何者なのか、イクスファードがそんな疑問を考える続ける中、アヤとヴァーニャは無事を喜び合っていた。

＊＊＊

王都は、最近神殿と城で使われ出した「紙」の話題で持ちきりであった。

それは今まで使われていた羊皮紙《ようひし》と違って、雑草などの植物が原料であるらしい。そのため、庶民の子供の小遣いで買えるくらいに安いのだとか。しかも、読み書きができない庶民にとっても、字を書く以外の用途がある。今、城下で流行《はや》っているのは、「紙袋」というものだ。紙で作った袋であり、軽くて丈夫だと評判であった。孤児院で売られ始めてから爆発的に広がり、今ではどの商店でも、商品はこの紙袋に入れられる。しかも、使わなくなった紙を商店に持ち込めばおまけをしてくれるのだ。集めた紙を溶かして、もう一度新しい紙に作り直すらしい。なので、多少よれよれでも問題なく引き取ってくれる。

そんな便利な紙を発明したのが、宰相閣下の小間使いだということは、城の上層部では知らぬ者はいない話であった。

本日、城下にある、さる貴族の屋敷で行われているお茶会も、その話でもちきりであった。

「お聞きになりまして？　例の娘の噂《うわさ》」

「紙を作り出した功績が認められ、神殿長の後見を受けるという話でしたわね」

「わたくし、神殿にてヴァーニャ様のお姿を拝見いたしましたの。とっても神々《こうごう》しいお姿でしたわぁ」

高貴な女性たちが宰相閣下の小間使いと、いつも共にある聖獣の話で盛り上がっている。

神殿長の後見を受けるということは、貴族と同等の立場になるという意味だ。このことに一部の貴族が焦《あせ》っている。彼らはこの件を、小間使いの娘が宰相閣下の結婚相手となる布石《ふせき》ではないかと受け止めていたのだった。

＊＊＊

「宰相閣下、私はいつ神殿長の後見とやらを受けたのでしょうか？」

ある日の昼。宰相閣下の執務室《しつむしつ》にて、アヤは先ほど通りすがりに聞いた自分についての噂《うわさ》の真偽《しんぎ》を、上司に問いただしていた。

「壮大な伝言ゲームの結果なぞ、気にするだけ疲れるだけだ」

上司であるイクスは、ハンコを押す書類から顔も上げずにそう答える。

アヤは先日より、表宮にあるイクスの執務室に出入りしていた。この執務室は、アヤが異世界生活二日目に取り調べを受けた場所である。仕事内容は部屋の中の片付けやら、お茶出しやらであり、ほぼ今まで通りの雑用だ。

ちなみに、パンダは執務室に入るとかさばって邪魔だとイクスに言われたため、入り口で騎士と一緒にいる。最近、宰相閣下の執務室入り口は城内の和《なご》みスポットになっているらしい。おかげで警備している騎士たちがパンダを見にくるお城勤めの女性と出会えるようになったとかで、宰相閣下の執務室前は今、人気の職場なのだとか。とんだ波及効果だが、パンダも人の役に立つこともあるものだ。

それはさておき、神殿長の後見という話がどこから出たのかというと、だいぶ前にパンダが朝のお祈りの時間に、神殿長の隣に立ったことが原因らしい。その後、信者の皆さんから、「ヴァーニャさまのお姿をもっと見たい」という強い要望があったため、アヤはパンダを連れて週に一度朝のお祈りに参加することになった。それが「アヤが神殿長に媚《こび》を売っている」という噂になり、最終的には「アヤが神殿長からの後見を強引に取り付け、宰相閣下の妃《きさき》になろうとしている」という話になったらしい。妄想《もうそう》たくましいにもほどがある。なにがどうしてこうなった。

普通に考えれば、宰相閣下の小間使いと宰相閣下の妃の間には、越えられない様々な壁があると思うのだ。そんなものがまかり通れば、相当なスキャンダルであろう。

確かに恋愛小説などでは身分の低い少女が身分のある男性と恋に落ちて……というシンデレラストリーは王道だ。でも、それを自分がやり遂《と》げる気はさらさらない。

他人事なら面白いが、自分事ならでっかい迷惑。それがアヤの正直な感想であった。

そういう状況なので、アヤが執務室から出て廊下を歩いていると、二通りの対応をされる。

「きゃあ。ヴァーニャ様よ、素敵！」と、お嬢さんどころか中年のおっさんの視線まで釘付《くぎづ》けにするのが一つ。この場合、視線を釘付けにするのはアヤではなくパンダだが。

もう一つは、「アレが噂の娘、ずいぶん貧相ですこと」と鼻で笑われるかだ。

その際、たまに歩いていてすれ違いざまに足を引っかけられることがある。これはアヤが荷物などを持っていて身動きがとれない状態の時が多い。この場合はとても危険だ。

今日も、アヤが歩いているところに、すれ違いさまにニヤニヤ笑いながら足を出した侍女がいた。

「あぁら、ごめんあそば……って痛い！」

ところが彼女は次の瞬間、激痛に顔を歪《ゆが》めた。

なにが起こったのかというと、侍女が出した足を、条件反射でアヤが踏みつけたのだ。

アヤは幼少の頃からこの手の嫌がらせをしょっちゅうされていた。なので、そのたびに出された足を踏みつけるという行動に出ていた。習性となって、今では足を出されると条件反射で踏みつけてしまうのだ。しかもかかとに体重をかけて。余裕がある時は避《さ》けてやれるのだが、急にやられるとこういう事故が起こる。

そんなこんなで、様々な陰謀渦巻《いんぼううずま》くお城での嫌がらせも、それで気落ちをするなんぞという繊細《せんさい》な心なぞ持ち合わせていないアヤには、ノーダメージなのであった。

第五章　秋の大祭

本日、アヤの小間使いの仕事はお休みである。

そこで、チャックのいる孤児院で月に一度やっているというバザーに、パンダをお供に出かけることにした。

つい先日、暴漢に襲《おそ》われるなんて事件があったばかりなので、アヤが出かけることにイクスファードは難色を示した。しかし、狙ってくるのが貴族である以上、城にいるから安全であるとも言えないのである。かといって、出かけるアヤに護衛をつければ悪目立ちしてしまう。それに先日のように、公休日に出かけたアヤをピンポイントで襲うとなると、城の侍女の予定を把握している人間の関与を疑わなければならない。調べることが増えて、忙しさに拍車のかかったイクスファードは、このところずっと執務室《しつむしつ》で書類に埋《う》もれている。

今回のアヤの外出については、城下街の警備を強化することで合意に至った。

孤児院といえば、例のダメシスターはどうなったかというと――彼女に悪意はないので、責任者のままにしているが、実務のために別のシスターが派遣されているようである。

イクスファードからの情報によると、あの孤児院の前任のシスターの頃、孤児院出身の騎士や侍女が多く出たのだそうだ。孤児院の人間に仕官の枠《わく》を奪《うば》われた形になった貴族たちはそれに反発して、教会に手を回した。そうして孤児院の責任者を代えさせ、寄付金を横領し、優秀な人材が育たないようにしていたらしい。

さらにここからが驚くところだが、あの孤児院から仕官した者というのが、赤騎士隊長とアンネらしいのだ。しかも、この二人は兄妹なのだそうだ。そういえば似ているかもしれない、と遅まきながらアヤも気付いた。以前、孤児院に出かける際に隊長がついて来た理由も、自分がかつて過ごした孤児院の現状が気になったからだろう。

そんなわけで、隊長にすっかり懐《なつ》いたチャックの今の目標は、将来赤騎士隊に入ることだそうだ。隊長がお休みの日に、チャックの剣術の稽古《けいこ》にやって来るらしい。

――がんばれチャック！

孤児院前の広場になっている場所には、近所の人たちが大勢いた。

「おー、結構賑《にぎ》わっているわねぇ」

「ガル」

今、奥様方に人気なのは、紙できれいにラッピングされているクッキーだという。このラッピングという文化も、紙と一緒に普及している。何故なら今まではビン詰めで売っていた商品を紙で包むことにより、価格が下がったのだ。中身よりもビンの方が高いこともあったらしい。

「あ！　アヤねーちゃん！」

接客をしていたチャックがアヤに気付き、元気に走り寄ってくる。

チャックは、初めて会った時のような擦《す》れた目をしなくなり、快活《かいかつ》な笑顔の少年になった。本来の彼はこちらなのだろう。

「今日のパンダはなにをしょってるの？」

「ガル！」

今やチャックは、パンダが背負っているカゴに興味を引かれたようだ。

アヤが孤児院を訪れる際には、いつもパンダが荷物を背負っていた。中身は野菜だったりお菓子だったりするのだが、今日はそのどちらでもない。

「ふっふっふ、今日はコレよ！」

ババン！　とアヤは自分で効果音を口にしつつ、カゴのふたを開ける。

「バラ……？」

自信なさそうに首を傾《かし》げるチャックに、訂正を入れた。

「紙で作ったバラの花よ」

そう、カゴの中には紙製のバラが大量に入っていたのだ。

バラの造花の内職を、アヤは幼い頃からずっとやっている。ライフワークとも言えるスキルである。素材さえ揃えば、バラ造りなどちょちょいのちょいである。

最近は紙袋も普及してきたので、新たな紙製品をと考えて、真っ先に浮かんだのがコレだ。

「軽いから、洋服や帽子につけてもいいのよ」

ガラスや貴金属のブローチなどは高価なので庶民には高嶺《たかね》の花だが、コレならば気安いオシャレアイテムとなるだろう。

ちなみにこのバラの花、その完成度の高さから、お城のお針子さんたちに作り方を質問された。布でも作れるので、ドレスの飾りなどに生かしたいそうである。

「まあ、珍しいわ」

「素敵ね、これ」

紙製のバラは早速女性たちの目にとまり、パンダの背中のカゴから飛ぶように売れていった。

そして紙製のバラが残りわずかとなった時、その人物は現れた。

「その残り、全部いただきたいですわ」

なにやら聞き覚えのある声にアヤが振り向くと、黒巻き髪に青い目の、見覚えのある美女が立っていた。その後方にはお供の女性たちが、大荷物を抱えて並んでいる。なんかどっかで見たことあるぞ、この構図。

同じことを美女の方でも考えたらしく、こちらをじっと見ている。その美女に、お供の一人が耳打ちした。

「んまあ！　あなた、いつぞやのネズミではありませんの⁉」

「ああ、そうか粉かけ女だ！」

そう叫ぶのは二人同時だった。

思い出したはいいものの、お互いの呼び名には不満がある。

「なんですの、その粉かけ女というのは？」

「だって、アンタの名前知らないし」

聞いたような気もするが、覚えていないのだから聞いていないも同然だ。

「私も、そのネズミって呼び方やめてほしいんだけど」

「仕方ありませんわ、お名前を尋ねたことがありませんもの」

美女も同じような答えを返す。そういえばアヤも名乗った覚えがない。

なので、改めてお互いに自己紹介をすることにした。

「カツラギ・アヤ。アヤが名前よ」

「セシリア・アルカスと申しますわ」

お互いに会釈《えしゃく》する程度で握手はしない。今の二人の関係を表す態度である。

そこへ、孤児院の子供たちがやってきた。

「「「「セシリアさまだーーー！」」」」

子供たちはきゃーっ、と歓声を上げて、セシリアの周囲に集まる。

好意全開の子供たちの態度に、アヤはおやっと首を傾《かし》げた。アヤから見たセシリアは、嫌味ったらしい女で、このように慕《した》われる人間には思えなかったというのに。

「みなさん、本日は衣類を持ってまいりましたの。わたくしの子供の頃のものと、お父様が使わなくなったものですわ」

「いいのですか、貴族様の服を貰うなんて……」

笑顔で説明するセシリアに、年長の少女が不安そうに尋ねる。

「どうせ持っていても、もう、わたくしが着ることはありませんもの。お父様も、太ってしまわれたからズボンもシャツも入りませんの」

冗談めかした言い方に、少女の表情がほぐれる。

「あなたたち、孤児院の中に運んで差し上げて」

お供の方々の大荷物は、全部服であったらしい。彼らと子供たちが孤児院の中に向かうと、この場にはアヤとセシリアのみが残った。というか、貴族の人が護衛とか連れなくていいんだろうか。そう思ったアヤが周囲を見たら、離れた場所に停まる馬車の前に兵士が三人ほど立っていた。武装した兵士を孤児院の敷地に入れなかったようだ。

――なんだ、ひょっとしていい人なの？

内心でセシリアを見直していると、あちらは子供たちに向けていたものとはうって変わって、冷たい表情をアヤに向けた。

「わたくし、あなたにお話がありますの。ちょっと来てくださらない？」

こうして宣戦布告をするような口調で誘われ、アヤはセシリアについて行くことになった。

アヤは今、何故か喫茶《きっさ》店のオープンテラス席でパンケーキを食べている。

正面に座るセシリアも、ジャムがたっぷりのったパンケーキを幸せそうに食べていた。

セシリアのお供の方々は、別の席でパンダと同席している。パンダは、お供の方々に

「あーん」をしてもらってパンケーキを食べていた。とんだ役得パンダである。

何故に、こうやってセシリアと喫茶店でパンケーキをついているのかというと、孤児院で込み入った話をするのはいけないとセシリアが言い出したからである。「いい場所がありますの」という彼女の言葉を信じて、アヤはここまでついて来たのだ。しかも店員さんも、いきなり現れた貴族のお嬢様に驚くこともなく、「いつもの場所でいいですか?」と普通にこの席に通された。ひょっとして常連なのか? 違和感がありすぎる。

というのも、この世界においてパンケーキという食べ物は、日本でいうところのお好み焼きのような代物なのだ。つまりは庶民の食べ物であり、貴族が口に入れるものではない。貴族の菓子というのは、クリームをたっぷり使った焼き菓子などがよいとされている。カロリー超過で太りそうな考え方だ。

「やはり、ここのパンケーキは美味《おい》しいですわ。そう思いませんこと?」

「たしかに美味しいわ。このジャムもいいわね」

「このジャムも数種類から選べますの。頼めば売ってもらえるので、来店した時にはいつも大瓶を買って帰ることにしてますわ」

アヤにパンケーキを褒《ほ》められたことが嬉しかったらしい。セシリアはそんな情報を教えてくれた。アヤは帰りにお土産《みやげ》としてジャムを買って帰ろうと心に決める。それにしても、温泉で甚平《じんべい》パジャマ姿で会った時もちょっと思ったのだが、このお嬢様、ひょっとして庶民派か？　っていうか今、自分たちは世間で噂《うわさ》の女子会というものをしているのではなかろうか。若干オスが一匹混じっているが。女子会、なんと青春な響き！

アヤが己《おのれ》の青春な行動に感動していると、セシリアはふと本来の目的を思い出したらしい。

「そうですわ！　大事な話があるのです！」

すっかりパンケーキに心奪《うば》われていたセシリアは、大きな声を出してイスから立ち上がった。そういえば、パンケーキ女子会のためにここにいるのではないことを、アヤも思い出した。

「話って？」

今さら取り繕《つくろ》うのも面倒なので、アヤがタメ口で促《うなが》すと、セシリアはきゅっと表情を引き締める。

「イクスファード様は、一生結婚をしないと心に決めていらっしゃいますの」

「へー、そうなんだぁ。たしかに女の影がないなぁと思ったけど」

どうしていきなりイクスの話をするんだろう、と疑問には思ったものの、セシリアの言葉に、アヤは驚くと同時に納得した。王様の弟で宰相閣下とくれば、とてもモテるだろうと思う。だが、アヤは今のところイクスが女の人と会っているというのを、聞いたことも見たこともなかった。

「あれだけ美形で身分もあるんだから、女選びは慎重にしないとってことなのかしらね」

うんうん、と一人頷《うなず》くアヤに、セシリアは微妙な顔をしている。

「どしたの？」

「……それだけですの？」

「は？」

「『私は特別』とか、『私が愛に目覚めさせる』とか、『私の告白を待っている』とか、いろいろあるでしょう⁉」

あるでしょうとか言われても困る。そんなの、どこの恋愛小説の主人公だ。実際に言ったら勘違い系の痛いやつだと思う。

どうやらセシリアはアヤのことを誤解しているようだ。城勤めの女性の噂《うわさ》を真に受けているのかもしれない。

「あのね、たぶん大前提が違うと思うんだ。私が宰相閣下の小間使いをしているのは、借金のせいだから」

「は？」

今度はセシリアが困った顔をした。

アヤはこの世界に来てから今までのことを、多少事実をボカしながらも簡潔に説明する。この街には迷い込んできたこと。自分は魔法具に触ると壊してしまう体質であること。そのせいで噴水《ふんすい》を壊してイクスの前に連れて行かれたこと。そして壊した噴水を弁償するために、小間使いにされたことなどをかいつまんで話した。

「聞いていた話とだいぶ違いますわね」

噂とアヤの話とのギャップに、セシリアは戸惑《とまど》っているようである。

「いろいろ噂されているのは知っているけど、気にしないで放っておくことにしてるから」

悪意ある噂というものは、こちらが躍起《やっき》になって否定しようとすれば、さらに煽《あお》ることになるものだ。それを幼少時から嫌というほど思い知らされてきたアヤの自衛手段が、「無視」である。

「あなた自身は、イクスファード様に、なんの魅力も感じていないと？」

まだ疑わしいと考えているのか、セシリアは探るような目で尋ねる。

「カッコいい人だなとは思うよ？　けどね、そういうのって見ているだけでおなか一杯なんだよね」

イケメンというのは、遠くで見ているくらいで丁度いいのだとアヤは思う。御伽噺《おとぎばなし》の王子様に憧《あこが》れるのは、王子様の実生活を知らない乙女と子供くらいだろう。

「だって小間使いしていて思うけど、宰相閣下って超忙しいよ？　あの人に乙女が夢見る恋愛模様《もよう》をやってもらうのは、実質、不可能でしょう」

アヤの答えに、セシリアは考えるように間をおいた。

「では、あなたの借金とやらがなくなり、イクスファード様の忙しさが緩和《かんわ》された暁《あかつき》には、恋をする可能性もあるということかしら」

「……え？」

セシリアがなにやら不思議なことを言った。

「だって、今あなたが語ったのは、魅力を感じているものの恋をしていない理由ですわよね。でしたら、その理由がなくなれば、恋をするかもしれないでしょう？」

でしょうと言われても。

「どう、なのでしょうかね……」

恋をする、アヤが、宰相閣下に。

いや、ないだろう、ないですとも。ない、ですよね？

現在、アヤの脳内は大混乱中である。

なんということであろうか。人生初、アヤは女子から恋バナをしかけられている！

周囲でザワザワされるのは気にしなければいいのだが、こうも直球でこられると、どうすればいいのかわからない。しかも、いつの間にか頬が熱くなって仕方がなかった。

「わかりません、そんなこと言われても」

しどろもどろで答えるアヤに、セシリアはさらに追及する。

「では、借金返済が終わればイクスファード様の前から去るのですか？」

その問いに、アヤは真っ直ぐにセシリアを見る。

「そんな無責任なことはしません。イクス……宰相閣下が追い出さない限り、小間使いとしてお仕事をいたしますとも」

最後だけは、胸を張って答えるアヤ。

セシリアは、そんなアヤをじっと見つめていた。

「まあ、一応はその答えでいいということにしておきましょう」

アヤの答えに納得したのかしてないのか、セシリアはそんなことを言う。

「そういうセシリアさんは、宰相閣下にぞっこんとか？」

自分の恋バナはごめんだが、他人の恋バナは聞いてみたい年頃のアヤは、興味津々《きょうみしんしん》でセシリアに尋ねた。

そんなアヤに、セシリアはつんと顔を上げる。

「言ったでしょう、イクスファード様は結婚しないと決めてらっしゃると。そんな方を煩《わずら》わせるようなことをしたくはないの」

もっと乙女な答えが返ってくるかと思いきや、セシリアは真剣な表情で答えてきた。

「えーっと？　すっごい好き好き攻撃していなかった？」

「わたくしは公爵家の娘です。そのわたくしがお傍《そば》に控えていれば、他の貴族の娘は近寄れませんわ」

要するに、イクスの女避《よ》けのため壁役として自《みずか》ら買って出ているということだろうか。なんというか、それって汚れ役ではなかろうか。

「……大変なんだね、いろいろと」

しみじみとアヤが呟《つぶや》くと、セシリアが胡乱《うろん》げな目を向ける。

「あなたは、この国のことをほとんど知らないようね」

「知らないとまずいかな？」

アヤとしても、己《おのれ》の交友関係や行動範囲がものすごく狭《せま》いという自覚はある。実は王様の名前すらも知らないのだ。

「おかしなことに巻き込まれないためには知っておく必要があると、わたくしは考えますわ」

「……ちょっとずつ勉強することにする」

あとでいい本があるかエディに聞いてみようと思う。

その後、話し疲れたアヤはパンケーキの残り半分を食べ、もう一枚お代わりをしたのであった。


セシリアと女子会をした次の日の朝。

「でね、イクスさんの女避けを買って出ているみたいなことを言っていた」

朝食の席で、アヤはイクスに昨日のセシリアとの遭遇《そうぐう》の報告をしていた。

もちろん、自分の恋バナのくだりは省略である。

セシリアに対するイクスの反応は薄かった。

「そんなことだろうと、うすうす感じてはいたのだ。第一、セシリア嬢からは一度も文などを送られたことがない」

この国の貴族の恋愛というものは、まずは手紙の交換から始まり、パーティーなどでの顔合わせをし、お互いの屋敷でのお茶会に招き、と様々な過程を経《へ》なければならない。

貴族にとって恋愛というものは遊びではなく、就職活動に等しいのである。

実際、城勤めは、貴族の子女には最高の結婚斡旋《あっせん》の場とされており、皆ターゲットを確保するために目をギラギラとさせていたりする。そのターゲットの最高峰に位置するのがイクスだ。だから、その小間使いをしているアヤが嫌がらせをされているのは、そういう理由なんだろうなとアヤ自身うすうす感付いてはいる。

一方、口では派手なことを言っていても、実際の恋愛プロセスを一切進めてこないセシリアの考えは、イクスも気付いていたらしい。なので、今までのお騒がせな振る舞いにもなにも口を挟まなかった。だから、以前やられた粉かけ事件の時も、厳重注意で済ませたそうだ。普通ならば処罰ものであるとか。

ちなみに、イクスが結婚する気がない云々《うんぬん》の話はしていない。たぶん繊細《せんさい》で微妙な話なんだろうな、というくらいアヤとてわかるのだ。興味本位でつついてはいけないことだ。

それよりも、話の本題はこれではない。

「話は変わるのですが。今日はここでお好み焼きパーティーをすることになりましたので。参加者はエディとアンネです」

昨日、セシリアとパンケーキを食べてお好み焼きを連想して以来、アヤは無性にお好み焼きが食べたくなった。なので城に帰ってから食堂に顔を出し、マヨネーズやお好み焼きソースといったものの下準備を行っていたのだ。

マヨネーズは手間がかかるが調理自体は簡単だ。しかしお好み焼きソースにはこだわった。おかげで「なんちゃって」という前置きがつくものの、十分お好み焼きソースだと認められるものができたと思う。

余談ではあるが、マヨネーズを作っている最中に騎士団長の突撃を受け、マヨネーズを分け与えた。おかげでこの異世界にマヨラーを生み出してしまった。罪深きはマヨネーズなり。

「また変なものを作成する気か。なんだ、そのお好み焼きというのは」

「パンケーキの親戚です。昨日、パンケーキを食べたら思い出しちゃいまして。つい食べたくなりました」

「……事故だけは起こすな」

お好み焼きで事故が起こるか！　と言いたいところだが、起こらないとも限らないのがアヤなのだ。

イクスには、夕食の時にお好み焼きを焼いてあげる約束をした。

本日、イクスは朝から会議である。なので仕事がないアヤは、お好み焼きパーティーの準備に勤《いそ》しんでいた。

食堂まで材料を取りに行き、熱した鉄板の設置などをしていると、予定よりもちょっと早い時間にエディとアンネがやって来た。おそらくエディが待ちきれなかったのであろう。

「おねえさん、来たよ～」

ニコニコ笑顔のエディが、材料に毛が入るといけないので入り口付近に待機させていたパンダにタックルをした。パンダがエディの勢いに負けて転がっていく。エディは意外と力があるようだ。

一方エディのお供のアンネは、青ざめた顔を引きつらせて入り口にへばりついていた。どうかしたのだろうか？

不思議に思っていると、その後ろから、背の高い男性が姿を現した。

「うむ、邪魔するぞ」

アヤの返事を待たずに、男性はずかずかと入ってきて、キョロキョロと室内を見渡す。

「久しぶりに来たが、ずいぶんと雰囲気が変わったな」

ふむふむ、と一人頷《うなず》いている。

……誰？

とにかくキラキラしい服装をしていることからして偉い人なのはわかるが、エディはパンダに夢中だし、アンネに聞こうとしても、彼女は入り口にへばりついたまま固まっている。一体、誰を連れてきたんだ、二人とも。

困惑しつつ、アヤは男性を観察した。短く切り揃《そろ》えた金髪に瞳は青。鍛《きた》えているのであろう、がっしりとした体格。まあイケメンの部類に入る男性であろう。だがそれよりも、如実《にょじつ》に男性の正体を語っているものがある。

男性は見るからにエディにそっくりである。身内でなかったらなんなのだというレベルでそっくりだ。ということはだ。エディの身内、親？　イコール、ひょっとして王様？　え、どういうことですか、そういうことなんですか。エディよ、そろそろパンダから離れよう。そしてこちらの男性を紹介してほしい。

アヤが混乱していると、突然、男性が大声で笑いだした。

「ふむ、イクスが傍《そば》に置くのがわかるな。なかなかに頭がいい」

「え、なに、どゆこと？」

「考え事が、途中から声に出ていたぞ」

どうやら、アヤの脳内がだだ漏《も》れであったらしい。自分ではそこそこ冷静なつもりでいても、相当混乱していたのだろう。

「あ、おねえさん紹介するね。こっちは僕のお父様。お好み焼きが食べたいっていうから連れてきたんだ」

——そんなに軽く言われても困る。

パンダのおなかに乗っかったままのエディの言によると、どうやら男性は王様で決定らしい。

やって来られる方にとっては、親をついでに連れてきたというレベルではない。親同伴で来るなら先に一言教えてほしかった。それでアンネはずっと入り口にへばりついているのかと合点がいく。下っ端侍女が王様のお供なんて、ハードルが高すぎる。

「それで、お好み焼きとはどういった食べ物なのだ？　エディが言うには、食べる人間が自分で調理するものらしいが」

わくわくした表情で尋ねてくる王様。

お好み焼き屋でも、自分でしなくても焼いてくれるところもある。けれどアヤは断然自分で焼く派だ。ちょっと失敗してもご愛嬌《あいきょう》である。

——というか王様、自分で焼く気ですか？

こうして、一同全く落ち着かない状況の中、お好み焼きパーティーは始まった。

「そろそろいいのではないか？」

「陛下、私が……」

「よっ！　おお、きれいにかえせたぞ！」

「むぅ、難しいね」

「殿下、私が……」

「よいよい、自分でさせてやれ。何事も経験だからな」

「はぁ……」

お好み焼きを焼き始めて、アンネがおろおろと鉄板の周りをうろうろしている。アンネはそろそろ諦《あきら》めて座るといいと思う。王様とエディは、自分で焼く作業に夢中である。こういった調理を自分ですることは普段ないであろうから、新鮮なのかもしれない。

お好み焼きの具は、豚肉やシーフード、チーズなどを用意した。アヤのお気に入りは豚玉チーズ入りだ。

意外にも、王様が器用にお好み焼きの形を整えている。手馴《てな》れている風でもあるので不思議に思っていると、なんでも王子だった頃、軍に入っていて、自炊《じすい》をしたことがあるのだそうだ。パンケーキを焼くのは得意だったとのこと。

それぞれに自分で焼いたお好み焼きに、好きなようにトッピングをしていく。パンダも物欲しそうにしていたので、アヤが一枚焼いてやる。

「ふむ、パンケーキとはまた違うな。具が入っているので食感がいい。軍の食事にできるのではないだろうか」

「具をあらかじめ切っておいて持っていくと、かさばりませんよ。味付けが濃いので、男の人は好きだと思います」

実際、騎士団長はマヨネーズとソースを欲しがった。今度、お好み焼きも作ってあげる約束をしている。

「でも難しいね。兄様だったらきっと上手に焼けるのに」

「そうだな、あいつは器用なタチだからな」

今、親子の会話の中で不思議な単語を聞いた気がする。

「兄様？」

「あれ、聞いてない？　僕には兄様がいるんだよ」

「そうなの⁉」

アヤはそのような人物を、今まで見たことも聞いたこともない。

「会ったことがないのは当然だ。あいつは今、国におらん」

熱々のお好み焼きを頬張りながら、王様が教えてくれる。

「そうなんですか？　留学とか？」

「いや、諸国漫遊《まんゆう》中だ」

——どこの黄門様だ、それは。

一つの謎を残しつつ、お好み焼きパーティーはつつがなく終了した。


王様親子とお好み焼きパーティーをした、その日の夕食にて。

「というわけで、初めて王様に会いました」

アヤが簡潔にお好み焼きパーティーの報告をすると、イクスはこめかみに青筋を浮かべていた。

「会議をサボってどこへ行ったかと思えば」

どうやら、王様は会議をサボってパーティーに来ていたらしい。暇なのではなかったようだ。

「そういえば、お付きの人とかいなかったです」

エディだって、アヤのところに遊びにくる時は必ずアンネを連れている。なのに王様が単独行動とか、おかしいだろうということに、アヤは今更ながら気がついた。

「もし、また現れたら、私に報告するように」

「わかりました」

本日一人仕事をしていたイクスが可哀相になり、アヤはイクスのためにモダン焼きを焼く。さすがに焼きそばの麺は用意できないので、パスタで代用した。アヤが知っているモダン焼きとは違う食感になったが、これはこれで食文化の融合《ゆうごう》だし、美味《おい》しいからよいのではなかろうか。

「パーティーではパスタを用意してなかったので、これは今、初めて焼きました」

「……そうか。ふむ、初めての味だ。なかなか美味《うま》いな」

王様親子には出さなかったメニューだと聞くと、少しだけ機嫌が直ったようである。

「あ、それにエディにお兄さんがいるのを初めて知りました」

兄王子を知らなかったアヤに、イクスはさもありなんという顔をした。

「城にいない人間が日常会話に出てくることはないだろうからな」

「今、なにをしている人なんですか？」

王様の「諸国漫遊《まんゆう》」という言葉を信じるならば、黄門様的なことをしているのだろうか。

「見聞を広めるために諸国を巡っている」

言い回しは違うが、王様と同じ内容のことを言われた。本当に黄門様なのか？　お供の男性二人や忍者さんはいるのか？　アヤは俄然《がぜん》兄王子に興味が湧いた。

「お供はたくさんいるんですか？」

「いや、目立ちたくないというので魔法使いを一人連れている」

そうか、どちらかと言うと忍者を連れているパターンか。アヤが一人で頷《うなず》いていると、イクスが怪訝《けげん》な顔をした。しかしアヤの今の心情を説明しても、黄門様を知らない人間にはこの気持ちを共有してはもらえないだろう。

「さあ、お好み焼きは熱いうちが美味《おい》しいんですよ」

アヤは食べ物でごまかすことにしたのだった。


お好み焼きパーティーから数日後、アヤは休日に孤児院を訪れていた。アンネが、お好み焼きは安価でできるし、子供たちが喜ぶだろうと言ったからだ。鉄板はパンダに運ばせてきた。

「こんにちはー」

「パンダちゃん！　それに、おねーさんも！」

「ガウ」

挨拶《あいさつ》がパンダの後だったのが、アヤとしては少々気になるところだが、パンダは子供に人気があるので仕方ない。

子供たちに次いで、アヤに気付いた人がいた。

「あら、ごきげんよう」

「こんにちは、セシリアさん」

孤児院にはセシリアとそのお供の人たちが来ていた。

「今日もなにやら大荷物ですこと」

「お好み焼きを焼こうと思って」

先日誤解が解けたからなのか、今日は出会いの挨拶もフレンドリーだった。この世界での知り合いが少ない中、貴重な女友達ができたようで、アヤはとても嬉しい。

「お好み焼きとは、どのような食べ物ですの？」

「えっとね……」

セシリアがお好み焼きというものに興味を示した。庶民的なものに食いつきがいいお嬢様である。

「パンケーキの中に具を入れて、甘辛いソースを塗《ぬ》って食べるみたいなものかな？」

「あまり想像がつかないですわね」

アヤがお好み焼きについて説明すると、セシリアが首を傾《かし》げる。

「ちょっと作ってみる？」

なのでアヤは提案してみた。

ということで、セシリアにもお好み焼きをふるまうことになった。準備の間、子供たちも興味津々《きょうみしんしん》で鉄板を覗《のぞ》き込んでくる。

今回も、パンダは食堂のドアを通れないので、外で待機だ。

「なるほど、パンケーキよりもおなかにたまりそうですわね」

「結構、おなか一杯になるよ」

焼き上がったお好み焼きを、子供たちがフーフーと息を吹きかけながら食べている。

「おいしー」

「うまうま」

にこにこ笑顔で子供たちに食べてもらえれば、パンダとて重い鉄板をここまで運んできた甲斐《かい》があったというものだろう。

「今まで食べたことのない味ですわ」

セシリアもお好み焼きが気に入ったらしい。トッピングについて熱心に聞いてくる。

そんな風にお好み焼きで盛り上がっていると、チャックなどの年長の子供たちが街のお店での小遣い稼《かせ》ぎから帰ってきた。小腹が空《す》いた彼らにも、アヤはお好み焼きを焼いてやった。

「もうすぐ秋の大祭だから、どの店も準備に忙しいんだ」

お好み焼きを頬張りながら、チャックが街の様子を話してくれる。

「秋の大祭？」

「一年の実《みの》りを得たことに対し、神に感謝を捧げるお祭りですわ」

セシリアが横から補足する。異世界とて、豊穣《ほうじょう》を祝うお祭りは変わらないようである。

きっと出店なんかが出て、とても賑《にぎ》わうのだろう。

「お祭りかぁ。楽しそうだね。屋台とかも出るの？」

「もちろん！　お祭りでしか食べられないものもあるんだ！」

チャックは孤児院の子供たちがお祭りで楽しむためにも、小遣い稼ぎをがんばるらしい。困難を乗り越えて、チャックは少し大人になったようだ。赤騎士隊長のもと、きっと将来立派な騎士になるだろう。

「そういえば、お好み焼きも屋台の定番だっけ」

アヤはふと、目の前のお好み焼きを注視する。焼きそばとお好み焼きは、子供が好きなお祭り料理の定番だ。それが、異世界でも通じるとは限らないが。

「このお好み焼きの屋台ですの？　いいかもしれませんわね」

アヤの言葉を聞いたセシリアが、話にのってくる。

「美味《おい》しいし、きっとみんな食べたがるよ」

子供たちもお好み焼き屋台に賛成のようだ。

「いいかもね」

ちょっと真剣に考えるアヤであった。

それから、孤児院の年長者でお好み焼きの屋台をやろうという話で盛り上がった。

彼らはもうすぐ孤児院を出て独り立ちしなければならないらしい。その時のために少しでも手持ちの現金を得たいという事情もあるようだ。

城に帰ってアンネに聞いたところ、孤児院から出たばかりの頃は、収入など微々たるものであり、毎日の食事にも困ることが多いらしい。それで生活できなくなり、その末にスラムの住人になる者も結構な割合でいるのだという。そんな子供が少しでも減るなら、とアンネや赤騎士隊長も協力してくれると言った。

そして騎士団長との約束通り、お好み焼きを焼いてあげることになり、他の騎士の皆さんも食べたがったので、結局、城の食堂でお好み焼きパーティーをやることになった。

最近、お好み焼き尽くしなアヤである。

集まった騎士の皆さんに好評だったのは収穫《しゅうかく》だった。これで「城の騎士のお墨《すみ》付き！」というフレーズが使えるというものだ。

だがここで、一つ問題が起こった。


「屋台の許可申請は、白騎士の管轄《かんかつ》だな」

「お好み焼き屋台作戦」が立案されてから翌々日の夕食で、イクスに計画の大まかな話を報告すると、そんな答えが返ってきた。

日本でも、屋台営業には許可が必要だが、それはこの世界でも同様であるらしい。

「私、白騎士の人とあんまり会ったことないかもしれない」

よくよく己《おのれ》の記憶を掘り返すと、アヤはイクスのお供の黒騎士や、赤騎士の人とはよく会うが、白騎士とは遭遇《そうぐう》率が低い。赤騎士と白騎士は、一日毎《ごと》の交代勤務であるらしいのに、これはどういうことだろうか。

その謎の答えは、イクスが教えてくれた。

「赤騎士隊は平民出身のアランが率《ひき》いているからな。隊員も平民の者や、貴族でも位の低い者が多い。比べて白騎士は位の高い貴族がほとんどだ。赤騎士と白騎士では生活スタイルも違う」

寮に入っているのは、お偉いさんの護衛などで常に城から離れられない黒騎士か、平民出身の赤騎士が多いということであった。食事も白騎士は毎食家に帰って食べるらしい。なるほど、アヤが最も騎士と遭遇する空間である食堂で会うことなど、まずないということか。なんだ、その坊ちゃん軍団。ご飯のために家に帰っている時に大事件が起きたらどうするんだ。

「白騎士隊は昔からそういう慣例のもとで続いてきているからな。ほんの数年で体質が変わることなどないだろう。そのためいつも、隊長のサラディンが苦労している」

どうやら、白騎士隊長は苦労人であるらしい。

そんなわけで、アヤはお好み焼き屋台の営業許可を得るために、白騎士隊長のもとへやって来た。営業許可自体は隊長でなくともいいのだが、孤児院が絡んでいるために一般の白騎士と揉《も》めるかもしれないので、直接隊長のところへ行け、とイクスに言われたのだ。いつか聞いた、「孤児院出身者のせいで仕官の枠が云々《うんぬん》」のせいであるらしい。

「失礼します、宰相閣下の小間使いのアヤです」

アヤは職員室に怖い先生を訪ねる心持ちで、隊長室のドアを恐る恐るノックする。

ちなみに白騎士隊長を訪ねる用件は、イクス経由であらかじめ手紙で知らせてあった。目上の人を訪ねる時は、アポイントメントは大事である。

「どうぞ」

室内から美声が聞こえた。

アヤとしては、可能ならば和《なご》み要員でパンダを連れて入りたいところだが、やはり部屋に入ると手狭《てぜま》になるため、入り口待機である。

アヤは恐る恐るドアを開《あ》ける。すると入り口正面にある立派な執務机《しつむ》に、白っぽい美形さんが座っていた。そこらの乙女よりも白い肌に、さらさらの銀髪《ぎんぱつ》、そして白い騎士服。第一印象は「全体的に白い人」だった。

「あなたが宰相閣下付きの小間使い殿ですか。初めまして、白騎士隊長のサラディン・ロズモンドです」

白い美形さんは無表情ながらも、丁寧に自己紹介をしてくれた。思えば赤騎士隊長といい、騎士団長といい、自己紹介をしてもらった覚えがない。有名人は知られていて当然であり、いちいち己《おのれ》の名を名乗らないということなのだろうか。

「宰相閣下の小間使いをしているアヤです」

アヤもペコリとお辞儀する。

「用件は、屋台営業の件だとか」

「はい、孤児院の子供たちと、お好み焼きの屋台をやりたいんです」

「それについて、重大な問題があります」

無表情な白騎士隊長サラディンが、真剣な口調で言った。まさか、許可を貰えないの⁉

「なんですか⁉　ちょっと許可を取るのが遅かったですか？　それとも孤児院が絡《から》むからですか？　あ、場所なら大丈夫です、セシリアさんが確保してくれるそうですから！」

ここで許可が下りないとなれば、期待で胸を膨《ふく》らませている孤児院の子供たちに申し訳ない。アヤは必死の形相で執務机に詰め寄る。

「セシリアとは、公爵家のセシリア・アルカスですか？」

サラディンは、アヤの台詞《せりふ》に含まれた名前に引っかかったらしい。やはり無表情で尋ねてくる。

「その人かどうかはわかりませんが、宰相閣下と顔見知りな、黒巻き髪のセシリアさんです」

セシリアの身分は以前に聞いたような気もするが、忘れてしまった。なので知っていることのみを素直に答える。

それに対して、サラディンは納得したのか一つ頷《うなず》く。

「公爵家のお墨《すみ》付きがあるのならば、孤児院が営業することも問題にならないでしょう。

しかし、それ以前の問題があります」

「……なんでしょうか?」

アヤは緊張の面持ちでサラディンの言葉の続きを待つ。

「私が、そのお好み焼きとやらを食べたことがありません。ゆえに、その料理が屋台営業に相応《ふさわ》しいのかどうかの判断がつきません。アランも団長も食べたことがあると聞きましたが」

サラディンの無表情が、眉根を寄せた少し不満そうな表情に変わった。

どうやら、サラディンも先日食堂で行ったお好み焼きパーティーにまざりたかったようである。

こうして白騎士隊長サラディンに遠まわしにおねだりされた翌日。夕食時に、食堂にサラディン以下、白騎士隊員数名と赤騎士と黒騎士たちを招いてお好み焼きパーティーを開くことになった。

本来、お好み焼きは庶民のジャンクフード的な食べ物なのだが、この異世界ではパーティー料理としての立場を確立させつつある。

実際、調理の材料や方法等は簡単なので、ここ数日で騎士たちを中心にして爆発的に広まっている。後に聞いた話によると、特に金持ちの間では、専用の料理人に頼まず自分で焼くのがステータスであるらしい。上手に焼いてみせると、家族から褒《ほ》められ、使用人からも尊敬の目で見られるとか。

すごいぞお好み焼き、異世界の一家団欒《だんらん》に貢献する勢いである。

この後、お茶会よりももっと砕《くだ》けた集まりである、お好み焼き会というのが貴族の定番になるというのは、また別の話だ。

アヤが早速お好み焼きを焼くと、白騎士たちは興味津々《きょうみしんしん》で眺めつつ、焼き上がったものを口にする。

「なるほど、これが噂《うわさ》のお好み焼きですか」

「食べたことのない味ですね」

「なにやら癖になる味です」

白騎士たちは、上品にナイフとフォークでお好み焼きを食べている。アヤとしては違和感ありまくりな光景だが、箸《はし》という文化がない国であるので仕方がないことだ。

中にはアヤと一緒にいるパンダを見て「本物だ」と感激している白騎士たちもいた。彼らは疲れているらしく、お好み焼きもそこそこにして、ひたすらパンダをモフっている。よいよい、存分に癒《いや》されるがいい。パンダ本人は嫌そうな素振りを見せていたが、アヤはまるっと無視である。

ちなみに食べる上での注意事項として、騎士の方々には全員、上着を脱いでもらっている。ソースが付くと落ちにくいのだ。なので黒赤白の区別がつきにくく、そのおかげか白騎士たちも他の騎士たちと溶け込めているように見える。

「まあ、ここに来ているのは差別意識を持っていない者たちですので」

サラディンが無表情にお好み焼きを食べながら、白騎士隊員について語ってくれた。

白騎士は高位の貴族の出身に限るという慣例がある。しかし、貴族の跡取り息子が箔《はく》付《づ》けのために籍を置いているだけという者が大半を占《し》めるらしい。そのような跡取り息子に訓練や遠征でケガでも負わせようものなら、その実家から大変な苦情がくるそうな。

「ケガが嫌なら、そもそも騎士隊に入るなって話にならないんですかね？」

「我々も一応、そう説明するんですがね。ならないから困るのですよ」

アヤの疑問に、無表情ながらも疲れたような顔をするサラディン。

そして、その苦情のせいで、対応に追われた白騎士上層部の業務がしばらく止まってしまうという悪循環が発生する。ゆえに、もう面倒だから坊ちゃんたちには訓練などをさせないことにしようという方針になり、坊ちゃんたちばかりを集めた書類仕事部署を設立したとか。

「臭いものは一箇所に集めてふたをしておけというわけですか、わかりますその気持ち」

「そのたとえ、絶妙に真実をついてますね」

しかし、ここでもまた問題発生。坊ちゃんたちは書類仕事もままならない人たちだった。サラディン曰《いわ》く、それができる人材なら箔付けで騎士なんぞになる前に、城で文官として雇用されるらしい。確かに文官の方がコネ作りは捗《はかど》りそうである。

結果、不十分な書類の始末をするのはサラディンら上層部数名であり、サラディンはいつも書類に埋《う》もれる羽目になるのだそうだ。

「そのような者たちに長居されても迷惑ですからね。貴族の跡取りは雇用を三年限りと決めてあります」

「そういう理由で、実働している白騎士隊員は少ないのですよ。アヤ殿が見かけないのも当然です」

サラディンと並んでお好み焼きを食べつつ、そう話す白騎士隊員二人の目の下には、うっすらと隈《くま》ができている。

しょっぱい、しょっぱすぎるぞ白騎士。白騎士の白は塩の白かというくらいにしょっぱい。アヤとしては、サラディンたちの苦労に涙を禁じ得ない。

これでも十数年前に比べれば、大幅な体質改善がなされたらしい。以前の白騎士隊は今以上に穀潰《ごくつぶ》しの代名詞であったとか。さらにしょっぱさが増した。

あの「孤児院出身者のせいで仕官の枠が云々《うんぬん》」というのも、ようやくアヤにもあらましが見えてきた。赤騎士で優秀な平民出身者が増えれば、そちらで採用されていた下級貴族が白騎士に流れてくる。そうやって雇用人数が足りてくると、誰が外されるのかというと、役に立っていない書類部署の坊ちゃんたちである。それでは困るということでの孤児院攻撃だったのだろう。考えることがショボい上に、迷惑極まりない連中である。

しかし、今までだって接点のなかった白騎士である。今更これからのアヤの行動範囲に白騎士が食い込んでくることもないだろう。もう済んだことをあれこれ考えず、この先にあるお祭りを楽しむことを考えた方が有意義だ。

この時のアヤは、そんなのんきなことを考えていた。ちなみにこの後、ちゃんと屋台の許可は貰った。

いよいよ秋の大祭当日の朝である。

アヤはチャックたち孤児院の年長者と、お好み焼き屋台の準備をしていた。

場所はなんと、大通りで一際大きな建物を持つ商会の入り口横。セシリアの家が懇意《こんい》にしているお店であるらしい。セシリアからなにを聞かされているのか謎だが、責任者らしき年配の男性から、「楽しみにしてますよ」とニコニコと挨拶《あいさつ》された。

帰りは念入りに掃除しようと決心したアヤである。

皆で準備をしているうちから、騎士の間で噂《うわさ》のお好み焼きを食べようと開店待ちをしている人もいた。

宣伝もバッチリ考えた。サンドイッチマンよろしくパンダに看板を前後ろに吊り下げ、「お城の騎士もやみつきの味！」と宣伝文句を赤字ででかでかと書いてある。

お好み焼きのタネの仕込みは、商会の善意で台所を貸してくれることになった。ちなみに衣装もなにか揃《そろ》いにしようということになったので、皆で赤いはっぴを作り、捻《ねじ》り鉢巻《はちまき》をしている。はっぴに捻り鉢巻姿の子供たちは、たいそう可愛らしかった。周囲のお客さんたちも、微笑《ほほえ》ましそうに子供たちを眺めている。

そして、準備万端、さあ、いよいよ売るぞ！　となっていたところであったのだが――

その時、どこからともなく現れた白い二人組みが、アヤたちの屋台の前に立った。

「営業まで、あと少し待ってくださいね」

待ちきれない客が尋ねにきたのだろう、アヤはそう思って営業スマイルを浮かべる。

先ほどから販売はまだかと尋ねる客が多いのだ。

だが、彼らは違った。

「下賤《げせん》の者どもが作るものを売るなど、なんという非常識。どうせ無許可営業だろう、とっとと片付けろ！」

そのようなことを言ってきたのである。

「はぁ？」

妙な因縁をつけてきた二人組みは、よくよく見ると白騎士の制服を着ていた。どうして彼らがここにいるのだろうか。

彼らの言い方にカチンときたアヤだったが、不安そうな子供たちを安心させることが先である。

「大丈夫よ、ちゃんと偉い人から許可を貰ってあるんだから。この人たちが知らないだけよ」

アヤの横で怯《おび》えている女の子の背中を、優しく撫《な》でてあげた。

「私が無許可と言うのだから、さっさとどけ！　力ずくでやってもいいのだぞ！」

アヤたちが女子供だけだと見て、白騎士二人は強気なことを言ってくる。

もしかして彼らは、孤児院の屋台を潰すつもりでわざわざやってきたのだろうか。

「許可はちゃんととってあります。片付けろというのなら、無許可だという証拠を持ってきてから、改めてお話しいただけませんか？」

アヤは一応、礼儀正しく反論するも、白騎士の一人はこれ見よがしに腰の剣に手をかける。

「下賤《げせん》の者が知った風な口をきくな！　今、私が無許可だと決めたのだ！　痛い目を見たいのか！」

「そうだ！　下賤の者のくせにこんな大通りで小銭あさりとは不届きである！」

もう一人も、小バカにしたような嫌な笑みを浮かべる。

先ほどから繰り返される「下賤の者」という言葉に、チャックは悔《くや》しそうに唇を噛《か》み締め、他の子供たちはすっかりうつむいてしまった。今まで楽しそうに準備していたのに、せっかくの雰囲気が台無しだ。

白騎士たちの態度は、アヤに日本での闇金の取立て屋を連想させた。あの時に言い返せなかったことへの悔《くや》しさが、今になってふつふつと湧き上がってくる。

パンダもアヤの横で唸《うな》りをあげていた。

「あのね、だったらアンタたちが白騎士だっていう証拠を持ってきなさいよね。白っぽい服着てるだけの人たち」

「なんだと!?」

アヤの突然の乱暴な言い方に驚いたのか、白騎士の二人は少々怯《ひる》んだようであった。

「こっちはきちんと白騎士隊長から直々《じきじき》に許可証を貰っているんだからね」

アヤがこうも強気で言えたのには訳がある。

騎士団長から聞いたのだが、大祭でのそれぞれの騎士の担当は決まっており、城下街の警備もろもろは赤騎士の担当である。

白騎士は、大祭で城に集まる各地の貴族の警護担当で、こんな取り締まりの真似事《まね》は越権行為なのだ。

「白騎士はお城にいなきゃいけないのでしょう？　白い服を着た人たち」

アヤに正論を返され、白騎士たちは一瞬言いよどむ。

「貴様！　我々は……！」

「おい！」

まさかアヤが騎士の仕事について詳しいとは思っていなかったのだろう、言い返そうとしている白騎士を、もう一人が止めている。

周囲の人間も、最初はなにが起こっているのかわかっていなかったであろう。しかしアヤが白騎士隊長の名前を出したことで、不信の目は白騎士たちに向かっていた。

「見ての通り、私たちは忙しいの。邪魔しないでよね」

「ガウッ！」

アヤはふんっ、と鼻を鳴らしてみせた。パンダは後ろ足で白騎士らに砂をかける仕草をしている。

周囲の視線に、白騎士たちは己《おのれ》の不利を悟ったのかもしれない。けれども、二人はそれで引き下がらなかった。

「貴様、我々を侮辱《ぶじょく》するか！」

白騎士の一人が剣を抜いた。

白昼の刃傷沙汰《にんじょうざた》に周囲はどよめく。その反応に気分を掻《か》き立てられたのか、剣を抜いた白騎士がアヤを睨《にら》んだ。

「貴様など、所詮《しょせん》、宰相閣下のお情けに縋《すが》っているだけの下賤《げせん》の女ではないか！」

「はぁ？」

そして攻撃の矛先《ほこさき》をアヤに向けてきた。

「汚い手段で城に立ち入った分際で、知った風な口をきくな！」

アヤがここで口を噤《つぐ》んだりしたら負けだ。きちんと正しい主張をすることが大切である。

「私には、非難されるような後ろ暗いことはなに一つありませんから！」

だが、反論されて白騎士はさらに頭に血を上らせたようだった。

「責めれば開き直る、あの方が仰《おっしゃ》った通りの性根の腐った女だ！」

目を血走らせた白騎士に続いて、もう一人も剣を抜く。

「どうせ、ふしだらに身体を使って宰相閣下に近付いたのだろうよ！　薄汚い女め！」

二人とも後戻りできないのであろう、彼らは大勢の人前で、口にするのも憚《はばか》られることを喚《わめ》き散らし続けた。

「アヤねーちゃん……」

聞くに堪《た》えないアヤへの罵《ば》詈《り》雑《ぞう》言《ごん》に、チャックが心配そうに見上げてくる。アヤは心配いらないというように微笑《ほほえ》んでみせた。

「大丈夫、悪者の戯言《ざれごと》よ」

そんな彼らを、周囲は遠巻きにして眉をひそめていた。この騒ぎで野次馬が増えてきている。

アヤは白騎士たちの言い分に、内心首を傾《かし》げていた。今の彼らに似た言い分を、以前アヤはどこかで聞いた気がする。女を貶《おとし》めるのにありがちな暴言ではあるのだろうが、なんとなく引っかかったのだ。

そして気になることがもう一つある。

「あの方、って誰」

「ちっ……」

どうやら口が滑《すべ》ったのを悟ったらしい白騎士の一人が、ごまかすためか剣を高く振り上げて暴れ出す。狙いを定めたわけではなく、ただ振り回しているような動きだった。だが当たれば当然切れる。野次馬も、危険を感じて慌てて距離をとっている。

アヤも孤児院の子供たちに危害が及ばないように、皆をしゃがませて庇《かば》うように一人立つ。パンダが勇敢《ゆうかん》にも立ち向かおうとしている。イクス曰《いわ》く、普通の剣はパンダに通用しないようなので、張り切って盾《たて》にさせてもらうことにしよう。

「パンダ、あんた子供たちを守ってなさい！」

「ガフーン！」

アヤがパンダに叫ぶと、言葉が通じたのか、パンダは子供たちの前で仁王《におう》立ちになった。

パンダの無駄に巨大な身体の威圧感に押されたのか、白騎士たちは数歩後ずさる。

「仮にも騎士なんだったら、みっともない真似《まね》はよしなさいよね！」

「くそっ！」

悔《くや》し紛《まぎ》れに、白騎士がアヤに剣を振り下ろした。

「きゃっ……！」

とっさに避けたものの、屋台内では動ける空間があまりないせいで、白騎士の剣の先が、アヤの腕を掠《かす》めた。

「アヤねーちゃん!」

「この私を、どこまでも侮辱《ぶじょく》するか!」

再び剣を振りかざす白騎士。

子供たちが悲鳴を上げている。もう一人の白騎士が子供たちを狙っているのだ。それを懸命にパンダが体当たりで防いでいる。がんばれパンダ!

——それにしても、見回りが来ないのはどうして?

これだけ騒ぎになっているのに、赤騎士も兵士も来ないのはおかしいだろう。

「助けなぞ来ない、貴様を助けるような騎士などおらんわ」

アヤの疑問に気付いたのか、アヤを切りつけようとする白騎士が顔を歪《ゆが》めて笑う。

「貴様がいるから、すべてがおかしくなるのだ!」

振り下ろされようとする剣を、アヤはじっと見つめていた。

——誰か、イクスさん、早く助けにきてください!

アヤが祈りながら白騎士の剣を避けるために身動きすると、ふいになにかに腕を引っ張られる。

次の瞬間——

ガキィン！

金属同士が擦《こす》れ合う、嫌な音が聞こえた。

「大丈夫か、娘」

状況がわからず呆然としていると、アヤのよく知っている声が聞こえてきた。

「……え」

声の方を振り向いたアヤの視界に入ってきたのは、誰かの服であった。顔を上げると、アヤを守るように覆《おお》いかぶさり、剣を片手で掲《かか》げ持つ男が見える。

アヤを腕の中に収めている男は、フードを目深《まぶか》に被《かぶ》っていた。

「民を守るべき騎士が、民に向かって剣を向けるとは何事か」

そう大きくはないが、よく響く声が白騎士たちに投げかけられる。

やはりこの声は、いつも聞いているあの声と同じだ。

――でも、ここにいるはずないよね？

アヤは驚きのあまり、男の腕の中で固まっていた。

「いけないいんだぁ、許可もないのに剣振り回すなんてぇ」

続いて、アヤの耳に楽しげな子供の声が聞こえる。

身動きして確認すると、子供たちを守るパンダの背中に、見知らぬ少女が乗っていた。

子供たちを狙っていた白騎士は、おかしな姿勢のまま固まっている。

「貴様ら何者か、その女の仲間か⁉」

「誰かと問われれば、単なる通りすがりの旅人だ」

興奮する白騎士に、男は冷静に答える。

「でも、どっちが悪者か、まるわかりだよねぇ」

きゃらきゃら、と少女が笑う。

「その女の仲間というならば、どうせ下賤《げせん》な者であろう。纏《まと》めて排除してくれるわ！」

男に剣を止められた白騎士がわめく。

それを聞いた少女は、おかしそうに手を叩く。

「排除だってぇ、ただ剣振り回しているだけの、騎士のなり損ないのくせにぃ」

「なんだと⁉」

少女の言葉に白騎士は顔を真っ赤にさせる。

もう一人の白騎士は先ほどからピクリとも動かない。どうしたのだろうか。

「下賤の者の分際で、私を愚弄《ぐろう》するとは許さんぞ！」

「やっぱり、騎士のなり損ないじゃん」

少女が呆れたような顔をした。

「あのねちょっとぉ、騎士のくせに頭《ず》が高いんじゃなぁい？　こちらを誰だと思っているのー？」

彼女のバカにした声を聞いてすぐ、男がフードを取った。

その現れた顔に、アヤは自分の目を疑う。

――え、やっぱりイクスさんだったの？

それは、見慣れた宰相閣下の顔だった。

「ガル！」

アヤが混乱していると、少女を背に乗せたパンダがイクスの顔をした男に唸《うな》っている。

パンダは仮にも恩人であろう男に対して、なにを唸っているのだろうか。

――落ち着け、イクスは今、城にいて、ここにいるはずがない。

そう、冷静になってよくよく見てみれば、男はイクスと同じ顔をしているだけであった。アヤの最初の驚きが冷《さ》めると、その違いがはっきりと見えてきた。

まず身長はイクスと同じくらいだが、イクスが長髪なのに比べてこちらは短いツンツン髪である。そしてこちらのほうが微妙に日焼けしている。それになによりも、若い。

アヤとそう変わらないくらいの年齢ではないだろうか。

顔や声があまりにそっくりなほかは、結構違っている。一瞬イクスがイメチェンしたのかと思ったアヤであった。

「ヴァーニャ……あの時の――」

その時、男が小さく呟《つぶや》いた声は、アヤには届かなかった。

アヤ以上に驚いていたのは白騎士たちである。アヤに剣を向けた方は剣を落として震えているし、動かない方は顔を真っ青にしていた。

「そこ！　なにしているんだ！」

そこにようやく、赤騎士が到着した。先頭には隊長のアランがいる。そして一緒に孤児院の女の子がいた。

後で事情を聞くと、商会の人にこっそり裏口へ案内してもらい、赤騎士隊長がいるという詰め所の場所へと知らせに走ったのだそうだ。お手柄である。

赤騎士たちによって、白騎士二人の剣は取り上げられ拘束《こうそく》された。

「白騎士が、何故ここにいる」

アランが厳しい声音で白騎士二人を詰問する。

「つっく、貴様らが不甲斐《ふがい》ないから、我々が代わりに取り締まっているのだ！」

開き直った白騎士に、アランは続けて問う。

「ここへ来る途中、貴族の私兵が兵士を通さないようにしているところを見たんだがな。

あれはどういうことだろうな？」

「っ知らぬ！　関係ない！」

知らぬ存ぜぬで貫き通すつもりなのか、白騎士はその後「知らぬ」、「関係ない」しか言わなくなった。

これは面倒なことになりそうである。

アヤとしては、そういうのは後にして、屋台を始めてしまいたい。もう全員どこかに移動して、そちらで勝手にやってほしい。

取り締まる赤騎士たちが到着したことで、お客さんたちも営業を望む声を上げ出した。

するとここで思わぬ茶々が入った。

「ねぇアラン兄ちゃん、めんどいからとりあえず不敬罪《ふけいざい》でしょっ引いとこうよー」

フードの男と共に現れた少女が、アランに意見したのだ。

「不敬罪が問えるのか、アリサ？」

それに嫌な顔をすることなく、アランが少女に声をかける。

——え、知り合いなの？

驚くアヤを尻目に、二人は会話を続ける。

「下賤《げせん》な者とか言って、オル様を攻撃しようとしたー」

口を尖《とが》らせて、少女がアランに言いつける。アランがフードの男へ視線を向けると、男が頷《うなず》いた。

「誓って、私から攻撃したのではない。この娘に剣を向けていたそいつらを、ちょっと払っただけだ。そうそう、娘は傷を負ったようだぞ」

「アヤ、ケガをしたのか⁉」

そこでアランが驚いたようにアヤに尋ねる。

アヤも様々な驚きで忘れかけていたのだが、思いだすと、剣が掠《かす》った場所がジンジンと痛む気がする。

傷口を見てみれば、血が滲《にじ》んで服も赤く染まっていた。

「ちょっと、痛いかも……」

アヤのケガに顔をしかめたアランは、同行している赤騎士に手当てを命じる。

「宰相閣下の専属侍女に剣を向けるとは、立派な背信に当たるな」

アランが告《つ》げた白騎士の罪状追加に、白騎士よりも他の者が反応した。

「専属侍女⁉」

フードの男と少女は、驚いた顔をしている。なにか驚くポイントがあったらしい。アヤ以前に専属となる侍女や小間使いはいなかったようなので、それで驚いているのかもしれない。ということは、この二人は城の関係者なのだろうか？

「あの、隊長さん、この人たち誰なのでしょうか？」

アヤの疑問に、アランは最初不思議そうな、その後、納得したような顔をした。

「この国の王太子、第一王子のオルディア殿下だ」

第一王子、この国のエディ以外のもう一人の王子。

最近なにやら聞いた気がする。確か只今絶賛諸国漫遊《まんゆう》中の、お供に魔法使いを連れた人だったはずだ。

「……え、まさかその、黄門様な王子様が帰ってきたの!?」

アヤの心の声が、うっかり外に出てしまった。アランたち三人が、いっせいにぐりんとアヤを見る。

「アヤは最近城に入ったばかりで、オルディア殿下のお姿を知らなかったか。でもこの、宰相閣下そっくりの顔を見れば関係者だとわかるだろう？」

「最近雇われたのなら、顔を知らぬでも無理はない」

「こうもんさまってなに～？」

三者三様な答えが返ってきた。

確かに、イクスのドッペルゲンガーだと言われても信じてしまいそうだったが、そうか、身内という線があったのか。自分がどれだけ混乱していたのか、アヤは今更ながらに理解した。

「ねえ、こうもんさまってなに？」

黄門様が気になるらしい少女に、アヤは軽く説明してやることにした。お供らしき人物はこの少女しかいないので、きっと魔法使いなのだろう。

「黄門様は私の故郷の昔の偉い人よ。諸国漫遊《まんゆう》の旅をするのが趣味だけど、宿場町に泊まるたびに悪いやつに絡《から》まれて、成り行きで悪の組織を潰してまわっていくの。いい人なんだけど、ちょっとトラブルの遭遇《そうぐう》率が高くて可哀相な人でもあるわ」

「ふーん、オルさまみたいな人って、案外どこにでもいるんだぁ」

こうしてアヤと少女が会話していると、アランから衝撃の事実を聞かされる。

「ついでに言っておくが、コレは俺やアンネと同じ孤児院育ちのアリサ。アンネと同じ年齢だ」

「え!? 子供じゃないの!?」

「ぶー、乙女の年齢をばらしちゃダメだぞう」

アリサが膨《ふく》れっ面をしてみせる様は、まさしく子供である。

アヤは、イクスとそっくりの男が王子様だったこと以上に驚いた。チャックと同じくらいだとばかり思っていたのだ。

「アリサ、王都にいるのなら何故連絡しない」

アランが、アリサをギロリと睨《にら》む。

「だってぇ、着いたばっかりなんだもん」

だが、当のアリサはけろりとしたものである。

「殿下、いつから王都にいたのですか」

アリサではダメだと思ったのか、アランは第一王子オルディアの方に尋ねた。

「昨日の夜だな。秋の大祭を満喫《まんきつ》したら、城へ顔を出すつもりであった」

二人のマイペースぶりに、アランはため息をついている。

「それと、アイツをなんとかしろ。お前の魔法だろう」

もう一人の白騎士が動かないのは、なんとアリサの魔法のせいだったらしい。

だが、逆にアリサはアランに苦情を言った。

「ねえ、もうこいつら勝手に連れてってよ。お好み焼きとかいうのを食べに来たのにぃ」

「そうだな、客の迷惑だ」

お好み焼きの営業を強く望むオルディアとアリサ。

どうやらオルディアたちがアヤの危機に駆けつけたのは、偶然でもなんでもなく、お好み焼きを食べに来ただけらしい。

「……わかりました。食べたら必ず城へ戻ってくださいよ」

アランはこの場でオルディアとアリサを連れて帰るのを、どうやら諦《あきら》めたようである。

「あらかた大祭を満喫《まんきつ》したらな」

オルディアとしては、大祭を楽しむのは譲《ゆず》れないらしい。

事態が収拾する様子を感じ取ったのか、周囲の客がまた屋台に寄ってきていた。

そう、まだお祭りはこれからなのである。

「さあさあ、みんな営業準備！」

気分を変えるように、アヤが声を張り上げた。

「おう、売るぜ！」

チャックたち孤児院の子供に、また笑顔が戻った。

＊　＊　＊

秋の大祭の当日、イクスファードは城での大祭行事の進行に追われていた。

城下街では楽しいお祭り騒ぎであろうが、城の中では神に実《みの》りの感謝を捧げる神事が行われるのだ。神殿で国王と供に神事を執《と》り行うイクスファードに、黒騎士がそっと寄ってきて報告をしてきたのは、もうすぐ昼になろうという時刻だった。

「アヤが、白騎士に襲《おそ》われた？」

報告によると、二人組みの白騎士がアヤと孤児院の子供たちが営業する屋台に現れ、剣を振り回したのだとか。街中で許可なく剣を抜くことは、重大な規律違反である。後の取り調べにてわかったことであるが、事件を起こした白騎士二人の実家は、孤児院への補助金横領の罪にて、取り潰しが決定していた。国の金を横領したのだ、その処罰は当然重いものになる。

だが、彼らはその罰《ばつ》に納得できなかった。それで孤児院の子供を襲うとは、逆恨《さかうら》みも甚《はなは》だしい。

「その白騎士らはどうした」

「それがですね、偶然その場に居合わせたオルディア殿下が取り押さえたそうです」

報告する黒騎士の困ったような表情に、イクスファードも驚きで目を見張る。

「……帰ってきていたのか」

「そのようです」

長らく不在だった第一王子が、秋の大祭の見物をしていたのだ。そしてお好み焼きを食べに来たところで、騒ぎに遭遇《そうぐう》したらしい。

イクスファードとしては、城下街にいたのならば、そんなことをしていないでとっと城へ帰って来い、と言いたいところである。だがアヤたちを救ったとなれば、文句も言えない。複雑な心境である。

その後、オルディアの登場から遅れて駆けつけた赤騎士らによって、白騎士二人は城へと連行され、ひとまず地下の牢獄《ろうごく》へ入れられた。今は忙しいのでしばらくそのまま放っておいても構わないだろう。

アヤは白騎士の剣によってケガをしたらしく、昼すぎに城へ戻ってきた。ヴァーニャだけは、屋台の宣伝のために残して来たとのことだが、本人はとても残念そうであった。

——あれほど、大祭を楽しみにしていたというのに。

アヤもとんだ災難に見舞われたものである。

イクスファードが仕事を早めに切り上げ夕食時に離宮に戻ると、ヴァーニャも戻ってきていた。

ヴァーニャは心配そうに、腕を布で釣って動きにくそうにしているアヤに纏《まと》わりついている。

「傷の具合はどうだ？」

「大丈夫ですって、包帯が大げさなんですよ」

イクスファードが尋ねると、アヤは笑顔で固定されている腕を振り回そうとした。

「安静にしておけ。場所が悪かったら、筋が切れていたかも知れぬのだぞ」

イクスファードが言い聞かせると、アヤはしゅんとする。少々厳しく言いすぎたかと思ったが、剣での負傷を甘く見てはならない。アヤは無理して悪化させそうであるので、これくらい言っておかなくては。

「大祭を最後まで楽しめず、残念だったな」

「全くです！　せっかくみんなで一緒に準備したのに」

ムスッとした顔で、アヤが文句を言う。その後共に食事をしつつ、いかに白騎士二人が横暴だったかを力説してくれた。城下街の住民には、間違ってもアレらを騎士の基準にしてほしくないものだ。今頃サラディン辺りが静かに怒り狂っていることであろう。

それからアヤは、初めて会ったオルディアがイクスファードにあまりにそっくりで驚いたことなど、身振り手振りで話してくれた。こちらとしては昔から言われ慣れていることであるので、「そうか」としか返せない。

しかし、アヤが急にぴたりと静かになった。

「どうした」

「……せっかく買ってもらった服、ダメにしちゃいました」

しょんぼりと落ち込んだ様子で報告するアヤ。洗濯係の人に相談したが、血の汚れは落ちないだろうと言われたらしい。

「服はまた買えばいい。アヤが大事に至らなくてなによりだ」

イクスファードがそう言って慰《なぐさ》めるが、アヤは落ち込んだままである。そのあまりの落ち込みように、イクスファードの方が焦《あせ》ってしまう。

「春にもまた大祭がある。その時また服を買おう」

服をダメにしたことで落ち込んでいるのかと思い提案すると、アヤは驚いた顔をした。

「……また一緒に行ってくれますか？」

「ああ、そうだな」

アヤの問いに、イクスファードは少々戸惑《とまど》ったものの、軽く頷《うなず》いた。一人での買い物が不安なのかもしれない。思い返せばカルディアでも、アヤは買い物に全く慣れていない様子だった。

城下街での買い物が難しいならば、また休暇を纏《まと》めて取って遠出をしてもいいだろう。今度は自分も休暇として出かけたいところである。休暇中の人間の横で働くというのは、精神衛生上よくないことだ。

「さあ食事をきちんと取れ、でないと傷も治らない」

イクスファードは食事の手が止まっていたアヤを促《うなが》す。

「……はい」

アヤは気分が浮上したようで、ふにゃりとした笑みを浮かべた。

エピローグ

秋の大祭の次の日、エディがケガをしたアヤのお見舞いを兼ねて、遊びに来てくれた。

アヤは傷に障《さわ》るといけないということで、本日の小間使い仕事はお休みである。

「おねえさん、痛い？」

心配そうにエディがアヤに聞いてくる。

少々大げさな見た目になっているので、とんでもない大ケガをしたような印象を受けるのだろう。だが、実際のところは剣先が掠《かす》っただけなのだ。

「本当に痛くないのよ。でも、しばらくこうしておかないと、イクスさんが怒るの」

昨日の夜の風呂の後、アヤが包帯をとっていたらイクスに怒られ、しっかりと巻き直されたのだ。動きにくいという苦情は受け付けてもらえなかった。

「ヴァーニャもおねえさんが心配だね」

「ガゥ……」

昨日からパンダがなにやらしょげた様子でアヤの周囲をぐるぐるしている。少々邪魔臭いと思っていたら、エディ曰《いわ》く心配の仕草であるらしい。

——そうか、心配していたのか。

たまに人間臭いことをするパンダを、アヤはガシガシと力いっぱい撫《な》でてやった。するとパンダは迷惑そうに離れていく。アヤの愛情がわからない獣である。

働くなと厳命されているアヤの代わりに、アンネがお茶を淹《い》れてくれた。

「ねえ、おねえさん、嫌なこと言われて、呆れちゃった？　この国に、もういたくない？」

エディがいつもと違う、元気のない小さな声でアヤに尋ねる。アヤはそれをきっぱりと否定した。

「そんなことないわ、どこにでもいろいろな人がいるものよ」

そう、どこにでも、日本にでも異世界にでも、嫌な人間だっていれば、イクスたちのようにいい人間も、いろいろいるものである。

日本から異世界まで逃げ出して、アヤの人生がリセットされたわけではない。借金だってあるし、人間関係も複雑だ。人生とは実に複雑怪奇にできているものだ、と弱冠《じゃっかん》十七歳にて思うアヤである。でも、異世界で得た出会いもあった。これは日本では得られない宝物だろう。

……いや、日本でだって、きっと宝物はあったのだ。ただそれに、アヤが気付いていなかっただけで。だからこそ、今度はいろいろなことを取りこぼさないようにしようと、アヤは強く思う。

結局大事なのは、アヤがどう生きていくかなのだから。

「おねえさん、どこにもいかないよね？」

エディがパンダにぎゅっと抱きついて、不安そうな顔をしていた。それがあまりにも可愛くて、アヤはエディをパンダごと抱きしめた。

「ここは三食住居パンダ付きなのよ？　こんなお得物件は誰にも譲《ゆず》れないわ」

＊　＊　＊

アヤがエクスディアと話をしていた頃。イクスファードはアヤの様子を見るため、昼の休憩《きゅうけい》後、離宮へ戻った。とにかく無理をする娘なので、本当に大人しくしているのか確認せずにはいられなかった。

離宮の庭から笑い声が聞こえてきたので覗《のぞ》いてみると、エクスディアが遊びに来ている。イクスファードはその様子を、声をかけずにしばらく窺《うかが》っていた。

城で笑い声を聞くのは、何年ぶりのことか。アヤが現れて以来、イクスファードの周囲には笑いが絶えなくなった。近頃では城内の景色すら明るく見える。アヤとエクスディア、ヴァーニャが戯《たわむ》れる光景に、イクスファードは眩しそうに目を細めた。

——まるで、家族のようだ。

それは、幼少期のイクスファードが憧れたものだ。

無言で立っているイクスファードの背後から、声をかける者がいた。

「叔父《おじ》上、どうなされたので？」

イクスファードが振り向くと、護衛のアリサを連れたオルディアがいた。

「オルディアではないか、どうした」

「エディがこちらにいると聞いたので」

「宰相様、不審者《ふしんしゃ》〜」

イクスファードを指さすアリサの頭を、オルディアがはたいた。そのようなやり取りをしていると、アヤがイクスファードらの存在に気付いたらしく、大きく手を振った。

「あれ、イクスさんどうしたんですか？」

「……休憩《きゅうけい》を、と思ってな。私にも茶をくれ」

イクスファードがゆっくりと庭へ足を踏み入れると、アヤはにこにこ笑って席を勧める。

「はい！　といっても、淹《い》れるのはアンネですけど」

そう言って、アヤは菓子を取りにいく。

「叔父上、休憩にわざわざ離宮まで戻るのですか？」

ヴァーニャの背に乗ったエクスディアの頭を撫《な》でているオルディアが、首を傾《かし》げてこちらを見る。その横で、ヴァーニャが牙をむいて威嚇《いかく》していた。この聖獣は、なかなかイクスファードに懐《なつ》かない。

「イクスさんどうぞ」

戻ってきたアヤが菓子をセッティングすると、イクスファードが口にする前にアリサが食べ始める。

「アヤ、不足はないか？」

イクスファードの気遣いの言葉に、アヤはしばし考え、それから満面の笑みを浮かべた。

「はい！　毎日が新発見で、楽しい友達がいて、かさばるけどペットもいて……信頼できるご主人様もいます。私は幸せ者です！」

アヤの言葉にイクスファードは目を丸くする。だが、胸の奥が温かいもので満ちていくのを感じて、微笑《ほほえ》みを浮かべるのだった。

書き下ろし番外編

宰相閣下《さいしょうかっか》、風邪《かぜ》をひく？

温泉地カルディアから戻った翌日のこと。

アヤは離宮で通常業務をこなした後、アンネを連れて遊びに来たエディに土産《みやげ》を渡していた。

土産は頼まれていた湯の花の他、石鹸セットを買った。動物の顔の形をした小さなものが数種類詰まっていて、人気の土産物だったのだ。

「ありがとう、おねえさん！　うわぁい湯の花だ、こっちの石鹸は可愛いねー♪」

パンダにもたれかかって、貰った土産を広げているエディはご機嫌だ。

アンネが言うには、エディはアヤがカルディアに行っている間、とても寂しがっていたらしい。なので寂しさを紛《まぎ》らわせるため、アンネがお針子さんに頼んで特大ヴァーニャ人形を作って貰ったのだとか。

今日アヤに見せるためにエディが実物を持ってきてくれたのだが、非常にデカい。エディが抱えると前が見えなくなるくらいある。しかもすごくリアルな見た目と手触りで、これを作ったお針子さんの根性が窺《うかが》える。

土産を渡した後は、土産話に花が咲く。

「カルディアの名物料理が美味《おい》しくてね、スパイスとカレールーをたくさん貰ってきたから。今度カレーパーティーしようね」

「ガウガウ！」

カレーの美味しさを熱く語るアヤに、パンダが同意するように鳴く。

「僕まだカーリーを食べたことないんだ。以前行った時は子供にはまだ早いって言われて」

エディは子供なので、まだ辛いカレーは食べさせてもらえていないらしい。たしかに初カレーが辛口なのは、ちょっとハードルが高いかもしれない。

「じゃあエディは甘口にしておこうか」

料理長に相談して、リンゴと蜂蜜を入れた甘口を作ってもらおうとアヤは心の中にメモをした。

「やったあ！　やっぱりおねえさんがいるとお城が楽しいや！」

万歳《ばんざい》をするエディを、アンネが微笑《ほほえ》ましそうに見つめていた。

エディと土産話《みやげ》で楽しく盛り上がった夜、アヤは離宮に戻ってきたイクスを出迎えた。

「おかえりなさい！　っていうか、なんかゲッソリしてますね」

弱々しい足取りのイクスを見て、アヤは首を傾《かし》げる。休暇明けで元気いっぱいのアヤとは正反対である。パンダなんてカルディアでの食べ過ぎで体重が増えた対策として、アヤ先導で軽くジョギングをこなし、その後も元気にエディと遊んでいたというのに。

「……まあな」

朝より幾分やつれているイクスの話によると、旅行の間に溜まった仕事があったのはもちろんだが、王様に旅行の土産話をせがまれて気疲れしたそうだ。

仕事関連の話は書面で十分だから後日騎士団長を交えて話せと言われ、プライベートな内容を強請《ねだ》られたのだとか。

――イクスさんって、旅行の思い出に浸《ひた》るタイプじゃなさそうだしね。

王様にどんなテンションで話していたか、容易に想像できる。

「それはなんとも、お疲れ様でした」

「ガウ～」

労《いたわ》りの言葉をかけるアヤの横で、パンダが興味なさげに大あくびをした。そのモフモフでイクスの疲れを癒《いや》してやろうという気はないらしい。優しさが足りない獣である。

それからすぐに夕食となり、食事を終えようとした時だった。

「ハックション！」

イクスが大きなくしゃみをした。

「風邪《かぜ》ですか？」

「……いや、どうだろうか」

眉をひそめて尋ねるアヤに、イクスは言葉を濁《にご》す。

よくよく観察すれば、イクスは鼻をすすり気味である。今日アンネから、城で風邪が流行《はや》っていると聞いたところだ。誰かの風邪をうつされたのかもしれない。

「風邪気味なら最初に言ってくださいよ、もう！　夕食だって風邪対策でいろいろやりようがあったんですから」

「……正論だが、アヤには言われたくないような気がする」

説教気味に語るアヤを、イクスは微妙な目で見る。

アヤ自身が風邪をひいて散々ぐずったのは、そう遠い昔ではない。だがアヤは自分の風邪には甘いが、他人の風邪には厳しかった。なにせ日本にいた頃は、風邪をひいても看病してくれる人間などいなかった。そんな環境だと、風邪をひかない、うつされないことが大事なのだ。

ともあれ、風邪《かぜ》は早く治すに限る。

「ちょっと風邪薬を貰ってきます」

アヤはイクスが食後のお茶を飲んでいる間にひとっ走りする。無事お城の常備薬を貰えたものの、その他にもイクスに滋養をとってもらうべく、スペシャルなものを用意することにした。

「えーと、材料は確か……」

「ガフー？」

イクスが風呂に入っている間に、台所でゴソゴソとやり出したアヤを、パンダが首を傾《かし》げつつも不安そうな様子で見ていた。

そうこうしているうちに、イクスが風呂から出てきた。

「なんだこれは？」

風呂上がりでホカホカなイクスが、差し出されたものを見て眉間に皺《しわ》を寄せて尋ねてきた。アヤが差し出したのは、カップに入ったほのかに甘い香りがする黄色い液体である。

「これは卵酒です！」

アヤは胸を張って答えた。

アヤが昔一度だけ風邪をひいた時、父親が卵酒を作ってくれた。これを飲んだらあくる日元気になった記憶があるので、きっとイクスにも効くに違いないと思ったのだ。

卵酒の材料は日本酒と卵と砂糖。卵と砂糖を混ぜたものに、火にかけてアルコールを飛ばした酒を入れれば完成だ。酒は異世界に日本酒があるはずもないので、いつもイクスが飲んでいる酒から適当なものを選んで代用した。

だがなにせアヤが卵酒を飲んだのは、はるか昔の幼児の頃。出来上がった卵酒の味が正解なのか、わかるはずもない。記憶を頼りに何度も味見をして、やっとこれでいいだろうという代物にこぎつけたというわけだ。

「さぁさぁ、どうぞぐいっと！」

「……わかった、飲むから、そう急かすな」

踊りながら卵酒をすすめるアヤから、イクスが一歩引き気味でカップを受け取った。

そして一口、卵酒を口に含むと、目を見開く。

「意外と飲みやすいな」

「でしょでしょ？」

アヤは嬉しそうに笑う。どうやら卵酒作戦は成功したようだ。

＊＊＊

イクスファードが風邪《かぜ》気味だと知ったアヤが、風邪に効くものだと言って「卵酒」なるものを作ってきた。

——聞いたことのない飲み物なんだが。

名前を聞いて、卵と酒で出来ているのだろうと想像はできる。香りを嗅《か》げば、イクスファードの酒コレクションを適当に使ったらしいことも窺《うかが》える。

それにしても、アヤと酒の組み合わせは不安しかない。以前、食事のデザートに含まれたアルコール程度で酔っ払って絡まれたのは、未だに記憶に残っている。

——まさか、味見と称して飲んでいないだろうな?

イクスファードの不安など知る由《よし》もないアヤは、呑気なもの。

「さぁさぁ、どうぞぐいっと!」

イクスファードの周囲で踊りながら急《せ》かしてくる。不安と期待が半分ずつのイクスファードは、一口飲む。

「意外と飲みやすいな」

アルコールが少々残っているものの、結構美味《おい》しい。アルコールが完全にとんでいれば、子供が好む味かもしれない。

「だーいせーいこーう!!」

アヤが両手を頭の上に掲《かか》げてゆらゆらさせながら、イクスファードの周囲を回り続ける。その後ろを、ヴァーニャがついて回る。いい加減鬱陶《うっとう》しいのでやめて欲しい。

――というか、アヤの様子がおかしい。

この行動はもしかしてという疑念が湧いた。

「アヤ、これに使った酒を飲んだか？」

イクスファードが尋ねると、アヤはヘラっと笑う。

「飲んでません～！　どのお酒がいいのか調査で、ちょっとずつ舐めただけです～！」

「やはり飲んだのではないか……」

妙にテンションが高いと思っていたら、すでに酔っ払っていたらしい。

イクスファードが棚に並べている酒には、アルコールが強いものもある。舐めた程度でもアヤならば即酔っ払うだろう。

「そうだ！　今日はぁ、エディにお土産《みやげ》をあげたんですよぉ。そしたら可愛くってぇ」

唐突に今日の出来事を報告し出すアヤだが、だんだんと呂律《ろれつ》が怪しくなってきた。

「聞いてますかぁ？　イクスさん～」

「わかった、話は後でじっくり聞くので、先に風呂へ入ってこい」

酔っ払いを追い払うためと酔いを覚まさせるために、イクスファードは風呂場へ追いやる。

「らじゃ～」

意味不明の挨拶《あいさつ》をして、アヤは足取り怪しく風呂へ行く。

だがその後、風呂で寝入って溺《おぼ》れかけるアヤを助けようとアワアワしていたヴァーニャごと、救助する羽目になる。

——まったく、カルディアでも似たようなことがあったというのに。

翌朝、卵酒の効果か、はたまた医師に処方された薬のおかげか。風邪《かぜ》が良くなっていたイクスファードだったが、アヤに卵酒禁止令を言い渡したのは言うまでもない。

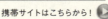

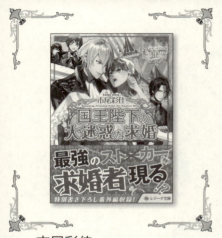

本書は、2015年4月当社より単行本として刊行されたものに書き下ろしを加えて文庫化したものです。

レジーナ文庫

宰相閣下《さいしょうかっか》とパンダと私《わたし》 1

黒辺《くろべ》あゆみ

2017年 10月20日初版発行

文庫編集ー西澤英美・塙綾子
発行者ー梶本雄介
発行所ー株式会社アルファポリス
〒150-6005 東京都渋谷区恵比寿4-20-3 恵比寿ガーデンプレイスタワー5階
TEL 03-6277-1601（営業） 03-6277-1602（編集）
URL http://www.alphapolis.co.jp/
発売元ー株式会社星雲社
〒112-0005東京都文京区水道1-3-30
TEL 03-3868-3275
装丁・本文イラストーはたけみち
装丁デザインーansyyqdesign
印刷ー大日本印刷株式会社

価格はカバーに表示されてあります。
落丁乱丁の場合はアルファポリスまでご連絡ください。
送料は小社負担でお取り替えします。

ISBN978-4-434-23791-1 C0193